阅读与欣赏

《羌族文学》栏目精选

李道萍 主编

四川民族出版社

图书在版编目(CIP)数据

阅读与欣赏：《羌族文学》栏目精选 / 李道萍主编.
-- 成都：四川民族出版社，2021.10
ISBN 978-7-5733-0127-7

Ⅰ.①阅⋯　Ⅱ.①李⋯　Ⅲ.①羌族-少数民族文学-文学评论-中国-文集　Ⅳ.①I297.4-53

中国版本图书馆CIP数据核字（2021）第225891号

阅读与欣赏：《羌族文学》栏目精选
YUE DU YU XIN SHANG QIANG ZU WEN XUE LAN MU JING XUAN

李道萍　主编

出 版 人	泽仁扎西
责任编辑	周文炯
封面设计	力扬文化
责任印制	谢孟豪
出版发行	四川民族出版社
地　　址	四川省成都市青羊区敬业路108号
邮政编码	610091
印　　刷	成都兴怡包装装潢有限公司
成品尺寸	170mm×240mm
印　　张	17
字　　数	315千字
版　　次	2021年12月第1版
印　　次	2022年2月第1次印刷
书　　号	ISBN 978-7-5733-0127-7
定　　价	52.00元

版权所属，盗版必究。

《阅读与欣赏》编委会

主　任：杨国庆
副主任：周　正　李道萍
委　员：王明军　高　璐　卢艳琴

总　编：杨国庆
主　编：李道萍
编　辑：杨国庆　周　正　杨　超　李道萍
　　　　王明军　高　璐　卢艳琴

阅读与欣赏
（代序）

谷运龙

羊子让我为这本书写几句话。

因为羊子，也因为《羌族文学》，我应承下来。自己没有想到的是，他居然"居心巨测"地把阿来、叶梅、石一宁、梁平等这些文学界的大家和精英请到我的面前，让我目不暇接。这种目不暇接本身，就是一种快拍似的阅读与欣赏。

要我写的这几句话不好写，找不到要引用的句子，找不到作家的特点，更不能在欣赏中找到一以贯之的文脉和气韵。如摔烂的镜子碎片似的，每一片都明光熠熠，每一片又都照得见一个人或一群人。碎片里的人和碎片外的人相互阅读和欣赏着，放射出纤毫毕现的美颜美情。《羌族文学》作为县级纯文学刊物，能从九十年代初期走到现在甚是艰难，坎坷曲折，上山下河，无她没有经历过的。周辉枝也罢，羊子也罢，都在这一长长的坎坷中拼打出来了。一路上都嗅得到他们血汗的芬芳，看得见他们跋涉的伟岸。这样的芬芳和伟岸难道不值得阅读和欣赏吗？

这几年，羊子更加用心和用情，不厌其烦地跑州里、省里，争取《羌族文学》的公开发行权。诞生了三十多年的一本文学刊物，为一个地方的发展写下了那么多可歌可泣文章的刊物，为一个民族的文化张扬做了那么多可敬可佩事情的刊物，仿佛就是争取不到一个刊号，让我们这些自费出书的人实在无法理解，但他们从来没有放弃争取，从来也没有因为没有刊号而自卑。

这正如计划生育年代多生而没有准生证的孩子，父母亲总会在他身上多用些心用些钱，穿得好一点吃得也好一点，让他从小不自卑不闭心，敞亮的生活开放地生长，把自己长成一棵风景树、一枝惹人花。尽管他的父母却被别人的冷眼鄙视着，被别人的冷语寒磣着，却依然把不屈的花开放在心口上，把坚韧的脚步踩印在大地上。这样的父母亲难道不值得我们去阅读和欣赏吗？

这些年，为了让《羌族文学》得到更多的阳光雨露，他们可是煞费苦心，每一年请知名作家来讲课，为一个或几个羌族作者开研讨会。作家们讲理论、讲实践，深入浅出，字字珠玑一般，句句让人开窍。评论家们分析时深刻细致，点评时画龙点睛。一堂堂课，掌声、欢笑声荡漾出往复回环的清碧涟漪。一场场点评，心花、希望花开放出姹紫嫣红的自然盛景。谁敢说这样的荡漾和开放不值得阅读和欣赏呢？

于是，这个文学的园圃里才有了争奇斗艳，也才有了万木竞秀、百舸争流。这样的景象当然也是值得阅读与欣赏的。

我离开汶川已逾二十年，但一直没有离开过《羌族文学》，也一直没有离开过《羌族文学》的那帮朋友。他们按时把每一期《羌族文学》投寄在我的案几上，我总会打开翻翻，哪怕嗅一嗅油墨的味道，都可以享受到那方山水的温馨与温情。这样的温馨与温情陪伴我对其长久的阅读与欣赏。

时不时就可以看见那些好久看不见又令人想念的文友。男的、女的、老的、少的、远的、近的，即使是生的，也让人生出文人的情谊。阅读着他们的新作，感觉或一脉流水边唱边跳、边哭边闹，或一匹山梁雄峰奔腾、深槽隐匿，或一片海域惊涛巨浪、鸥鸟翔集，或一爿草原地艳天蓝、云淡水远。欣赏着他们脸上的笑靥、眼里的泪光，注目的风景，栖息的老屋，无不是一个心灵安顿的所在，更是一个心灵远足的起点。

《羌族文学》是一本有着民族姓氏的刊物，也深深烙印着民族的印记，但却一直敞开心怀，让异质的花朵也开放进来，让异域的水脉也流淌进来。既然是生长万物的土地，就绝不能拒万物于土地。因此，我们才欣赏到了蒲公英飞落的轻盈之美，我们才欣赏到了雪莲花盛开的雍容之美，还欣赏了天山南北挺拔的胡杨之美，松花江畔多情的红桦之美。

又于是，才有这么多善于在阅读中发现和欣赏的慧眼来到这小小的园中，发出他们晨钟暮鼓的大音。他将这本书里的作品送到你的面前，会让你也能够站在他所站的地方，阅读着里面的每一张花瓣，欣赏着里面的每一种色彩。

想起来差点误了以上这些文字的出现，不是因为我的疏忽，而是因为我的不现代。以前总有帮手，我不会的他会，我不干的他干，我不听的他听。现在退休了，身边没使嘴的跑腿的，如及时领取快递这样的事往往会忘之脑后。要不是羊子又很认真地问起并催促这件事，我依然还逍遥在《阅读与欣赏》之外。

就这样，《羌族文学》和羊子一直都在构织一些新的旖旎风光让我们阅读和欣赏。春天刚逝，夏天正在丰盈地迈向饱满，再过些时日就会是绚烂的秋天。《羌族文学》和羊子不知又会搞出什么花样让我们阅读和欣赏呢？感谢并期待着。

2021 年 6 月 1 日于成都

目录 CONTENTS

《守望牧歌》序 ……………………………………………………… 阿　来 / 001

鲜花盛开的时空 …………………………………………………… 谷运龙 / 004

梅红色的诗
　　——《雪，飘飞的诗行》序 …………………………………… 谷运龙 / 009

由一位诗人致敬一个民族
　　——诗集《静静巍峨》序 ……………………………………… 叶　梅 / 012

一个民族心路的抒情史诗
　　——关于羊子长诗《汶川羌》 ………………………………… 石一宁 / 016

从百年新诗走向看当代羌族诗坛 ………………………………… 彭　超 / 021

羌族作家谷运龙散文简论 ………………………………… 徐希平　彭　超 / 031

论羌族诗人羊子《汶川年代：生长在昆仑》中的民族性与现代性交融
　　………………………………………………………… 孙珂珂　吴少颜 / 039

字字句句总关情
　　——读《谷运龙散文选》 ……………………………………… 周　正 / 051

羌族现代文学的起点及现状 ……………………………………… 周　正 / 055

一个人和一个民族
　　——羌族作家谷运龙散文创作研讨会纪要 …………………… 杨　青 / 061

曾小平诗歌浅析 …………………………………………… 邱绪胜 / 067

如此干净的山水，干净的诗

  ——序龚学敏诗集《九寨蓝》………………………… 梁　平 / 073

蓝晓：静寂在青草深处

  ——序蓝晓诗集《冰山在上》……………………… 梁　平 / 078

灾难文学与张力羌的《飘飞的羌红》……………………… 张叹凤 / 082

为民族书写，为时代讴歌

  ——羊子长诗《汶川羌》作品研讨会纪要 …《羌族文学》编辑部 / 086

生命之思：当代羌族文学的一个维度 …………………… 张建锋 / 099

羌族风情的生动呈现 ………………………………………… 胡　平 / 110

风物志浓情文

  ——读谷运龙散文随想 ………………………………… 范咏戈 / 112

如何走出历史的阴影 ………………………………………… 木　弓 / 114

戴着露珠的象征哲理花蕾初绽

  ——羌族诗人王明军《阳光山谷》初谈 ………… 赵　曦　赵　洋 / 116

阳光为你打开一扇门

  ——读向瑞玲诗集《心门》…………………………… 周家琴 / 123

爱的穿透力

  ——简评散文集《记住我的姓氏》…………………… 牛　放 / 127

在孤独中打开的生命空间

  ——评王庆九散文集《独唤无声》…………………… 张宗福 / 130

同生活场域的身份认证

  ——评任冬生散文集《记住我的姓氏》……………… 张宗福 / 143

如入无人之境

  ——龚学敏诗歌谈片 …………………………………… 杨献平 / 157

历史阵痛中的"灿烂桃花"

  ——感悟谷运龙先生长篇小说《灿若桃花》………… 周小婧 / 163

记住乡愁、回眸历史、呈现未来

　　——羌族文学创作浅谈 ……………………………… 白羊子 / 168

有灵万物的云中尔玛

　　——关于羌族文学中的宗教与神话传统 ……………… 贺　颖 / 184

长篇小说《雪线》浅析 …………………………………… 邓经武 / 190

《山神谷》：以神秘现实的民间特质览胜奇异的羌地世界

　　——梦非长篇小说《山神谷》中羌地世界及其写作特色的简析

　　………………………………………………………… 羊　子 / 199

以禅韵诗情来速写人境心语

　　——向瑞玲诗集《听雪》主题及写作赏析，兼谈《心门》

　　………………………………………………………… 羊　子 / 209

《围炉夜话》三种视态、八种关系与周正文艺主张的简析 …… 羊　子 / 219

同岷山高　如岷江长

　　——序羊子的诗集《祖先照亮我的脸》 ……………… 汪守德 / 230

《如风如镜》的纯美品味 ………………………………… 王明军 / 233

为一只蜗牛注入羌的精魂

　　——走进余永清文化散文集《秘境羌人谷》 ………… 高　璐 / 236

写作是他最好的感恩

　　——记羌族作家羊子 …………………………………… 李道萍 / 240

后记 ……………………………………………………………… 244

《守望牧歌》序

四川成都　阿　来（藏族）

我一直以来感到比较犯难的事情，就是如何面对关于故乡的书写。

这既包含了我个人以故乡地理与人文为背景的书写，也关乎其他人对于故乡的呈现，特别是那些身在故乡的人如何表达故乡。我有个日渐加深的疑问：中国人心目中的故乡是一个怎样的存在？这个疑问当然还有别的设问方式：这个故乡是虚饰的，还是一种经过反思还原的真实？是抽象的道德象征，还是具象的地理与人文存在？

的确，我对汉语的文艺性表达中关于故乡的言说有着愈益深重的怀疑。当有需要讲一讲故乡时，我会四顾茫然，顿生孤独惆怅之感。当下很多抒情性的文字：散文、诗歌、歌词，甚至别的样式的艺术作品，但凡关涉故乡这样一个主题，我们一定会听到同样甜腻而矫饰的腔调。在这种腔调的吟咏中，国人的故乡都具有相同的特征：风俗古老淳厚，乡人朴拙善良；花是解语花，水是含情水。

但现实的情形是，在这种模式的关于故乡的书写中，一切都未被触动，一切从头到尾都未被书写，正像静子所写的火塘边的壶：

　　铜茶壶里的水封存已久。

正像燃烧后的火塘：

　　生命中所有的细节，

　　　被燃烧后的灰烬细细收藏。

但封存了什么？而又收藏了什么？诗人没有作出回答。持有某种僵化观念的人往往会对作者发出追问,要求作出回答。这是出于一种简明的世界观:以为所有事物都处于某种规律的笼罩之下,所以,任何问题都应该有着清楚的答案。如果事事如此,那么,包括了我们故乡的这个世界就不会行进得如此艰难了。所以,我在这里可以更确切地说,我害怕的是想要确切解释故乡的那种文字。所以,静子把诗稿给我,要我为之说点什么的时候,我一直心怀忐忑。但现在,这个疑虑解除了。我很高兴故乡那些熟稔的地方通过她的诗行又出现在眼前。那些地方,都是近年来我常常回乡,而且努力筹划着要写一本别致的书的地方。

她在《大藏寺听禅》,听到的是:"时间如若会停,宁愿永远聆听。"

我也连续几年去到那地方。那里有一座庙,看来她是去了寺里听僧人诵经。而在我,那是一个更宽广的地方,一个因庙得名的地方,我去到那里,是为了拍摄草地与林间的野花。一天,我坐在庙前的山岗上,拍摄了一组杜鹃花后在草地上休息,看到有女人抱了大株正在盛开黄花绿绒蒿进庙礼佛。现在,读到这样的诗行时,我仿佛觉得这就是诗人的身影。可是,文学家永远会提出疑问而不准备解答。这个疑问就是:如果永远聆听,会听到什么?只是我不要求解答。但我知道,在那个时刻,那个女人捧花礼佛的时刻,还是感到时间会停,而那种聆听,无论是姿态还是聆听本身,都是美的。当这个世界,一切都不够确切的时候,美的也就是真的。因为,当外部世界难于把握,内心的真诚就非常重要了。因此美与真也就在诗中成了一种非常主观的东西。

去到那个可以聆听点什么的地方,来去都要《翻越大藏垭口》,我去那里,不止路过,是为了垭口两边的花。鼠尾草、点地梅、卷耳、红景天。现在诗人告诉我,那里的海拔高度是4300米,而且不止地理的标高,更是某种思念与坚韧的尺度。

诗人做过我故乡旅游部门的领导,所以,我特别注重了这本诗集中与之相关的诗来品读。前面提到,从马尔康去大藏,来去都要翻越大藏垭口,这是一个简省的路线。还有一种走法,越过垭口,到大藏后,沿那条叫作茶堡的河转向西南,下行几十公里,会到一个至今有人居住的村庄:哈休。这一路的趣味在于,可以看一条涓涓细流如何壮大,同时,随着海拔的降低,野生的植物和种植的庄稼都在发生变化。然后，就是哈休村了。这个活着的村庄旁还有一个过去的村落。五千五百年前的村落。这个古村落的发现，将本地区人类活动的历史推进到了五六千年前。很高兴看见这里的考古发现也进入了诗人的笔下：《哈休·陶塑人面像》和《哈休·陶小口尖底瓶》。这里，我也读到了无情的时间的力量，所以，那口已然破碎的陶瓶，曾经"也盛满了最纯朴，最真切情感"的小口尖底瓶，诗人还想让其盛下"千年后的情感"，但是，时间让这瓶子破碎了。

正是时光能让所有固体的东西破碎，所以，心灵才成为永恒的寄托，所以，我们需要诗歌，一切都把握不定的时候，我们需要对易逝之美的把握。故乡也需要真诚的书写，而不是廉价的颂歌。正像静子为莫斯都岩画所写的那样：

　　荒草从四周蔓延，
　　掩不住的是笔走龙蛇的神韵，
　　谁的指尖碰触枯叶，
　　灵性的笔画跳跃出来，
　　听外界簌簌风声，
　　僵冷的符号渐渐苏醒。

是的，不止岩画，就是今天的书写，也正是为了自己心灵的苏醒。

感谢静子，让我在诗中再次游历了故乡。

（原载于《守望牧歌》，大众文艺出版社2009年出版，《羌族文学》2009年第2期，总第65期）

鲜花盛开的时空

四川马尔康　谷运龙（羌族）

《汶川时空》如炸裂的天光一般，久久地灼烧着我这始终为汶川而歌、为汶川而泣、为汶川而活、为汶川而死的心。

天啊，这是怎样的一个时空呀？

欢笑戛然而止，生命戛然而止……

绿色潮水般退去，魂灵飞鸟般群翔……

总是忧郁而歌的羊子，又让我沉浸在了那些如风而泣的日子里。我想起了去年5月16日早晨的张泉灵，一个乖巧而倔强的女人，只一句"现在你们最需要什么"就让我泪流不止；想起了5月28日在灾后接到的第一个电话，叶梅大姐也只一句"运龙，你还好吗，没事吧"，就让人泪水哗哗洗面；想起了阿来和麦加与我吃过的那一餐沉重的味道。

时过一年，我的心沉浸在多多少少已经疗伤后的一串串故事中。故事串成的花环让人舒慰和安适，但也泛着不减的缅怀之苦，如小号引出《思念曲》的蒙蒙月光和凄艳的秋菊。

如果说张泉灵关心的是所有人都关心的现状，叶梅大姐关心的是个体生命的安全的话，那么，所有以文而生的人所关心的便是汶川的文化，特别是地震灾区的羌族文化。这让人更多地感受到文人的圣洁之情，文脉的自然如水。

这样，我不得不就他们所关心的羌族和羌族文化说上几句。

至于羌族此前的时空，我无须赘述，只想说说地震后这个民族的生存时空和文化时空。

羌族聚居区无一幸免，都成了"5·12"汶川特大地震的重灾区，包括汶川、茂县、北川、理县、平武、青川等地。1987年前，茂县叫茂汶羌族自治县，早到1958年，这个县还包括汶川和理县。2004年，绵阳市成立了北川羌族自治县。在这次地震中，羌族人遇难的数量超过总数的20%。一个只有30万人的民族人口顿时锐减了10%左右。

从天然空间来看，羌人的生存空间远比以前宽广了。所有的山都被地震或多或少地削去了，所有的河都或多或少地瘦去了。只要去汶川走一趟，去卧龙访一回，去北川看一次，这感觉便会油然而生。但这些被扩展的天然空间何以能够生存呢？房屋非埋即砸，土地非淹即毁，就连那些护佑族人上千年的神树林都遭受了摧残折断。哪里还存生长五谷的土地？哪里还存修房造屋的空间？哪里还有祈祷还愿的场所？

在那些高山之巅，水没有了；在那些深谷之底，地没有了。有的地方连生命的迹象都没有了，只留下白花花的阳光下白花花连天的乱石，只留下银光光的月光下林立的墓碑。在这些地方，我们还能拥有些什么、祈求些什么、盼望些什么？

真不知是上苍怜悯它的生存空间让它迁徙，还是漠视它的存在让它灭绝。

文化总是一个民族的叙写或展示，也总是一个民族的引领和时尚。在历史上，羌族文化没有辉煌地时尚过，也难以经久地引领，但却长久地叙写过这个民族的苦难和悲伤。这种苦难和悲伤远远胜过"5·12"汶川特大地震。至于羌族文化的毁损，大地震所造成的又远远胜于以前许多年。

人祸可以激发一个民族去创造更加强盛的文化，天灾却无情地毁灭了一个民族的文化。比较典型的，如萝卜寨"云朵上的街市"便轰然而去，布瓦山上的黄土碉便拦腰而折，还有桃坪羌寨、黑虎碉楼的受损等等。这便是人们可视的建筑文化或建筑艺术。

更重要的是羌族的其他文化，特别是释比文化。

释比是羌族人的灵。他们生存的空间是这个民族的灵性空间，他们是这个民族文化的当然传承人，在传承中去保护这个民族的生存空间和文化生态。如今，凡有他们祈祷的地方，羌族的文化便如水而流，如月而光，那里的生态也便如木而秀，如林而郁。但他们毕竟只生活生存于那些十分偏远的地方，交通不畅、信息不灵、物产不丰、资源不厚,现代文明总是难以涉足,即便涉足也在短时难以栖身,因而他们便可以自得其乐,自食其乐,自在其乐。

譬如,汶川的龙溪羌人谷,茂县的黑虎、三龙、维城,理县的蒲溪、增头、西山等地方,以前生存的水没有了,以前活命的地没有了,以前安身的房没有了。这些地方还能生存吗?如果连起码的生存条件都不具备,吃饭问题都难以解决的话,还能谈文化、文化生态和文化保护吗?

这就注定了这个民族文化时空的变化,或转移,或缩放,或消失。文化时空的转移消失,意味着文化生态的损失或毁灭。

于是,我在十分不情愿中看见杨贵生等一批释比从羌人谷的夕格、直台、大门寨搬走,去到成都的邛崃。那些告别故乡的羊皮鼓声,把人的心都敲碎了。

鼓声留下来了,羊皮鼓随之而去,而他们所去的地方却是汉文化大海般浩瀚的地方。这还能有羌族文化的生态吗?

我不想再往下说了,因为我怕。

然而,在人类历史上,哪一次毁灭不又孕育催生出更加伟大的辉煌呢?

现在回过头来说说鲜花盛开的时空吧。

在华夏大地上有三大板块,西边的叫喜马拉雅板块,成都平原所在的叫扬子板块,以北的便是中原板块了。喜马拉雅板块以其雄奇的高山峡谷构织出绮丽的风光和龙腾虎跃的生动景象。这些风光和生动景象之下,便是纵横交错的断裂带。龙门山与岷山山脉几乎垂直的布局,成为喜马拉雅板块和扬子板块的横亘。由南往北有岷山断裂带,由南往东有龙门山断裂带。1933年茂县叠溪大地震和1976年松潘平武大地震,都发生在岷山断裂带上,龙门山却安然无事。

山为龙门,实在是上天所为。千万年以来,龙门紧锁,东边的风吹不进来,西边的雪飘不出去,龙门的东边西边似乎是两个异样的世界。

此乃天意,天成以后,凡人何知?

然无论天下,还是天上,是门总会应时而开。何时开呢,是否又是天意?

龙门系板块之门,非天力不开。岷山山脉的两次大地震也许是一种呼唤,呼唤更大的呼应。

"5·12"来了，来得凶猛、狠毒。龙骨戛然而断，天锁砰然而启，龙门轰然而开。哗啦啦，轰隆隆，天威浩浩，漫卷而来。

这门一开，东边的风吹过来了，东边的雨也飘过来了；四面八方的风吹过来了，四面八方的雨也飘过来了；阳光一照，彩虹凌空，汶川便在一种血色之中听见了花开的声音，汶川便在一种血腥之中闻到了花的芬芳。

这门一开，无疆的大爱来了，无边的深情来了，中南海的活水一润，碧波清涟，汶川便在这种干枯中感受了甘霖的滋润，汶川便在一种焦渴之中豪饮了蜜泉的濡养。

广东如一个仪态万方的母亲，把汶川紧紧地拥在怀中，只一句粤语、一脉乳香，就把这个伤痕累累的孩子濡养得红润如潮。

两三年之中，广东将在这块4084平方公里的土地上投下近100亿的资金。100亿，一个让汶川祖祖辈辈、子子孙孙想都不敢想的天文数字。那是什么啊？是街道，是楼房，是学校，是医院，是文化得以传承的脉络和新鲜血液。

不到1年的功夫，广东人硬是在汶川创下了不少奇迹，活生生把汶川往前推了30到50年。

我曾漫步在三江用石礅铺就的街上，一脉活活的流水从街道边流过，清波徐徐，浅浅而唱，在那面照壁上流出惠州人的款款深情，也流出三江人的奇思妙想。千年的三江呀，如今又多了一条惠州人的江，一直流到三江人子子孙孙的心田。

我曾徜徉在水磨禅寿老街，沿街的风景让人看花了眼，随天而去的阁楼和羌碉呀，把过去的古色古香和将来的永恒爱恋系在这里。万年的水磨呀，您磨得出古老的月白风清、高远向往，您磨得出这般厚重的情爱、永恒的友谊吗？

禅在街上，佛在心中呀！

我多次站在汶川一中那宏大的工地前感慨良久。我不知去过多少中学，想过多少中学，但我何时不奢望在我的阿坝、我的汶川长出这般美丽、豪气、生态的学校？我们的子孙啊，何以消受得了江门人如此山清水秀的奉献。江门雁门，岷江珠江，哪里还有南北之分，何处还存羌汉之异？

在漩口，在银杏，在绵虒，在克枯，在威州，在龙溪，在草坡，在耿达，在卧龙，在映秀，在汶川的每一个角落，广东人正用大爱、大智、大勇、大仁、大意催生出新一轮太阳，打磨出新一枚月亮。

无论在哪一个时点、哪一块空间，都可以看见那些爱情之花、智慧之花、仁义之花、精神之花正含苞待放。

天啊，汶川，这又是怎样一个鲜花盛开的时空呢？

(原载于《汶川时空》，中国戏剧出版社2009年出版，《羌族文学》2009年第3期，总第66期转载)

梅红色的诗
——《雪，飘飞的诗行》序

四川马尔康　谷运龙（羌族）

对于诗和诗人，我总是有一种高山仰止的尊崇，不是因为文字的生成和组合标志，也不是因为诗人的哲思和情怀，而是诗人燃烧的痛快淋漓和文字的千锤百炼。

乡人小平算是我生长的那一片故土中唯一摆得上场面的诗人，他身如其名，形小貌平，却双目如夜之星辰，不仅明亮而且闪烁，既难以捕捉，又十分坚定。这就不难理解他从事文学创作20余年来笔耕不辍，对文学、对诗歌那种近乎圣徒般的执着和虔诚了！我实在不敢或不愿为诗人写评作序，倒不是我与他们不是"一丘之貉"，入不了他们的流，真真正正的是我解读不了会难以溶解于他们那些激越而澎湃的诗行。对于小平，我难以相推，因为我俩是土门河里同时跃动的两朵浪花，是那片土地上根脉相牵的两棵小草。在应邀举办的阿坝师院文学创作讲座上，他说过："我读过的诗，曾经像河流一样淹没了我自己"，足见他在诗歌创作方面的造诣和勤奋了，因而能佳作迭出，成果丰硕，现已出版《梦的花瓶》《漂浮在雪域的灵感》两部诗集。如今，我手上这叠诗稿，已是他计划出的第三部诗集。这些诗行有对人生的独特体味、有对友谊与爱情的憧憬、有对汶川和阿坝这片热土的深情注视，更是对现实生活的理性思辨，文字飘逸而美丽，空灵而新奇，饱蘸激情又蕴含哲理，诗人对诗歌艺术的不懈坚持和探索，令人钦佩也。

我是在一次长途行进中完成小平《雪，飘飞的诗行》的阅读。深秋季节的那一段行程，却有春风如面而拂，峡谷之中的那一次穿越，却有阳光温润如饴。

于是，我听见了风铃的悦耳之声，这是他摇响了他《青春的风铃》！天籁似的风铃如土门河酣畅而跌宕地鸣唱，诗人永恒的青春春花秋月般妩媚舒展。那些聆听的人便被诗人给蒙蔽了，诗化以至于溶解了。"邂逅你的时候／是在海涅笔下浪漫的五月／那些时光／满树桃花以简阳的方式／欢迎我们。"尽管，他青春的风铃会遭遇一系列的邂逅，诗人的多情，很多时候也显无奈，缝合不了时空的距离，奈何不了体香的渐渐殒失，诗人不得不感叹："分别时分／你是活泼的浪花／我是依依杨柳／惜别让我们鸿雁纷飞。我多想啊／多想留住你这宁谧的笑／像伟大的达·芬奇／用画笔留住蒙娜丽莎永恒的美丽。"激扬的青春，燃烧的情致也难以抵挡严酷的现实，"面对网络般迷离的干旱河谷／弱不禁风的诗人／你沸腾的血液说明了什么／当所有的激情遭遇冰的冷酷／你疲惫的双翅将在哪株树上栖息／你将以怎样的姿势延续你宿命的飞翔？"不管怎样，在诗人的诗行里，我真切地看到了他多情的胸怀，这种胸怀可以播种春天和收获秋天，这种胸怀可以盛满天下女人的所有笑靥和怨嗔。诗人却从不去怨恨那些善良的弃走和时间的离异。

在地理的书写上，诗人把自己放在生于斯长于斯的雪域高原，这是真正的雪域，九鼎山、四姑娘山都相去不远。这种地域地貌，不仅造成奇特的风景，同时也塑造了一种封闭和保守的环境，人当然如境。心理的狭隘因此而生。诗人的头哪怕举得再高，将目光放射再远，终是难以破解自然而然的束缚。尽管在世俗的生活中他也青春摇曳、心花不凋，但依然超越不了世俗的魔咒，因此发出一串串悲叹："人生就是一系列捆绑""望远方／苍茫连接苍茫／已经没有时间犹豫了／它抬了抬前蹄／抖了抖披了长鬃的头／一声仰天长啸。""昨日火爆的信件成为冬日老树稀疏的叶片／像这个时代那些营养不良的诗歌。""我亲眼看见鲜花戴在牛粪上／有的光荣与英勇理直气壮地找不到证人。"然而，即使这样，诗人的本性依然难改，如河流，千曲百回折，重重险阻，终归奔向大海，始终都不言弃、不言败、不言悔，希望的风总会鼓满远航的帆。

  当我画上阳光

  这世上就没有阴霾出现

  当我画上纯情

  窈窕淑女就从诗行中款款走来

当我画上星星

夜空就出现永恒的光芒

在诗人栖居的地方，正是2008年"5·12"特大地震的汶川。这里三山竞秀、二水争流，地震让其山川破碎、日月无光。更为值得记忆和记录的却是震后的恢复重建。那是史无前例的一幅恢宏画卷，更是一首让人奋发向上的永恒的辉煌史诗。诗人对其给予饱含真情厚爱的记录和书写，使诗行中流淌着母亲的舐犊之爱、兄弟的手足之情。在《汶川，我生命里流淌的血液》中，诗人吟诵道："汶川啊/你的汗水和坚韧让世界惊奇/你已不再是山风打着响哨撕裂山谷的小县城/你是我生命里流淌的血液。"在《2009年汶川·春暖花开》中，诗人欣慰地告诉世人："进入牛年/鲜花和春天同时抵达/鸽子于蓝天划出优美的弧线/幸福浪花一般盛开在每个家庭。"

当然，诗人总不安分，总不会蜗居一隅，时不时地远足，寻找一些域外的刺激，或流浪，于梦中邂逅诗的一些暖身的诗衣。在哪里，他都以诗人的奇特去诗化那里的风景，诗意那里的天地。

这些，就是我与《飘飞的诗行》的对话，也是我对将要读这本诗集的朋友说的话，或许太过浅太过窄却很真。

要对族胞小平说的是：一个民族诗人却或多或少地缺乏了些民族文化的异质，让诗歌有些游离这些山水。

(原载于诗集《雪，飘飞的诗行》，中国文联出版社2016年出版，《羌族文学》2017年第1期，总第96期)

由一位诗人致敬一个民族

——诗集《静静巍峨》序

北京　叶　梅（土家族）

在神奇的西南大山里，生活着古老的羌民族，汶川地震中，羌族人与当地的其他民族一起经历了死与生、绝望与重建等一系列巨大的冲击，有一位叫羊子的诗人，因此写出了一部受到人们关注的长诗《汶川羌》。

记得在地震发生之后不久，我们《民族文学》杂志社特邀诗人羊子去宁波海边参加一个文学活动，他刚从死亡的边缘走过，面色发青，内心非常绝望，时刻惦念着家乡还没有完全走出困境的兄弟姐妹。作家出版社跟羊子约写一本书，他徘徊在海边，苦恼地说写不出来，后来我建议他不如写一部长诗，或许更能表达出他的心境。羊子当即点头，他用了三年的时间艰苦地思考、艰苦地写作，终于写出了长诗《汶川羌》。这是一部关于灵魂的复活和看守，关于土地的死而后生的长诗，也是一部可称为民族史、为民族立传的长诗。这位与他的族群一道经历过大灾难的诗人，重新审视自己的民族，审视远去祖先的生存变迁、劳作和信仰，探究民族生生不息的密码，发现再生的希望和支撑之力，这部长诗因此得到文学界理所当然的重视和好评。

诗人没有停歇，接下来的几年间继续着新的艰苦思考和写作，眼下又为读者奉献出新的诗集《静静巍峨》。读过其中的若干诗篇之后，我暗暗惊讶羊子对诗歌的坚守和开拓，惊讶他于喧嚣的世界里始终保持着心底宁静，一个劲专注开掘脚下那片古老而又崭新的土地，叩问民族的历史、现在及未来。他跟所有的优秀诗人一样，对诗歌具备忘我的虔诚与痴情，同时还具备对民族独有的爱恋和守护。

很多评论家注意到《汶川羌》及羊子后来的诗对于羌族代表性符号的开掘提升，但实际上，那些符号早已经是他生活的真实，而不仅是外在的符号，也可以说，羊子的民族融进了他的诗，而他的诗融入了他的生命。他对于诗歌和民族的赤诚，浪漫而又深沉，正如他所钟爱和崇敬的诗人屈原对于楚国的深情眷恋和歌吟，通过心灵香草美人的隐喻，楚辞释放出区别于诗经的浪漫质地，而羊子的诗也是通过对羌族的图腾、石头、山峦、草地的吟唱，使得古老的羌族精神得以高高飞扬。

羊子以其独特的民族品质和诗歌精神，扎实地行进于花开花落、云卷云舒的文学之路上，他似乎颇有些宠辱不惊，只是经营着自己的诗歌，从不因外界的干扰而改变；同时，他并不停留于已有的发现，而是在承接之前表达的基础上，不断开垦和拓展，一如既往地寻找新的境界，攀升新的精神高度。值得重视的是，羊子通过这些年的努力，有意建设起一个属于自己的诗歌体系，建立起一个属于羌民族的独特的诗歌形象。

《看岷江》和《岷山居》为《静静巍峨》之中两个小辑的名称，所选入的诗歌都来自羌族的历史和现实，及羊子真实的生活和感受，是那片曾经多次经历苦难的土地养育了他的身体，托起了他的心灵。《静静巍峨》应是他第一本诗集《一只凤凰飞起来》的一种延续和呼应。他的生活与写作始终来自岷江，让人不由想起美国作家福克纳身处的那一块邮票大小的土地，根扎得越深，所受到的滋养就越丰富。世代相传的民族文化在每个人的生活中，具体生动地散发着影响，作家与诗人，需要自觉地甄别和传承，才不至于在纷繁复杂的时代潮流中丢失自我，迷失方向。《入海岷江》似乎是诗人自我追求的写照："入海的岷江经过长江，经过时间的延续，/经过星光一般的行走与无穷的坚持和开拓。//岷江入海是地质的本能，也是水的本能。/岷江是海的一种源头，海的一种分布。/海从属于千姿百态，包罗万象的流。"不仅抒发了诗人行走与开拓的意志，也表达了对于文化多样性的自觉和尊重，同属中华文明，同归世界文化。

羊子对岷江、岷山的热爱和痛惜，体现了他对环境与时代的认同和反思，他内心积累起一种强大的力量，使他能无怨无悔地深入时代生活，同时又超越现实生活，以一种先行者、先觉者的姿态体察和反映社会生活的本质。他与时代环境保持适当的距离,让诗歌的精神穿透语言,让语言忠实于心灵的召唤。现实的痛楚、精神的甜美、飞翔的想象、需要创造的未来,都凝聚在他的诗行里,给读者带去升华的空间。《升,静静巍峨》:"闭上眼睛,我的生命愤然提速。/周身时间纷纷脱落,/在破碎,在让开,在消尽。/无一丝波澜,无一尾声响。/所有时态相互否决,而转化,而迎接,/扶持我这片崭新的大陆向天的高度。"

忠诚和反思,正是羊子诗歌最好的品质。作为一个古老民族的当代诗人,他自觉肩负起众多的使命,显然,他的书写从某种意义上说,是这个民族在新时代新的史诗。羊子因为对民族的忠诚而泣血成诗,而他的反思则是忠诚的另一种体现,他的款款诗情更是因为忠诚而生发出无穷爱意:"我的歌声与层层梯田上金色麦浪相融了,/与我的千山万水千村万户相依偎了。/澄明幽蓝,宝石般的母语在季风的涨落下,/未有谁的眼神不因此激动而发出振奋的光芒,/未有谁的翅膀不因为照亮而拍击高远的天空。/每一棵高树低草的心,每一条远近蜿蜒的路,/都在迎接和歌唱时间的到来与炊烟的升腾。/那些爱意如山间的河流缠绵无尽,千回百转,水落石出:我的心蔚然苍茫,紧紧搂住这方山河的美!"

超越和创新是羊子诗歌又一个显著的特点。他从未放弃对于自我的超越,读他的诗,能不时让人惊喜地感觉到语言的变化、风格的多样。从过去的短句到现在的长句使用,表现手法及技巧的日臻成熟,体现出诗的自由气象。即使在同一本诗集中,也能明显表现出诗篇之间的差异性和丰富性。还有一种超越,是他对于当前诗坛写作的超越,人们在读到羊子诗歌之初,常有一种陌生感,甚至还会有些不太接受,但静心体味,不难发现其诗歌意味深刻,语言有力,情感饱含温度。诗集的开篇《旭日升起》第一段:"尊严和智慧,深锁在生命的内核,/开天辟地的手退化成柔弱的触须,/装点在黑暗层层无边的时间里。/视觉消失。听觉消失。触觉消失……"第二段:"一匹马,凌空而驰,从心而至,/踏落曾经的黑暗成一声声春雷,/引爆埋葬的火光在地质中焚烧。/千年成寸。奴役成寸。黑暗成寸。"节奏铿锵,随着诗人如火的情感而迸发出火花,将读者的心灵点燃。

磅礴和细腻在羊子诗歌也同时可见,几年前,他于鲁迅文学院第十二高级研讨班学习时，我曾与他聊起，觉得他那时的诗已有了磅礴，但需要更好的细节来支撑。此次出版的《静静巍峨》有了很多的完善，比如《请让开一下》：你们一个一个挡住我三千年后回家的眼光了，/高楼厂房和别墅请你们让开一下，/哪怕就那么小小一毫秒，/街道柏油路高架桥和公园请让一下，/哪怕是亿万念想中的一闪念，/我的目光和做后裔的感恩就要回家了。既有着情感的细腻也有着想象的周密。

《静静巍峨》还选入了羊子关于爱情和灾难的一些诗作。人生长短莫测，酸甜苦辣皆有，而爱情之树常青，多情的诗人都会对此而吟唱。而汶川之震虽然已经成为过去，但"大裂变"的伤痛却永远无法抹去，人类童年对于灾难的那份共同的记忆，遥远又真近，与他的《汶川羌》形成生命的呼应、诗歌主题的强烈延续。这些，都是羊子的诗，也是羌族这个古老民族在今天时代的诗意表达。我们由羊子的诗领略和理解了一个民族，一个令人起敬的民族。

（原载于《文艺报》2015年4月10日版，诗集《静静巍峨》序言，四川民族出版社2016年出版，《羌族文学》2015年第1期，总第88期转载）

一个民族心路的抒情史诗
——关于羊子长诗《汶川羌》

北京 石一宁（壮族）

　　羌族诗人羊子的长诗《汶川羌》（四川文艺出版社出版）是一部史诗和抒情诗兼具的作品，亦即，它具有史诗的企图，但又不是传统史诗的外貌。如果要以史诗称之，那么可以说它是一部抒情史诗，或者说是一部心灵史诗，因为它追求表现的是羌族的心灵史，是一个民族的心史。传统意义的史诗，是一种客观的、外在的诗；抒情诗是一种主观的、内在的诗。史诗叙述历史，抒情诗感觉或体验历史。而《汶川羌》这部长诗，是叙述历史和感觉、体验历史的结合，所以称之为抒情史诗也许更为恰当。对这部长诗的体裁做一点辨析，是为了能更清楚地认识这部作品，同时也更能理解这部作品的独特性、作者独特的追求和艺术贡献。

　　史诗和抒情诗手法的结合，在这部长诗中是极为明显的。如《羊的密码》中的这一节："从羚羊到羊，终于/大片大片，大群大群，飘忽在辽阔的天空之下，/与祖先的心愿和身影在一起，云朵一样雪白，寂静，/流水一样婉转，清澈。羊，野性的生长，/穿过森林和山冈的一块块绿地，自由而自然，抒情，/与祖先的情感和思想在一起，浩浩荡荡，安安心心，此起彼伏，/完成与人的交会。羌——羊人相生。/告别高居，拉开家园的序幕，这些羊和这些祖先，/成为东方大地上可以永远记忆、追寻和相会的终极家园的主人。"这一节的诗句，既是叙述羌族"神性弥漫的羊图腾的时代"的起源，也是一段抒情的、浪漫的乐章。

　　传统的史诗通常以事件为中心。但在《汶川羌》这部长诗中，对历史的叙述分成两种不同的方式。一种是作者回溯民族的历史，往往是采用虚化的、简约的和象征的手法，基本上不叙述事件，也不叙述具体的人物，而是以诸如"羊""戈""神鼓""羌笛""石头""墙""供奉""岷江""岷山""羌姑娘""羊毛线""草场"等等这些民族历史生活和文化的元素，来指代民族昨天的历史。另一个方式，是对历史事件的多侧面、多角度的表现。这主要是指关于汶川大地震的《灭顶之痛》这一部分。但这也不是一种严格的事件的记录和叙写，作品里也基本上没有出现具体的人物。作者捕捉的是地震的可怕的声音，是那些"掀翻人生有限的经验和仓促的祈祷，践踏人类的尊严与自信，覆盖了千万年来灵与肉创造推进的文明"的声音；捕捉的是"天漏"的可怕景象。"车死了"，"映秀死了"，"都倒了，那一瞬间。梦想倒了，温暖倒了"，"这残废的土地，倒了。熟悉的面容。爱家的人，一个个倒了"……诗人以这些词和句，来表现那场惨绝人寰的大地震。但是这些诗又是有着一种历史的真实。这种真实更多的不是来自诗人对事件外部的叙述，而是来自他对事件的内心感受，来自对事件中人的、肉体的还有精神的大灾难的既是客观也是主观的、想象性的呈现。如作者如此写大地震对映秀镇的残酷摧毁："褐色泥土，棉被一样，/裹住了映秀的每双鼻孔、眼睛。/捂死了长发或白发的希望。/捂死了汗水浇灌的梯田。/捂死了金灿灿的五谷杂食。/捂死了天南地北运来的物品。/捂死了动心的情怀。/捂死了最甜蜜的口舌。/捂死了奔腾的气概。/捂死了呻吟，等待和呼唤。/捂死了最后一分钟的坚持。/捂死了最红的心脏。/捂死了掏心窝的爱。"作者对历史事件这样的处理方式为史诗的写作提供了一种较为独特的经验。诗人不再用诗歌来与以叙事为主的其他文学体裁争短长，而是发挥诗歌这种文体的优势，直击人心，直接呈现心灵的历史遭遇，从而通过表现心史来表现民族的命运。

《汶川羌》也体现了一个诗人的民族文化自觉和精神担当。一些后现代诗人不屑于担当代言人，不屑于崇高，表面上是追求个性、追求自由，但从另一个角度来看，又何尝不是一种逃避责任、畏惧担当。而在《汶川羌》这部长诗中，叙事主人公或者说抒情主人公往往和民族的代言人合为一体。诗人对自己的写作具有一种严肃的使命意识、责任意识，勇于承当本民族继往开来的历史进程的代言人，承当民族的歌者。如在《大鸟》这一首中，诗人景仰和讴歌大鸟的境界："大鸟是一只使命鸟。必然深入事物的内部,思想和情感内部。/像光。像透视。像意念和想法。自由出入。/大鸟的存在是崇高的存在。历史的存在。优势种群的存在。/大鸟飞行是时间的需要。生物的需要。存在本身的需要。/创造秘境并且守卫。大鸟是一只幸福鸟。一只孤独鸟。/它被这些需要极度期待,推崇,生育而赋予无边的质感。""大鸟是一只菩萨鸟。干干净净我的灵魂!"可以说,在这首诗中,诗人的灵魂与大鸟的灵魂已经合二为一,作者借大鸟来抒情言志,来浇心中块垒,来自我鞭策和激励。大鸟是具有使命的,又是自由的。使命与自由赋予大鸟崇高的、历史的、优越的形象。"优势种群"在这里不指涉生物学的意义,而是精神与物质的区分,是思想者的一种自我期许。大鸟的存在就是为了飞行——不是兜着圈地飞翔,而是有方向、有目的、有远大前程的飞天之旅。大鸟的崇高使它既幸福又孤独,既自豪又沉重……《大鸟》颇能勾勒作者在《汶川羌》整部长诗中的形象:既是民族历史的叙述者,也是民族未来的预言人。

长诗《汶川羌》以及羊子的其他诗作中,还予人一个深刻的印象,这就是这些诗歌充满着强烈的祖国意识。在羊子的诗中,"祖国"这个词出现的频率很高,诗作饱含着对祖国的感恩和热爱。汶川特大地震之后,幸存的作者冒着余震危险写出的一首首诗中,铺展着这些句子:"尘土之上,祖国的关怀终于来了/隆隆的话语扶直东倒西歪的身影/仰望,在残存的空地当中/倾听这久违的世界有声有色/……飞机抛下深情的问候和期待/汶川不哭,汶川背后是中国/地狱饕餮最怕众志成城/梦魇之后,国徽照亮汶川风采"(《飞机》);"我诗歌一样追求完美的同胞/多少年节衣缩食,修为一片丹心赤诚/挺起汶川崭新的脊梁/与国同心,携手世界的文明与先进/我眼泪一样清澈见底的同胞/从地狱深处挣脱的这一场灾难/钉子似的楔入国家的记忆/从此,幸运的汶川与生命一齐茂盛"(《悼同胞》)。此后,在作者关于大地震的一系列诗作中,"祖国"仍为一个关键词:"生命的孤岛,一个一个/在爱与随时准备牺牲的旗帜之下/前前后后被发现,被救援/慢慢地靠近重生的大陆/在天安门的亲切注视之下/四分五裂的山河开始凝结,团聚/新汶川在祖国温暖中获得孵化"(《汶川的深度·真爱无限》);"天井一样落下天空和光明的旗帜/是成功逃离中凝聚而猎猎飘动的旗帜/没有哪颗心脏不涌动着幸运温暖的信念/祖国啊,每个泅渡的村庄都满含感激/是旗帜无声高昂的鲜红安定了极度的恐惧/即使阵阵地动,轰然再次浪滚过来"(《长河一滴·天下救援》)。在长诗《汶川羌》里,也有多处流露着作者的这种祖国情结。如《车死了》这一首,结尾如此写道:"而有的车被狂野的岩石凌乱的脚步/踏破了头颅,腰身,或者筋骨,/一辆又一辆车,在相同或不同的音符上,/戛然而止。谁都明白,车死了。/车里面都是人啊。我的同胞。/亲爱的祖国心中这一个个爱她的人,/死了。"作者不写"同胞死了",而是写"亲爱的祖国心中这一个个爱她的人死了"。他把死去的同胞定义为"热爱祖国的人",而这些同胞又是在"亲爱的祖国心中"。又如《力量》这一首的结尾:"破碎的岩石,流浪的云朵,沉默的泥土,/因为这种力量的无处不在而耸起处处乡村。死去的心血和远行的深爱终于重逢。/因为这种力量本质的超常,我们都回来。/回到祖国和民族的根脉与魂魄之中。"诗中所吟唱的"力量",不妨理解为爱的情感、爱的力量。而诗人把爱、祖国和民族表现为三位一体。这样深刻而强烈的祖国意识,在当代诗人尤其是少数民族诗人的写作中具有重要的意义。

在诗艺方面,羊子诗歌的现代性无疑是极为明显的。这种现代性体现在他对诗歌的现代形式和审美趣味的强化,也体现在他对诗歌的传统思想的继承和熔铸。形而上的追问是羊子诗歌现代性的一大内涵。他追问人的生命的本质,追问人生的意义,同时也追问世界的真相、世界的意义。如在《人》《虚无、枷锁与愤怒》《真相》和《转化》等等篇章中,我们虽然仿佛看到屈原的《天问》,看到古希腊哲人提出的"认识你自己"这一哲学命题和人生命题的再现,然而,羊子的这些诗作以现代人的思想和抒情方式重新演绎并深化了关于人与世界的形而上追问的命题。这些篇章之所以值得推崇,不是因为它们的主题有何新鲜性和独特性,而是作者以这些内含形而上和本体论追求的篇章,丰富了史诗的表现,拓展了史诗的维度,从而也极大地提升了这部长诗的思想层次和艺术品位。

《汶川羌》的艺术力量,还来自它富有特色的修辞手段。作者十分善于运用排比修辞。这种修辞手法甚至已经成为作者的一种风格。《汶川羌》的大多篇章都出现排比句,像《总》这一首,更是通篇一排到底。作者喜欢这种修辞,我觉得是因为他深入地研究了这种修辞,从而比较深地认识到了排比的力量。作为一个少数民族诗人，羊子对汉语的研究和掌握很值得称道。

这部作品读来也有令人不满意之处。这就是它的节奏或者说音调问题。我能感觉到诗人在这部诗集的写作中饱满的激情，所以这部长诗中的几乎每一首，或者说大多数的篇章音调都比较高亢。这种手法固然有可能使读者自始至终绷紧阅读的神经，抓住读者的注意力而使其一气呵成地读完，但也有可能让读者感到审美疲劳。如果作者能像音乐中的咏叹调一样对叙事和抒情的节奏加以调整，这部长诗将会更加完美。

（原载于《文艺报》2015年5月8日版，《羌族文学》2015年第2期，总第89期转载）

从百年新诗走向看当代羌族诗坛

四川成都 彭 超

"五四"新诗发生至今已百余年,诗学探索荆棘前行,在"瓶颈"与"突破"之间一次次开掘出新诗新局面。中国新诗发生期,面对强大的旧文学传统,郭沫若一代诗人以"激进"的诗学观("绝对的自由")和创作掀起狂飙突进的新诗潮。经历了几十年的诗学探索,当新诗发展被僵化庸俗的社会学裹挟,北岛、翟永明、周伦佑和李亚伟等诗人以"叛逆"的姿态突破瓶颈,为新诗打开一方新天地。今天,新诗再一次遭遇危机。现代与后现代文明在中国呈同时空的"叠合"现象。现代性"张扬的大我"与后现代"破碎的小我"相遇,塑造出"复杂变异的个体"。前者以清高孤洁的姿态拒绝政治介入,导致公共性缺失;后者陷入市场经济漩涡,个体沉沦被欲望包裹,表现在诗歌写作中个体性与共同性的分裂,引发自我的"边缘化"和"窄化"。

在这样的诗歌背景下,当代诗坛依然有一股生机勃勃的力量。究其原委,发现族群诗人崛起为诗坛注入无限活力,从个体崛起到群体形象涌现。例如,吉狄马加、伊丹才让和羊子等诗人,再如,昭通诗人群和甘南诗人群的出现。当代族群诗人对中国新诗的贡献在于,一是文学创作范式的多样性。从"各美其美、美美与共"的角度看,族群诗歌提供了丰富的诗歌意象、书写模式和审美格调。二是"弥合"了二十世纪九十年代诗坛"个体性"与"共同性"的分裂。笔者在本文以羌族诗坛为例论证之。

一、云朵之歌

因为地理位置缘故，羌族被称为"云朵上的人家"①。当代羌族诗人的吟唱就似那"云朵之歌"，神思畅游在天地人神之间，思辨在历史与现实的撞击之中。

（一）祖先记忆与族群文化建构

羊子诗歌以现实为土壤，融合神话传说与历史记忆，以"轮回观"为依托展开族群记忆想象，"现实的我"与"几千年的我"展开"时空对话"，追寻祖先遗迹，思辨现代文明。例如，"小我如刺，化作诗行，且歌且吟，/化作盘古开天辟地，且舞且乐"（《小我伤我》），载"传说与现实，我和众多的复合。/上升。上升。大陆越来越多，/……/我升。我扩。我深。我厚。静静巍峨。/……/再轮回。再进化，再茁壮，/直至稳定成——我与世界合二为一。"（《升，静静巍峨》）②还有如《一去三千年》等诗作。这种上下求索精神，远可追溯到屈原"虽九死其犹未悔"的执着，近可发现有郭沫若一代文人的"五四"精神。羊子诗歌中展现的执着坚守精神与"大我"的自我形象，与当代诗坛"边缘心态"形成鲜明对比，是对九十年代以来诗坛"主体性"迷失的回拨。羊子诗歌的历史感为其诗歌精神增添厚重、广度；他诗歌中的"大我"形象又让这份厚重张扬，形成他诗美的壮丽。羊子诗歌丰富的想象力，可谓是"观古今与须臾，抚四海于一瞬"③。由此形成他大开大阖的诗美特征。

羊子诗歌意象繁复，高频率意象有岷江、羌、羊、祖先、国家、大禹。羊子的祖先记忆穿越时空，跨越空间，是一条浩浩荡荡的历史河流，里面横陈着羌、戈、大禹、李白、杜甫、羌笛、释比、都江堰、天府之国、三星堆、古蜀、岷江、汶川……羊子思想的跨越、天马行空的想象力，需要长诗、组

---

① 参见韦荣慧：《云朵上的羌族》，中国旅游出版社，2009年。
② 羊子：《静静巍峨》，四川民族出版社，2015年，第43页，第56—58页。
③ 陆机：《文赋》，见郭绍虞主编：《中国历代文论选》第一册，上海古籍出版社，1979年，第170—171页。

诗容纳，故而，他诗歌范式长诗、组诗趋多。近期诗集《汶川年代：生长在昆仑》便是他努力的呈现。

祖先记忆构建羌人精神族谱，"我是我祖先的一次回来。我是我祖先的一次活着。/我是我祖先的一次歌唱。"（《汶川之歌》）[1] 灾难书写汶川地震的伤痛让"时间弯腰"[2]。

> 生死伤痛80秒
>
> 地狱人间80秒
>
> 崩溃的山石埋葬岷江昆仑谷地山峦
>
> 周身是坍塌，撞击着心跳和呼吸
>
> 死亡在幸存生命的脸上
>
> 嗅过去，嗅过来
>
> 黑色恐怖和着尘土挤满空气
>
> 汶川沉没了……映秀死了[3]
>
> 《长河一滴》

灾难凝聚力量，汶川地震让国家观念深入人心。羊子诗歌中"国家记忆""国家视野""国家图书""国道线""五星红旗""军人""祖国""中华民族""国家民族""中国文字"和"中国"等成为家园重建的关键词。"家""族""国"重构重叠在一起成为一个"共同体"。"个体性"与"公共性"的契合成为羊子诗歌情感基石。"我的神山之上，我的神林之中，都是神灵密布的光芒/……/我的神山是所有人的神山。我的神林是所有人的神林。/……/穿过神山神林，我来到更多的江河，更大的河畔。我的神龛供奉着传说的龙。"[4]

羊子对历史文化的深度思索、现实的深切关怀表现为诗歌态度的严肃、精神的执着、境界的开阔。这与当代"诗江湖"的"戏谑""窄化"和"边缘心态"形成一种鲜明的对比。羊子诗作《汶川年代：生长在昆仑》史诗性

---

[1] 羊子：《汶川年代：生长在昆仑》，作家出版社，2017年，第57页。
[2] 羊子：《汶川年代：生长在昆仑》，作家出版社，2017年，第84页。
[3] 羊子：《汶川年代：生长在昆仑》，作家出版社，2017年，第8页。
[4] 羊子：《汶川年代：生长在昆仑》，作家出版社，2017年，第80—81页。

的追求，是对诗歌古典传统精神的重建，也是对当代诗坛诗歌样式的大胆开掘。

王明军诗歌浓烈的族群文化情怀，个体性与公共性的契合，展现出当代羌人"心有所安"的族群归属感，与诗坛后现代语境下"心无所安"的孤独意识形成一种对话。王明军诗歌意象多是具有文化记忆的符号特征，例如山神、神林、释比、云神、神杖、被羊啃吃的经书、灵猴、碉楼、皮鼓、火塘、白石、羌红……纷繁的意象建构起族群文化家园，成为"我心安处"。

　　一方被天堂眼泪浸润的石头，生长出吉祥
　　草原上的每一棵水草，都仰起目光
　　吉祥的石头把篝火历练成万年不熄的火塘
　　从此，每一匹驰骋草原的马都朝向这里

　　照亮了所有的草原和山岗，光辉从这里出发
　　虔诚从这里升起，文明的流水和垒石为室的编织
　　一点点地，响亮起来
　　直至成为温暖的衣裳，和那本被羊啃吃了的经文

《灵性的白石》[1]

"温暖的衣裳"与"被羊啃吃了的经文"分别象征物质与精神，成为家园建设要素。白色石头是羌族迁徙生存的见证，也是一种庇佑；火塘则是族人安居的表征。这些意象具有历史的深度与生活的质感，也是构建族群文化的关键要素。族群文化符号渗透在日常生活里，浸润着族人的生命，温暖族人的心灵。《飘飞的羌红》中，"红，温暖的，不只是万年不灭的火塘/还有在火塘边响起的歌喉，从手中次第传递的那一份柔。"[2] 祖先想象在王明军诗歌呈现"神性光辉"，例如"让一袭来自天际的身影/成为大地护佑的那一道/光芒"（《羌年》），"一张猴皮做的祖先神顶在头顶，沿着从北到南的方向/四

---

[1] 王明军：《阳光山谷》,中国文联出版社,2013年,第28页。
[2] 王明军：《阳光山谷》,中国文联出版社,2013年,第19—20页。

散开去"① 等诗作。"神性美"与"山水宁静之美"是王明军诗歌构建族群文化的两大核心。《秋语》中,山岗、茂林、色彩缤纷的秋叶与经幡一起构成优美的秋景。"在微风荡漾的季节里/一树五彩的语言轻缓着情怀/在秋风中轻的只有沙沙声响/轻得只剩彩色外衣"② 诗歌以舒缓的语言谱写一曲略带轻愁的秋之乐。

恣肆与内敛成为王明军诗歌情感的双重奏。他在回望历史、想象祖先、架构族群记忆时情感恣肆;面对现实世界,情感表达内敛。诗歌《山谷破碎的阳光》,夕阳、落叶、云朵、古老的屋顶、繁花的旧梦和秋池等意象组成一幅美丽轻愁的画面。"时光风来雨去/梦想起落聚散/阳光破碎在山谷中/山野繁花的旧梦/深藏在千年不锈的河流中"③,王明军诗意里现代性的幻灭感,让人联想起新月派诗后期代表诗人陈梦家诗歌《一朵野花》:"一朵野花在荒原里开了又落了,/他看见青天,看不见自己的渺小/听惯风的温柔,听惯风的怒号,/就连他自己的梦也容易忘掉。"④ 1927 年左右,中国局势动荡,陈梦家等一批年轻人面对大革命失败,幻灭感成为主要情愫之一。

(二) 诗意人生

亘古岁月,沧海桑田,唯有爱情充满鲜活生命力,丰富每一个个体生命的生命体验。情诗是曾小平的鲜明特点,他以诗人的浪漫情怀书写"爱的遐思",例如,《我想邂逅一种美丽》《你能仰望星光怀抱玫瑰就够了》《在山谷,我等待一场艳遇》《在雪域高原读你》和《风景区拍照的女孩》等等诗作。他清新自然且质直的爱情诗隔空呼应二十世纪二十年代湖畔诗人群。"伊的眼是温暖的太阳,/不然,何以伊一望着我/我受了冻的心就热了呢!//伊的眼是解结的剪刀,/不然,何以伊一瞧着我,/我被镣铐的灵魂就自由了呢!"(汪静之:《伊底眼》)⑤ 湖畔诗人这样率真的青春之咏叹曲,在曾小平诗歌处处能寻到踪迹,自然率真成为他的诗美特点。羊子诗歌里也有爱情抒

---

① 王明军:《阳光山谷》,中国文联出版社,2013 年,第 4 页、13 页。
② 王明军:《阳光山谷》,中国文联出版社,2013 年,第 111 页。
③ 王明军:《阳光山谷》,中国文联出版社,2013 年,第 125 页。
④ 钱理群、温儒敏、吴福辉:《中国现代文学三十年》,北京大学出版社,1998 年,第 277 页。
⑤ 钱理群、温儒敏、吴福辉:《中国现代文学三十年》,北京大学出版社,1998 年,第 98 页。

写，例如，《红尘隔着你》《爱你》《约你不见》《时间挂在心口上》《兰香黑发》等诗篇。在《院子外面的脚步声》中，"心林里鸟飞鸟鸣。/花伞遮住的思念亲吻整个正午，/连院墙外的涛声都熄灭了/季节跌入土壤的里面"①，将爱情的喜悦、羞涩、激动和甜蜜写得生动唯美。当代羌族诗人对爱情的向往、吟咏，是对当代文化"不谈爱情""不相信爱情"的一种补充，是对"真"与"美"的执着。

曾小平诗歌还有一个特点是"诗意的日常化"。他日常生活的诗意化体现在他诗歌意象的日常、诗绪的泛华。湖边的女人、书屋、候鸟、天空、羌山、钥匙碉楼、星光、雪、冬夜、牛奶、手表、彩云、向日葵……凡是肉眼可见，生活所经历的事物几乎都能进入曾小平诗歌世界。在当下欲望化、世俗化的文化场域中，这种诗意人生难能可贵。

"日常生活的诗意化"是诗人们的一个共有现象。王明军诗歌《春天的祈祷》《母亲的酒歌》《米亚罗》《在丛林盛开的羊角花》《雨夜》《花开的声音》等诗作里，日常生活起居，亲情、友情、爱情以及自然风物都被纳入诗意的眼里。诗歌《风的问候》中，"风，向醉卧的大山问好/那打碎雨露的脚丫/在草叶滚圆的梦境上踱步/草语就浸在了裙边娟秀的玫瑰上"②，"风""醉卧的大山"与"草叶滚圆的梦境组"组合成一幅生动的雨夜图景，而其中"打碎雨露的脚丫""裙边娟秀的玫瑰"成为图景中的主角，"雨夜寻美"的故事就这样悄悄展现出来。羊子在《鸟鸣清晨》中，将日常生活渲染得诗意盎然，充满情趣："日子像一排排汉字，一笔一画，/轮回在蔚蓝天空的胸膛里，/书写在朴素的心扉上。/你说，还有什么比诗趣更懂/一阵清风撩开夏的炎热和平凡。"③ 羊子面对现实之物，思绪千载，纵横天地，在天地人神之间展开族群文化之旅。《风上》中，从随处可见的"风"，遥想到祖先的目光、神灵的祝福、千古叹息、浩瀚时间、心上恋人。《愤怒的羊子》中，由柔顺的羊联想到神和战场。《一个浪漫的清晨的下午》中，由眼前之景联想到神秘的

---

① 羊子：《静静巍峨》，四川民族出版社，2015年，第150—151页。
② 王明军：《阳光山谷》，中国文联出版社，2013年，第107页。
③ 羊子：《静静巍峨》，四川民族出版社，2015年，第35页。

咒语、祖先。羊子浪漫绵长的思绪，让日常生活充满祖先的记忆、神的气息与山川河流的激涌。

二、从百年诗史看经典创造

诗歌须有"在场感"。所谓"在场感"，是指诗歌应当有以现实土壤为基础，具有历史关照与现实关怀。文学与现实之间的关系主要有两种，一是再现文学，描写已经发生的事件；二是表现文学描写应该发生的事件。优秀的文学通常应该是两者兼备，具有深厚的现实关怀。以经典诗歌为例，现实关怀、家国情怀在不同时代、语境中有不同的意义。中国现代诗坛的经典诗篇，几乎都具有深厚的现实土壤，反映了现实关怀与家国情怀。

近代中国经历最大的家国危难便是晚清民国初时期中华民族"濒临亡国绝种"的边沿。国势式微是中国新诗诞生的主要缘由。中国新诗发生期间，郭沫若在日本遭受屈辱歧视进而对祖国发出"凤凰涅槃"的国家想象，有了《女神》的产生。《女神》激起同时代无数青年的共鸣。在二十世纪二十年代，是否有过《女神》阅读经验，被视为"新青年"的标志。闻一多1925年留美归国后发现国内局势腐败混乱，深感忧愤，创作《发现》。抗日战争爆发，面对被日本铁蹄践踏的国土，艾青于1938年创作了《我爱这土地》。这些充满爱国情怀、忧患意识的诗篇跨越时空成为经典，是留给世人的精神财富。

"文化大革命"让中国政治经济文化面临崩溃，于是有了"朦胧诗""第三代诗人"的崛起。北岛的《回答》在今天依然能震荡读者心房。

显然，如果停留在少女悲情、壮士伤怀的小情小调，局限于区域族群视野的围困，诗歌格调难以提升。诗歌写作应当有本土性、区域性，充分展现区域族群文化个性，同时亦应有国家观、中华民族国族性，并有全球性视野。"笼天地域于形内，挫万物于笔端。"① 诗歌表现对象宽广，视野开阔，自然

---

① 陆机：《文赋》，见郭绍虞主编：《中国历代文论选》第一册，上海古籍出版社，1979年，第171页。

可以呈现大格局、大气象。当代羌族诗坛虽然影响力还不足以撼动中国诗潮，但是羊子等诗歌的现实关怀与历史感，显示出了一种"对抗性"的写作范式、精神重建的诗歌品格。

诗歌艺术应当"留白"。族群诗歌因为历史关照、现实关怀为让诗歌具有厚度、广度，而站在一个耀眼的高度，但是距离经典创造还有一点距离，上面论及的部分诗歌存在一些问题，例如，深度有待强化，品位还需提升。经典创造，必然须有诗美追求。"留白"是诗美追求的主要方式之一，所谓"留白"，是指以凝练的语言表达深远的情思，言近旨远，耐人寻味，为读者留下审美的想象空间。例如，戴望舒诗歌《雨巷》意象意境的悠远、宁静和哀愁，给读者留下无限遐想的空间。

日常生活情思皆可入诗。例如，徐志摩的《再别康桥》和《沙扬娜拉》表现日常生活的怀念追思与惆怅。但日常生活的诗意书写，看似容易，实则对诗歌艺术提出了更高的要求，切忌"为文造情"，遗真逐伪。人性的爱恨情仇，日常的观花赏月，需要诗美的提升、思想的凝练，方能让诗歌有滋味，否则容易淡然寡味，甚至陷入油滑。例如，当代诗坛，"非非"诗人群曾经因为大胆的诗艺探索而蜚声文坛。但是二十世纪九十年代至今，思想的"窄化"、素养的不足与戏谑的姿态，导致诗歌"堕落为江湖"，部分诗歌写作陷入油滑模式。故而，笔者认为好诗还应"文质彬彬"，"文"指"文采"，"质"指"思想"。好诗需要思想与文采的结合。

"天上的彩霞飞来了/山上的花儿开放了/羊儿从云朵中走来了/我们的歌从心中飞出来了。"[①] 当代羌族诗坛有一个共性，即，诗歌中的民歌烙印。这可以从文化传承与现实关怀，受众群与诗美几方面探讨之。民歌是民间文化的集中体现，具有鲜活的生命力、泥土的芬芳。因为民歌的通俗易懂，因而广为传唱，成为各民族文化记忆的重要组成部分。在前现代，大众文学素养普遍低下，民歌成为大众的主要精神食粮，故而成为必然的历史要求。在今天的现代社会，大众文学素养普遍提高，品位的提升必然伴随对精神食粮的

---

① 张善云、陈连义、张崇明：《古堡觅史走西羌》，国际港澳出版社有限公司，2008年，第175页。

高要求。民歌已经不能满足今天大众的精神需求。诗歌作为高雅艺术的存在形式,既要平易畅达,更要有诗美的追求。闻一多曾经提出诗歌情感的"冷处理",即,当情感浓烈之际不适宜于立即作诗,应当待情感冷却之后再作诗。这样的目的,是为防止情感的泛滥,这对当代羌族诗坛也是一个很好的启示。民歌与诗本是两种不同形式的艺术,故而两者之间是应当有所区别的。

羊子等人执着的诗歌精神、浓烈的民族情怀、深切的现实关怀,让他们的诗作里面,好句频现。羊子诗歌《岷江的高度》写出族群迁移的苦难:"族群的记忆复苏不了祖先的经验/迈出的脚步搜索不到回归的路线";苦难在坚韧中升华为族群文化品格:"向东,向西,顺着可能的方向/形成玉石的巅峰,青铜的极致/在三星堆,无与伦比的光芒之下暗淡了岷江上游的蚕陵古国/暗淡了传说中大禹的故里刳儿坪。"[①] 王明军在《羌年》里,写道:"羌历。……所有的日子尘封在历史的书页中/时间端坐在河流的中央,被装订的时间枯木/无法生长出绿的梦想。"以羌历为喻,时间是流动的河,执守一段,只会带来文化的枯竭,暗示文化创造的重要性。曾小平在《其实,人生就是一只候鸟》里,以一句"最终,我们依然是树上的鸟群/一声枪响就一只不剩地逃离现场",批判现代人思想的摇摆。简短一句,犀利,直击要害。

2008年汶川特大地震至今10年,当代羌族诗坛可谓从废墟中站立起来。诗人群不多,但是他们的坚持执着,必然会创造更多更好的诗篇。

结　语

警惕一个陷阱,西方视野的"东方形象"。当代族群文学需要警惕陷入"自我风情化、内在他者化"[②]的写作陷阱。西方文明概念包含西方现代民族国家自我意识与人类社会普遍价值,在确立西方文明为中心同时,也确立了西方扩张的合法性,人类学为这种西方扩张寻求"学理依据",中国形象被野

[①] 羊子:《静静岷峨》,四川民族出版社,2015年,第15—16页。
[②] 刘大先:《中国人类学话语与"他者"的历史演变》,见于刘禾主编:《世界秩序与文明等级》,生活·读书·新知三联书店,2016年,第510页。

蛮东方化处理。当代中国文化内部，这种文明与野蛮二元式思维隐形存在，潜在影响族群文学范式，表现为突出彰显民族文化个性特色。就文学范式而言，这原本还并不构成显性问题所在，但是在市场经济传媒影响下，将自我他者化处理，努力营造乌托邦幻想，塑造神秘他者形象，导致写作失去生命力，成为文化符号的贩卖。诗坛亦是如此，警惕陷入"东方形象"陷阱写作。

（原载于《羌族文学》2019年第1—2期，总第104、105期）

羌族作家谷运龙散文简论

四川成都　徐希平　彭　超

谷运龙,四川阿坝藏族羌族自治州茂县人,铁匠家庭出身,少年时代曾在家乡的山林牧羊,对本民族的生活有着较为深切的体验。1977年考入阿坝州财贸学校会计专业学习,毕业后被分配到黑水县商业局工作,后调县政府办公室,现任阿坝藏族羌族自治州州人大常委会主任,阿坝州文联名誉主席。在长期的生活实践中,谷运龙深切感受到羌族人民勤劳、朴实、善良的美德,也看到民族地区的落后与不足,所以萌发了用文学形式来反映本民族人民生活的强烈愿望。勤奋地创作,不断地进取,使他在创作道路上洒下了辛勤的汗水,也留下了坚实的脚印,成为一位成绩斐然的羌族作家。自1982年在《新草地》上发表第一篇短篇小说《顺哥》以来,谷运龙已陆续发表了数十篇短篇小说和散文作品。其中如《飘逝的花瓣》《滚上山的石头》《第十任厂长》《别了——那些小白脸》《苦涩的梦》《爱的拼搏》《老辣子》等短篇小说都有较大的影响。《飘逝的花瓣》1985年获第二届全国少数民族文学短篇小说创作二等奖,成为第一篇获全国性创作奖的羌族作者的小说作品,同时该作品还获四川省首届郭沫若文学荣誉奖。

由写作小说开始,后来却更多地转向写散文,这与作者的工作可能有一些关系。正如《谷运龙散文选》有这样一段自述性文字:"长期从政,余好文学。二十五载,文政合一,以政附文,以文承政。政田盈实,文土禾瘦,喜在其中,悲亦在其中。人诚而笨,文实而拙,如有寡喜者,亦吾之大幸也。"这是四川少数民族作家选集版本上的话语——客观的是谷运龙一直从政,从局长、部长、主任、县长、县委书记到阿坝藏族羌族自治州人民政府副州长、中共阿坝州委副书记、州人大常委会主任，主要的责任是处理好政务，要思考和带领百姓奔向富裕。

《谷运龙散文选》全书分为三辑：民族的背影、孤独的乡愁和山外的世界。贯穿全书的是谷运龙先生渗透在字里行间的情感，对本民族的自豪，对家乡和亲人的热爱，以及对山外世界的关注等。这是一个至情至性的男人，热烈深沉地爱着生养他的土地和人民。我觉得这个题目《字字句句总关情》最能说明他散文的特点，就是一个"情"字。这个"情"字，在文中一会儿表现为思念亲人、怀念家乡的"小爱"；一会儿又表现为心系世事、关心国家民族的"大爱"。

一

散文选集的开篇就是《一个民族的背影》，字里行间中交织着作者复杂的情感。羌族，烙印在历史上的一个东方大族，曾经驰骋沙场，激荡历史，但是昔日的辉煌如今已经不在，"他们伟大的身躯都到哪里去了呢？他们奔驰的马队都到哪里去了呢？他们漫卷的牛羊都到哪里去了呢？"作者发出了震耳欲聋的声音："望着这个民族的背影，我感到彻骨的悲凉。看着这个民族的历史，我感到冲天的愤慨。"

文为心声，作者展现给我们的是这个古老民族的日渐式微与衰落，以及作者那满腔的悲凉与无奈，我们几乎可以听到作者痛彻心扉的呐喊："我们只看到一个伟大民族的依稀背影，聆听到一个伟大民族长歌当哭的警世呼唤。"文章的末尾，作者从心底里为羌族人民在新中国成立后的幸福生活感到欣喜和高兴，"新中国成立以后，羌族人就再没有了噩梦的惊扰。于是，这个民族才真正地享受了阳光温馨的抚爱，承接了雨露甘甜的滋润。他们早已从马背上跳下来，演绎着现代文明。清风徐来，流水东去，他们便悠然自得地坐下来，扯起嗓子吼一段美滋滋的山歌，喝一盅沁人心脾的咂酒，昭示着这山这水的灵性，抒发这朝这代的幸福。"从中不难窥出作者热爱自己国家和民族的滚烫红心。

因为热爱着这个民族，作者同样深沉地热爱着这个民族的女人们，《尔玛女人》中多苦的阿妈、多苦的阿姐、多苦的小阿妹们，正是因为有了你们，在"苦难中你们驮载了一个民族的不息繁衍；苦难中你们养育一个民族的不断壮大"。民族的生息繁衍，怎能少得了这些伟大的忧伤的女人们，在羌笛的幽怨旋律中，历经战火后的民族开始了支离破碎的长途迁徙。他们终于来到了一条名为岷江的上游地区，在这里，"女人们用泪水浸泡了生长悲伤的田园，用梭子穿织了编织苦难的生活。"任何一个民族，女人们均与其共生共存，一个民族的历史也就是这个民族女人们的历史，羌族则尤甚。作者对此有着清醒的认识，他说："一部尔玛人历史的序言是归结于一个'姜'字。尔玛人是女性文明中不可或缺的一部分。一个'姜'字即滋润一个剽悍蛮荒的民族，又栩栩如生地道出了劳动对象的所有内涵。"历史文献中所记载的姜嫄就是周人的女始祖，没有姜嫄的存在，也就没有周人的昌盛发达，也就没有后来绵延千年的华夏文明。尔玛女人是伟大的，如同她们伟大的民族，正是因为有了她们的存在，我们伟大祖国民族大家庭中才会有如此众多的兄弟姐妹，祖国的文明之花才会绽放得如此的绚烂多姿。今天生活在祖国的各个民族或多或少、或远或近都与羌族有着丝丝缕缕的联系与瓜葛。

作者的笔触并不仅仅止于对自己民族的书写与思考，他更多将视野拓展到山外的世界，有对中国历史的思考，对时代新气息的敏锐感受，对现代高科技讯息的捕捉。作者在对山外世界肯定和赞美的同时，也进行了理性的思考和判断，这些都显示了作者异于常人的远见卓识。《感悟北京的辉煌与忧伤》中，作者对长城、定陵、颐和园、故宫的思考中，有对历史的反思，对未来的向往，引人以无限的遐思并重新去审视这些过往的辉煌。作者对北京的感悟是："这些辉煌的忧伤和忧伤的辉煌蒂落之时，总沉甸甸地把中国大地敲得山响。"对于长城，一般人仅仅停留在对古代文明的啧啧称奇和慨叹上，而谷运龙先生却有着他自己的思索，他提到长城，说："多丢人的一段中国历史、多复杂的一种民族横向关系。没想到野蛮的极致竟孕育的文明，没想到古代悲哀的绝顶却成为今天淋漓的歌唱。能不恨吗？"对定陵，作者将它与长城作比较，认为："长城是一种久远的沸腾、生命的激荡、民族气质的坚韧不拔，定陵却是一种死亡的铺陈、寂寞的忧伤、大度的挥霍。"关于定陵的思考，作者在文章末尾的总结值得我们重视和深思，"任何王朝都可能毁灭，任何玉体金身都会腐烂，唯有思想埋没不得、掩盖不得，只有道德死去不得。任何人，大至一国元首，小到一介草民都应把墓修在人民心中，让人民永世景仰。"这样的声音，在当下的这个社会，尤其有特别的意义。执政者应该时刻把人民的事情放在心上，人民事情比天大，作为阿坝州领导干部，谷运龙尽力履行职责，心里时刻装着全州各族百姓，他热切地期盼人民能过上幸福的生活，他一心想把人民带上一条充满希望的康庄大道。

他在《飘逸在云南的情思》中，有对生态文明的关注；在《感悟温州》中，有对市场经济的思考；在《人妖》中，有人道主义的关怀，字里行间中闪烁着人性的光辉；在《草原驶来的红帆船》《扎西德勒圣地阿坝》中，有对改革开放和新政策的肯定与欣喜等等，这些无不体现着作者对祖国对人民的关心和热爱，体现了一个共产党人的理想和情怀，体现了一个领导干部的担当和责任。一本选集，让我们感受到了作者一颗滚烫、激荡的雄心，触摸到了作者对祖国人民的一片深情，聆听到了作者对亲人柔情的耳语。一本文集，大爱与小爱同在，柔情与壮志共存。只有一个立体的人，一个有丰富内涵的人，一个有充沛情感的人，才会有如此令人唏嘘动容的文字，才会有如此深邃的思考。

二

谷运龙先生的散文，字字句句皆饱含深情，读之令人动容。文中念及亲人和故乡的浓浓亲情在散文集中的第二辑《孤独的乡愁》中体现得尤为绵长和感人。《家有半坑破烂鞋》溢满了作者对自己父亲和母亲的疼痛与怜爱，也赞美了勤劳农人们对土地的热爱与依恋："我又看见父亲在油灯下敝帚自珍地补着他的农田鞋，情思从那打蜡的线中飞出，五谷的香气从那鞋中溢出，兴旺的六畜在那鞋里高昂地嘶鸣。""我常常看见临近过年时，母亲为赶做我们的新鞋，手缠布条刷刷地将鞋底纳至深夜。眼熬红了，手勒肿了，人瘦弱了……破破烂烂的鞋堆中跳跃着母亲完整的心。"字里行间中，作者对父母的心疼和爱怜触手可及。

这种真挚情感在《淘金》中也有表现，文中有段描述父亲形象的文字："我突然对我的父亲生出一种特别的敬意，同时又夹着淡淡的心酸。他苍老多了，还不足五十岁的人，倒像已年逾花甲。牙齿落完了，嘴瘪了，眼落坑儿了。"作者对因辛劳过度而过早衰老的父亲是心疼不已，在心酸的同时又对父亲生出一种敬意。这是一种复杂的情感，父亲瘦小羸弱的身躯，在风雨飘摇的艰难年代中将这个家稳稳地支撑起来。正是在如山般的父爱呵护下，作者才能健康成长，才能"飞"出去。父亲朴素的语言却蕴含着深刻的道理，他说："你以为硬是下河淘金才叫淘金。这淘金的门路多得很。你们念书、工作不也是在淘金？"父亲的话引作者常常思索他此生的"淘金"之路。作者通过对父亲的描写，展现了当代中国农民勤劳朴实的优良品质。

在《土地的恋情》中，父亲对作者说道："变了泥鳅，还怕钻泥巴？再说，没有地种了，这心里空落落的总不是味道。笑？有啥笑的？农民种地天经地义！"作者在"莹莹泪光中"看到"父亲仿佛也变成了一棵树，绿意充盈地摇曳在故乡的土地上"。作者感叹道："是啊，他把根深深地扎在故乡的土地上，所以他离不开故乡那片永远充满爱恋、充满庄严的土地。"文中所感叹的对象，从表层上看起来好像仅仅是自己的父亲，其实作者从深层次上揭示出了中国的农民们离不开土地，土地就是农民的衣食父母的简单道理。作为一方土地的领导干部，作者在看待身边诸事时，会有更深层次的思考和判断，视野和深度皆有别于他人。

作者对亲人的这种深情与爱怜在《母亲心中的佛》《新坟》《姐姐》等文中都有自然流露。在《母亲心中的佛》中，作者被伟大的母爱感动得一句话也说不出来："妈妈回来时已是落日时分。我目睹她从对面山坡上细长的小道上匆匆地走下来。浓烈的喜悦从她飘飞的白发中弥散开去，浸润出儿女们崇敬的千般绿意。我站在后门的石阶上，用爱怜的目光迎接着我圣洁如月光的妈妈，一腔柔情的话想倾诉给她，抚慰一下她劳累的心灵。可是，当她说：'我回来了'时，我竟说不出一句好听的话，傻乎乎的我，有一种想哭的感觉。"在《新坟》中，有对大妈深深的愧疚和感动："大妈对我的爱，却不得不说是一种厚重而永远的母爱。""想着大妈对我的好、大妈的苦难和痛苦，就流下来不好受的眼泪。……我一把握住她的手，含着泪点点头，久久不忍离去。"在《姐姐》一文中,则是作者对姐姐揪心的心疼与不舍:"我到医院去看她时,医生叫她,她怔怔地从病房里走出来,木讷的表情,瘦弱的身体,穿着宽松而肥大的病号服,一看见我,还未叫出名字眼泪就珠玉似的往下落。我抱住她,叫着姐姐,眼泪也流了出来。我把她扶坐在椅子上。她望着我,恳求我接她回去,我劝她要听医生的话好好养病。她哭着哀求着。"这些情深意长的文字读起来让人回肠荡气,为之动容。作为一个人,一个有血有肉的人,无不为这些深情浸润着的文字所感动、所流泪。

　　作者这种细细密密、情意深重的"小爱"在文中无处不在,弥漫于作者所有的文字当中,《孤独的乡愁》最浓最烈,《民族的背影》和《山外的世界》也同样是稠得化不开、厘不清。在《庄稼人的感觉》中,源于发自内心深处对家乡强烈的喜爱,作者笔下的各种家乡小吃,让读者馋涎欲滴,直吞口水。《孤独的乡愁》中,作者描写家乡的现状让人十分震撼:"每一年春节回家,为了观看中央电视台的春节联欢晚会,即使离电站最近的桃坪,一台电视机前面至少得串联二至三个调压器,一个灯泡也要用一个调压器,否则电灯如瞌睡人的眼,电视也只能是摆设一个。我亲身感受了在500瓦灯泡之下点着四根蜡烛吃年夜饭的滋味,那是个什么样的滋味呢,至今我说不出来。"对于都市里生活的人们来说,桃坪用电紧张的状况是我们根本无法想象的。500瓦的灯泡,我们几乎就没有概念。点着500瓦的灯泡的同时,吃饭还需要点亮四根蜡烛,而电视几乎就形同虚设。读到此段文字,感到十分的震撼,这使人想到中国广大农村里的农民的生存现状和生活场景,让人瞬间理解了谷运龙先生为什么眼里总是常含着眼泪,作为一个有良心、有责任感、有情感的真正中国人,没有不为之动容的,更何况那是一片生他养他的土地!作者从心底深处喊出了:"故乡需要光明、需要动力!"作者的呐喊,喊出了千千万万农民的心声和希望。

　　阿来评价作者的小说,认为他是以自己"对生活的熟悉、对普通人命运的关注与同情""向我们奉献了自然天成、生活气息浓郁并已兼及人物性格刻画的作品。"[①] 这段评论同样适用于作者的散文创作,谷运龙先生正是凭借着

---

① 阿来:《我的读解》,《草地》,1989年第4期。

自己对周围环境和身边人物的熟悉与关注,笔下才会有那一幅幅充满浓郁生活气息的画面和场景,以及那一个个令人难忘的生动形象。

谷运龙长期生活在阿坝藏族羌族自治州,对当地民族风情十分熟悉,对这块土地满含深情,这是他写作的基础,因此也颇得好评。人们为其"凝聚在笔端长达五千多年悲怆凝重的羌族历史所震撼;被谷运龙发自尔玛人灵魂深处的炽热情怀所感动"[1],"与其说谷运龙先生是羌族中一位富有成就的散文家,还不如说他是一位辩思的哲人,因为谷运龙先生散文的最大特色除了浓郁的艺术味和文化味外,便是那种诗意的写作风格,而构成这种风格的,恰好就是那种雅致高贵的忧伤,神驰古今的浪漫,充满终极关怀的文化品位。"[2] "你读了谷先生的散文,你就知道什么是人人心中均有,人人笔下均无,你就明白什么是柳暗花明又一村,你就理解什么是于无声处听惊雷。""长城很多人写了,像说明文,要把它写得鲜活,写得真切,写得哲理,我是第一次见。羌寨就在我们身边,却没有进我们心里,把它写得清新、写得含蓄、写得哀怨,我是第一次读。"[3] 都从不同角度揭示其特点及其艺术感染力。

谷运龙散文选集,于2006年获得了第五届四川文学奖,选入其中的《家有半坑破烂鞋》,获得了四川省第二届少数民族文学奖,《岷江——母亲的河》获得了四川省第三届少数民族文学奖,《轻言细语话黄龙》获得了中国第四届南国冰雪节暨首届阿坝大九寨冰瀑旅游节"大九寨之冬"有奖征文特别奖。谷运龙先生的作品在《大家》《西藏文学》《美文》《现代作家》《四川文学》等都有刊载发表。所有这一切,说明了谷运龙先生的创作生命力是相当旺盛的。但是,作者散文选集扉页的自序中,说自己是"政田盈实,文土禾瘦",实际上他是政田、文土皆盈实,非他本人所说的"文土禾瘦"。至于"人诚而笨,文实而拙",虽为作者自谦之词,实也道出了作者笔墨文字的主要特征:"诚"与"实",也就是我们前面所说的"情"。作者因为对生活的熟悉,对

---

[1] 晓钟:《谷运龙——一个古老民族的时代歌手》,《草地》,2006年第1期。
[2] 杨国庆:《谷运龙散文创作初探》,《草地》,2006年第1期。
[3] 周正:《文情并茂——读〈谷运龙散文选〉》,《草地》,2007年第4期。

周遭人与事的关注与热情，形诸文字，则充满了真情实感，文字虽朴实却很深刻，虽通俗却很耐人寻味。

有人说谷运龙的散文创作太沉迷于小我，而缺乏宏大的视野。当然，不同的读者，心中都有不同的哈姆雷特，对同一部作品，不同的人有不同的理解和观点这是很正常的事情。宏大的叙事，恢宏的视野，原本也不是散文这种体裁所能承载的。即使要表现社会大事件，也并非一定要通过宏大叙事来完成。谷先生的散文创作虽以情胜，但并不乏理，不少文章闪耀着作者睿智的见解和精警的哲理，在反映故土发生天翻地覆的变化的同时，也向人们展现了在新时代的大背景下人们的思想观念、生活方式的改变以及民风民俗的历史变迁。

本文主要讨论谷先生的散文创作，而不涉其他文体。正如此前笔者参加李明主编《羌族文学史》，读其小说《飘逝的花瓣》时所指出：谷运龙小说创作的基本倾向是"写普通人的遭遇，以此反映时代的缩影，表现改革开放所带来的社会变化和人们新的精神风貌。"[①] 其实，无论是小说还是散文，谷运龙的创作都是扎根于他长期的生活实践，以及他对羌族人民勤劳善良的美德的感受，由此而形成的一种强烈创作冲动激荡作者将这些感受形诸笔端，以反映和表现本民族人民的生活和喜怒哀乐。所以我们说，没有作者对祖国人民的热情关注，没有对民族亲人的深情厚谊，就不会有作者今天"文土盈实"，羌族文坛中就不会有如此绚烂的一朵文学奇葩。

(原载于《羌族文学》2018年第4期，总第103期)

[①] 李明主编：《羌族文学史》，四川民族出版社，2009年。

论羌族诗人羊子《汶川年代：生长在昆仑》中的民族性与现代性交融

四川成都　孙珂珂　吴少颜

羌族诗人羊子原名杨国庆，是一位生长于羌村山寨的地道的羌族诗人，他曾创作歌词《神奇的儿寨》，经他人作曲演唱后风靡神州，先后出版《一只凤凰飞起来》《静静巍峨》《最后一山冰川》《汶川羌》等作品。羊子的作品将目光聚焦于羌民族历史与现状以及未来，在创作中始终坚守民族身份识别，彰显出中华多民族情怀和民族思量。2008年5月12日，四川省汶川县遭遇了史无前例的特大地震，羌族地区受灾严重，经历了这场灾难的羊子深感必须要发出诗人的声音，张扬民族的精神。灾后，羊子创作一系列以地震为主要题材的诗歌，以磅礴的气势和细腻的感受传递出灾难时刻的惊惧哀伤与痛惜。他的诗歌以人道主义为本，挖掘羌族的民族特征，为身处灾害中的人们提供精神抚慰并增进灾后重建力量，以期渡过现实的痛楚与难关。羊子的诗歌因其对于羌民族的深刻书写而受到广泛重视与赞誉，如学者杨玉梅称赞他的诗歌："他写的不是自我的一点小感情，而是将羌民族、时代、祖国，乃至万物生命都集中到自己身上，所以《汶川羌》具有丰厚、深刻而独特的思情。"[①]

2017年，羊子推出新诗集《汶川年代：生长在昆仑》，由《长河一滴》《汶川之歌》和《山魂乐章》三首长诗组成。这三首诗都以汶川地震为基点，

[①] 杨玉梅：《诗人的使命与超越——对长诗〈汶川羌〉审美意蕴的阐释》，《当代文坛》，2015年第3期。

追溯羌族的历史，描写现实的处境，并展现了对羌族在现代化进程中发展方向的思索。诗集延续了羊子以往的创作风格，注重对民族性的挖掘和表达，而诗人在经历过近十年的沉淀后再次书写地震与历史，以理智的思考来探索羌族在现代化进程中的发展方向，体现出现代性的内涵。羌族是生活在我国西南部的一个古老民族，在几千年的历史沧桑中保持着独特的民族风貌，然而21世纪的时代语境中，羌族面临着如何保持古老风貌而又融入现代化进程的问题。作为一名民族诗人，羊子具有深切的焦虑和崇高的责任意识，他自觉在文学创作中应承担起这一历史使命，于民族性和现代性交融的视角中进行探索，在开掘历史的纵深性的同时表达对本民族命运的反思与追问，在对时间的把握中进行反思和凸显个体价值，同时以创新的艺术形式完成了现代性的艺术实践。

一、民族性与现代性交融态下的历史重述

"现代性叙事是明确意识到历史与现实的必然关系，历史在叙事中获得了进步的合目的论的发展形势。"[①] 文学的历史性与现代性密切相关，羊子在创作中对羌族的民族历史进行了整体性的把握，他将羌族的历史融入诗歌，通过重述历史来构建根基性的情感联系，追寻民族之根，召唤民族的魂魄，这种文学的历史化正是现代性特征的体现。汶川地震给生长在岷江流域的羌族人带来了深重的灾难，苦难成为难以愈合的伤口，羌族人民沉浸在哀痛与迷惘之中。在这种灾难时刻正需要某种力量来凝聚人心、振奋精神，使人们获得崛起新生的力量。羊子诗歌中构建的民族历史与现实形成了一种互动关系，通过对历史的重述，在一个个危难时刻中存活下来的羌族展现在人民面前，她以强大的力量支撑苦难中的涅槃和腾飞，因此现实中的灾难被赋予了新的含义。诗人在重述历史的过程中唤起人们的民族自信心和认同感，为灾难中的人民提供精神上的力量，以获得现实中的拯救。

---

① 陈晓明：《现代性与文学的历史性——当代中国文学变革的思想背景阐释》，《山花》，2002年第2期。

羊子的重述历史并非是对历史事实进行梳理和记录，而是在对历史文化记忆的文学想象中找寻民族根基，进行自我定位和自我认同，进而唤起人们对于民族文化的自豪感，在对民族性的把握中寻求涅槃重生的力量。岷山地区是羌民族在现代的聚居地，养育了无数的羌族儿女：

> 依然想起与山水交融相生的遥远而渺茫的人
> 岷，是山是民，是民是山
> 是人托举了山，是山博大了人
> 是山幻化作人，是人外象成了山
> 直至隐入山的骨肉里面，水的动静里面①

古羌族逐水草而居，在秦汉时期迁徙到岷江流域，定居在这里的羌族人民保留了民族的徽号和文化。岷江为羌族人提供了稳定的居所，带来了粮食和水源，也实现了民族文化的团结和民族心理的凝聚。羊子以深情的笔触阐释了岷的深层意涵，将其和山与人民联系在一起，通过对民族根脉的把握来凝聚一种族群向心力。而"羊"是羌族的图腾，羌族人在游牧时代与羊建立了深厚的感情，并且将其融入了集体无意识之中，他们敬畏羊，赞赏羊的性格。羊子在《汶川之歌》的第一章书写羊与羌的渊源：

> 羌，羊人合一的刻画和描写，深深储存在东方的大地/旗帜一样招展在中华文明的发端。只要愿意看见/只要愿意想起，驯养了羊的这个种族，也驯养了牛/羌。更加深刻地抵挡着来自天伦的长短与饥寒/抵挡着黑夜与蒙昧。我的祖先，是许多祖先的组合。②

羊本身是野蛮生长的动物，对其的驯养是羌族成长的见证。羊为羌族人提供了衣物、食物、药物等，支撑起他们的日常生活，最终形成了"人羊合一"的羌族，在这个过程中羌族人经历了饥寒与蒙昧的困境，遭受了天伦长短与黑夜的考验，他们正如羊一般，诞生于险峻之中，跨越无数的危难而保持旺盛的生命力。羊是羌族人共有的历史记忆，是他们对于民族起源的共同认知，羊子在诗歌中挖掘羊图腾年代中羌的文化养料，于历史根基的探寻中

---

① 羊子：《汶川年代：生长在昆仑》，作家出版社，2017年，第42页。
② 羊子：《汶川年代：生长在昆仑》，作家出版社，2017年，第52—53页。

唤起羌族人民的身份认同和民族自信。

释比文化是羌族独特的宗教文化,他们有着信仰"万物有灵"的多神崇拜传统。释比是羌族的民间祭司,羊皮鼓是宗教活动中的重要法器,咚咚的鼓声沟通着人性与神性,天神、地神、山神保佑着羌族人民日常生产活动的顺利进行和生活的宁静平顺,祖先们的劳动和迁徙开启了羌族的农耕文化。羌族的历史发展与众多神灵联系在一起,诉说着羌族人对神的尊崇,也表达了他们对于生活的梦想与期待。诗人在对羌族的神话传说的描述中也传递着这种宗教文化:

> 咚咚咚,咚咚咚,咚咚咚,羌与戈真的就相遇了、独立运行的两颗星体相撞了。天神都看见了/天神都助战了。因为戈盗神牛。因为戈不敬神。[1]

《羌与戈》中描写羌人在迁徙的过程中与凶悍威猛的戈基人发生了战争,羊子并未在诗歌中还原这场战争的始末,而重点指出羌族得胜的原因是对神的敬畏。这种对神性的追求成为本族人的精神纽带,唤起了民族的自信心。诗人将目光投向人们的心灵世界,通过寓言式的历史重述,展现了宗教信仰的巨大力量,它构建起民族的精神家园,为处于现实焦虑中的人们提供了一种安全感,使他们找到心灵上的归属,这也正是羌族的精神文化宝藏。

"现代性的本质就是使人类的实践活动具有整体性、广延性和持续性。"[2]陈晓明认为对历史的整合和建构是一种现代性的现象,它不仅导向明确的现实意图,也包含了人们对未来的期待。《汶川年代:生长在昆仑》中对历史性和民族性的展现有着深刻的意蕴,不仅实现了对于灾难中人民的精神拯救,而且对于民族发展的可能性进行了思考。地震给羌族人民带来了巨大的生存危机,也使传统文化遭到了严重的破坏,羊子为此扼腕叹息:"说话的人失去了舌头/汶川失去了历史文化名城。"[3] 而当诗人将目光投向全球化与现代化进程中时,羌族文化的逐渐消逝和边缘化加深了他的忧虑和愤慨:"永远不喜

---

[1] 羊子:《汶川年代:生长在昆仑》,作家出版社,2017年,第67页。
[2] 陈晓明:《现代性与当代文学史叙述》,《山花》,2002年第5期。
[3] 羊子:《汶川年代:生长在昆仑》,作家出版社,2017年,第18页。

欢。永远警惕你这无耻的手！无形的手！/糖衣一样伸进我的胸膛，我的心脏，我的岷江，我的高尚，/想哄骗摘取我的眼睛，我的品质，我的警惕，我的智慧。"① 现代羌族在发展的过程中不断"失去"，在工业化的背景下，人们被利益迷失了双眼，盲目的工业扩展对生态环境造成了极大的破坏，压迫人们的生存空间，也带来了心灵上的创伤。

羊子在诗歌中注入了强烈的文化寻根意识，诗歌中所书写的羊毛线、草场、神鼓、羌笛、白石、神龛都充满着羌族的文化内涵，羊子把这些事物作为抒情对象，展现出羌的文化源头与历史积淀，他将自身的民族情感融入历史文化记忆中去，表现出对于家园的眷恋和对民族的赤子之爱。在羊子看来，羌族是一个饱经沧桑的民族，它能够在历史长河中不断成长，与坚忍、顽强的民族本性有莫大的关系，而在全球化的语境中，对于民族文化的传承和民族性的坚守才能为其提供更大的发展空间。但羊子对于民族性的探寻并非要表达一种狭隘的民族主义思想，而十分注重从多方面吸取营养：

  我喜欢汤！炖汤！膏汤！用心情，泉水，调料和草药，/与某一只我愿意的动物的一切，慢慢，细细，绵绵，综合熬制的汤！/可以看见所有具象来源的汤！②

汤聚集了珍贵的历史经验和各民族的文化精粹，展现出开阔的胸襟和包容的姿态，强调在坚守民族特性的同时要沟通其他民族与文化，破除羌族文化边缘化的尴尬，使其融入全球化的进程中去。羊子以诗人的敏感天性觉察到了羌民族的文化危机，因此他力图在对历史的回溯中重构民族文化心理，挖掘传统文化中的民族血性，使羌族重新焕发生机与活力。同时羊子在诗歌的创作中融入了对民族命运的思考，在历史的重述和民族性的追寻中把握羌族的未来发展方向，由此完成了一位诗人在时代中的历史使命。

二、民族性与现代性交融态下的时间实践

时间自诞生伊始，在人们的日常生活中所扮演的便绝不是一个单纯的、

---

① 羊子：《汶川年代：生长在昆仑》，作家出版社，2017年，第173页。
② 羊子：《汶川年代：生长在昆仑》，作家出版社，2017年，第157页。

从旁而立的角色。人类创造出"时间"这一符号工具，最初的动机在于确立自身对于客观现实世界的把握与感知。然而时间的概念内涵并非一成不变，既作为客体随着客观世界的动态变化而不断被推翻、被建构、被书写，又作为主体在岁月积淀的民族精神、知识观念、文化认同等领域内，逐渐形成自身的、强大的、动态的观念力量，成为外部客观世界与内部自我定位的构成框架。"时间就是社会生活的基石，因此考察一个民族如何建构时间观念，就等于提供了一个透视文化心理的窗口。"[①] 因而从时间概念、时间体验、时间知觉等方面探讨羊子诗歌中民族性与现代性交融态下的时间实践具有一定的现实意义。

羊子诗歌便是创造性地在时间维度上进行重构，展开新型的时间实践，将发生序列、社会现象、重大事件以被重写的时间视角进行全新描述。"时光飞去飞来/从出发的那一瞬间开始"[②]、"昏天黑地，无边无际/无始无终/时间早已失踪，哪里还有什么分分秒秒。"[③] 基于人的主体性确立的现代性时间的生成，在羊子的诗歌中体现为传统观念中线性的过去与线性的现在、未来之间的断裂感与突兀感，而这样的断裂感与突兀感打上了自我的感觉的深刻烙印，剥离了固定的单一的客观参照，表现出诗人面对被历史运动所左右的时刻时所具备的独特的、敏感的自我意识。与此同时，时间的现代性书写还体现在羊子诗歌中大面积使用的时空分离与时空压缩上：

> 血液一样流淌深谷的岷江/那么真实，那么遥远地唱着歌谣/一百年无影无踪，一千年/不痛不痒，擦肩而过/犹如村边坟头，依次有无，新旧/而此刻，寂静的空气迸溅着火星/敞开胸膛/山寨迈走在新一轮春末夏初[④]

在这里，时间与其在传统时间观下所指向的对应的具体客观实景相脱离，时间与空间元素得以根据情感的深浅与抒情的需要重新排列组合，并展开全

---

① [美]罗伯特·列义：《时间地图：不同时代与民族对时间的不同解释》，范东生、许俊农等译，安徽文艺出版社，1998年，第13页。
② 羊子：《汶川年代：生长在昆仑》，作家出版社，2017年，第3页。
③ 羊子：《汶川年代：生长在昆仑》，作家出版社，2017年，第7页。
④ 羊子：《汶川年代：生长在昆仑》，作家出版社，2017年，第17页。

景式压缩和特写式延长,现代性的时空体验体现为趋向内在感性体验、自觉建构全新历史的心理时间观。

　　羊子诗歌的可贵之处在于其并未沉醉在对时间的现代性的透视与书写之中,他从开放式的、出口未知、辐射无限的线性轨道上,将被现代化进程加速的时间"请下快车",还原至行为者将其生命作为一个整体的时间视角,并通过这个时间视角思考自己、反观自身、追溯羌民族之根的"生命时间"上。而纵观"所居无常,依随水草"的古老羌族的发展历史,羌族作为最早采用火葬仪式且拥有图腾崇拜、灵魂信仰的古老民族,从其一脉相承的生死观、时间观中可见一斑。迥异于农耕文化发达的汉民族,羌族在漫长的历史中以迁徙、游牧的形式躲避战祸天灾,得以夹缝求生、发展延续,因此他们对于土地的依恋与归属感并不如汉民族深厚。而采取被传统汉民族视作"不敬"的火葬仪式,背后是羌民族万物有灵、灵魂永生的文化心理。"羌族不仅相信人有魂,人死了,魂魄不灭,而且在死后几天还会回家,要'回煞',要祭奠",甚至"在'方子'(棺材)里面要放猪膘、酒肉、杂粮、小刀、烟斗等供死者的灵魂享受。这个时候来吊孝的人也得自带食物,陪死人说话、吃饭,和活着的时候一样。"[1] 因此,在羌族古老的文化心理中,死亡不是走出了时间,而是灵魂进入另一个时间维度,是对现世生活的另一种延续与发展。"身体在遥远的黑色深处,斜生生的,插在破烂的时间的底层"[2],而不死的灵魂的"飘的眼神",却"只想回到宁静的上午/阳光的正午。回到家的气息和习惯""只想回到朗朗柔美的怀中""从砖瓦撕裂的缝隙出发/穿过钢筋水泥的断裂、重压和啃噬不放""绕过清流的干死和山峰的崩溃/轻轻冉冉,行走在爱的深深呼唤中"[3]。死亡的悲剧意义得到了一定程度上的稀释和消解,灵魂脱离了被压抑在定格时间底层的肉体,转化为火焰燎烟一般轻飘而无拘无束的自由状态,逆溯线性发展的时间,在过去、现在与将来间任意穿行。死亡不再是个体时间意义上的

---

[1] 黎明春:《羌族火葬的历史研究》,四川师范大学,2008年。
[2] 羊子:《汶川年代:生长在昆仑》,作家出版社,2017年,第88页。
[3] 羊子:《汶川年代:生长在昆仑》,作家出版社,2017年,第89页。

终结，羊子以时空重组的现代文学创作手段为外壳，灌注进羌族古老的生死观、时间观，使魂灵具备了精神的、沉甸甸的价值，具有不灭的主体性的个体得以在生命时间上无限延续发展。

在羊子的诗歌中，某一瞬间或是某一侧面的现实日常的表现里，他通过被重写的时间视角超越了常规意义上的时间概念，而进入了泰勒与麦金泰尔所强调的"圣洁的时间"——"即凌驾于生活和历史的线性时间之上，建构着线性时间的起点和终点，并将生命的历史和世界的历史都提升到一个共同的，更高等的，仿佛是'永恒的时间'"[①]——中去。

在《我》这首诗中，从"接着进来的是不同的时间"伊始，至"泪流满面着低头忏悔的时间"[②]结束，羊子一连书写了四十余种具有代表性与象征意义的"时间"，在这样一个气势恢宏的诗段中，诗人广阔的时间视野不加掩饰地展露，日常时间、生命时间和世界时间相互吸引、相互靠近，而具有另一个或更高级的世界的特性的"圣洁的时间"则被具有代表性的、典型的、隐喻性的且被分为若干个明显停顿的时间所构成，因此"日常时间、生命时间和世界时间通过神圣时间及行为导向的意义完整性联系在了一起。"[③] 构成了一个浑然一体同时又意义无限辐射的诗意共同体。

三、民族性与现代性交融态下的艺术实践

羊子诗歌中既充斥着具有现代性特征的先锋话语元素，亦有与"去崇高化""去历史化"反向而行的尝试与努力。他的诗歌在民族性与现代性交融态下呈现出多元内涵相碰撞、相融汇的奇观，既充斥着现代性诗歌对宏大叙事的解构与消解，又立足洋溢人文关怀的民族底色和个人经验，对民间叙事手法进行巧妙化用，以此实现对宏大叙事的"重新加冕"；既有充满隐喻与象征

---

① [德]哈尔特穆特·罗萨著，董璐译：《加速：现代结构中时间的改变》，北京大学出版社，2015年，第36页。
② 羊子：《汶川年代：生长在昆仑》，作家出版社，2017年，第168—169页。
③ [德]哈尔特穆特·罗萨著，董璐译：《加速：现代结构中时间的改变》，北京大学出版社，2015年，第36页。

的审美的现代性,也有对虚假公共经验去蔽化的传统现实主义的民族性,二者互相纠缠、渗透,也互为参照。

在现代诗歌的理论基础——现代主义哲学的观念中,所谓直观现实与外在客观存在,其实质是一种遮蔽了人生世界本质的虚假的存在。而文学作品中现代性的体现绝不在于对于直观现实与外在客观存在的忠实摹写和再现,而在于转向感性的、个人化的心灵世界,从而追求并探究世界超验本体和普遍永恒的真实意义。在羊子的诗歌中,尤其面对重大事件而展开的抒写中,读者很难看到按部就班的传统的历史叙事模式,也很难看到完美的英雄形象与单一的、具象化的叙述视角:

>   时间在这里弯了一下腰/许多人的许多家庭/都眯上了眼睛/那一瞬间,内心的脊梁骨/都断了,时间弯下腰,密度陡增,许多心脏黏在一起/许多身体黏在一起/呼吸黏在一起,掰都掰不开//泪水和泪水黏在一起/钢筋水泥和血肉黏在一起/无情和深情黏在一起/生与死黏在一起,分都分不开//时间弯下腰,谁曾料想,是牛眠沟的蔡家扛撑不住了/将映秀高高抛上了空中,汶川的血泪就洒遍整个世界。①

对于汶川地震中映秀受难的事件的复述,在羊子诗歌中被叠加着主体情感与理解的体验机制重新书写,成为一种基于现实的艺术虚构与艺术想象的叙事。羊子通过对真实的历史碎片的重新拆解与重新组合,在句读与诗意的停顿与转折之中留下许多空白,而这些空白有赖于读者依凭直接经验与间接经验加以填补与解读,从而在无限的意义生成的空间中产生多元的独特的自我解读,这无疑是借助现代性理念对于传统的宏大叙事形式的全面消解。

而对于传统的宏大叙事形式的全面消解,并不意味着消解历史、消解崇高、消解诗歌社会责任担当的精神内核。宏大叙事也绝非仅仅停留在形式艺术之上,而更深层次的叙事立场和审美观念,则被羊子以洋溢着羌民族文化心理与文化共鸣的民间与民族叙事视角重新书写,进而实现对宏大叙事的"重新加冕":

---

① 羊子:《汶川年代:生长在昆仑》,作家出版社,2017年,第85—86页。

>完成一声高歌。天地间无拘无束的高歌。/胸膛对面全是家园的高歌。一个火塘一个火塘温暖一双双眼光的高歌。/回来。幽魂回到残肢再生和身体复活的里面。/完成一个人的诞生。出生。①

想要完整地领会诗人的意思，必须要对羌族古老的火塘文化有所了解。不同于中原地区发达而完善的灶台生火技术，作为游牧民族的古羌族取暖与烹煮往往依赖独具民族特色的火塘，并在口耳相传之间逐渐演变为一种独特的火塘文化。在羌族神秘色彩浓郁的神话传说中，有一位羌族的"普罗米修斯"——半人半猴的神"热比瓦"，他是羌族的一位女首领与火神的爱情结晶。女首领不愿看到自己的族人在高海拔的山间受冻挨饿，便派儿子热比瓦上天取火。然而热比瓦的取火之路并不顺利，前两次取火回返途中都被恶神"喝都"从中阻挠，甚至施法降下洪水，令热比瓦险些丧命。第三次盗火时，火神将火种藏在白石之中，由儿子热比瓦顺利带回族中，从此羌族人从白石相击中获得了宝贵的火种与生存的机会，并将这从天上盗来的火尊为"天火"。因此，诗歌中反复提到的火塘，并不仅仅代表着传统观念中的光、暖与热情，更是羌族文化中为了求取生存而百折不挠、九死无悔的信念与精神，只要火塘在，远古的神灵便在上苍庇佑着这个艰难多难但始终顽强坚韧的古老民族。"披红的兄弟在火塘红的唢呐声中走向族群/走向另一个家庭的劳动和幸福的中央。/犹如酸菜伴着腊肉。火塘伴着玉米酒的力度。/回忆和经历都伴着每个村庄的绿或者半黄半绿。神羊和即将神化的牦牛相互致敬。"② 羊子在诗歌中将重大的历史与生活事件与本民族的命运与传统紧密相连，抛弃了空洞的"开始—高潮—结束"式线性陈述，最大化地站在民间与民族的立场上进行生命价值的表达，全方位地展开了丰富人性的挖掘。

《新中国少数民族文学总体研究的叙述框架》强调，在对少数民族文学进行研究时，要格外"重视那些蕴藏丰富的题材选择、形式实验、叙事探索、文体创新等极具理论创新潜能和审美拓展空间的民族文学的美学元素。"③ 羊

---

① 羊子:《汶川年代:生长在昆仑》,作家出版社,2017 年,第 178 页。
② 羊子:《汶川年代:生长在昆仑》,作家出版社,2017 年,第 83 页。
③ 龚举善:《新中国少数民族文学总体研究叙述框架》,人民出版社,2016 年,第 14 页。

子诗歌中颇具现代性且大范围使用的隐喻与象征手法，则是其不可忽略的亮点之一：

> 汗液喂养一层层梯田/远古的遗传闪烁火塘的温度/历史与传说，雨露一样甘甜休憩/石室与碉楼，涨满筋骨/饮食与炊烟，顺心而过/千年图腾，是羊，是龙，穿过沉闷久远的天空/凝结全部歌声和种种色彩/峡谷不再直白，空旷/诗人不再流浪，祈祷/岷江水面一朵一朵莲花/梳理山寨的心思，秋去，春来①

羊子诗歌中所充斥的现代性隐喻并非流于晦涩的技巧卖弄或形象的拉扯堆砌，而是基于自身生活经验积累、敏感丰富的想象触角以及对历史、世界、文化细腻而深刻的认知之上，所创造出的诗情浓厚、意义深刻的活的意象。现代性的审美观念与语法修辞是羊子拓展语言空间、意义范式所借助的桥梁与工具，究其内核，我们不难从象征生机、希望和历史的"梯田""火塘"，象征传统生存环境的"石室""碉楼"，象征羌民族与华夏民族的图腾"羊""龙"等意象中解码出诗人一以贯之的民族身份话语和民间精神话语，以及磨灭不去、深深植根在诗歌文本中的民族根性、原乡记忆与历史情怀。与此同时，诗人对于诗情的剪裁、字句的斟酌、意象的组合以及言简意赅的提炼，既表现出诗人独运的匠心，也流露出传统现实主义中"雕琢"与"锤炼"精神对于其创作的深深影响。在羊子诗歌文本的艺术实践中，现代性与民族性相互纠缠、补充、渗透，既有细腻入微，亦有宏大观照，既有现代审美，亦有民族根性，最终构成了独特的诗歌美学奇观，以供读者徜徉其间，流连忘返。

学者杨玉梅认为，新时期少数民族文学发展的过程也是民族性得到深化的过程，而民族性的本质在于民族精神的发扬，在各民族独特的民族性之中发掘人类精神的共通性内涵。作为一名羌族诗人，羊子的创作一直立足于本土，在对历史文化的发掘和地域风貌的描绘中，体现出强烈的民族审美意识，展现羌民族文学的独特价值与艺术张力；同时也致力于超越本土，让世界现代性意识融入诗作，赋予诗歌更为丰富的内涵与外延，以民族精神奋发为切入点来拯救与走出现实困境与挫折，从而探索与引申未来的族群发展方向。

---

① 羊子：《汶川年代：生长在昆仑》，作家出版社，2017年，第204页。

诗人在民族性和现代性这一交融中展现出相当开放的姿态，在对时间观的建构中尤其凸显个体的生命价值，在艺术形式的努力创新中拓展民族文学新的审美空间，甚至不计摒弃自己熟能生巧的歌谣旧体，采用陌生化，乃至长句、复句"拗体"与比较晦涩的广沃言说，力图让诗歌更有想象，更有层次感与语言弹性。

(原载于《羌族文学》2020年第1期，总第108期)

字字句句总关情
——读《谷运龙散文选》

周　正

　　文以气为主，气讲气势，气讲贯通，气讲流畅，气讲排场，一气呵成是气，气宇轩昂是气，气势磅礴是气，探春俊眼修眉，顾盼神飞，文采精华，见之忘俗是一种气，熙凤粉面含春威不露，丹唇未启笑先闻是一种先声夺人的气。气是流淌，气是舒畅，气是自然。看到羌族同胞，你可能看到的是他的腰带，看到的是他的羊皮褂子，看到他的云云鞋，是这些，就这些，顶多就是这些。你读了《一个民族的背影》，你就知道了历史，知道了元昊，知道了姚苌，了解尔玛女人的负重和隐忍。她们不曾进学，孩子们背上书包上学读书时，她却背着弟弟或者妹妹，童稚地向往着教室里飞出的琅琅书声。鸡叫三遍的时候，阿爸还说着梦话时她就轻手轻脚地起床点亮电灯，黑沉沉的石磨放停当后就听见闷闷的磨声……你就知道桃坪古碉的神奇，你感慨于先人建的水网可以冲磨，可以饮用，可以防火，可以逃遁；你惊叹于碉楼可以望远，可以栖身，可以御敌，可以防寒；窗可以是天窗，可以是壁窗，内大而外小，里见外易得，外攻里却难；墙角亦有洞，外面看一堵如同山色的墙而已，却在不经意间有梭子长矛从里面刺来；巷道如北京胡同，密密匝匝，阡陌纵横，星罗棋布。独木梯、碉楼、水网、巷道、木锁，一个整体，一种异质，既独立成户，又连接一体，既是防御工事，又是生活场所，既是城堡，又是庄园。要写这么个庞大工程需要的是气，没有写得支离破碎，有点有线又有面有形，有重点又有详略，有历史又有现实，有实又有虚，这样不流于千人一面，写出了两片不同的树叶。

文以质胜。质是内容，质是主题，质是情感。纯粹的记录是资料，散文是这样一种只可描述不可定义的怪兽，需要有情隐于其内，但情不能直接，情不能吐露，情在霸王别姬，情在神女望夫，情在杜鹃啼血，情是牛放的"我能哭"。真情囿于实感，当看到生灵涂炭时，看到金枝老阿妈都瘪了嘴，想把棺材卖了把老骨头捐了时，看到大妈给我拿沉甸甸的30元学费时，看到释比老人用匕首横抹了黑山羊的喉管时，看到爸爸坚韧的臂膀和精心的呵护时，看到姐姐跟"保皇狗"结婚，想来纯粹是为了当时没有收入而年年歉收的家庭，为了她的几个弟弟能够过得稍稍好一点时，看到家有半坑破烂鞋时，都会感到一丝期许、一丝牵挂、一丝责任，想到还不完的债和应有的回报。这些都是情作祟。这些实实在在的细节，总是因了情而显得可贵。是因为我们曾经经历了那么多苦难使我们善良，是我们太过贫穷而没有报答，是我们隐藏的虚伪而错过了表达的机会。所以要先感动自己才能打动读者，自己嚎了读者才能哭。我们期盼真情，看到朱自清的《背影》我们想到了真情，看到罗中立的《父亲》我们感到了良心，看到巴金老人的《随想录》我们想到了忏悔。当我们解剖自己皮袍下面藏着的"小"时，当我们敢于面对那么多鲜以启齿的问题时，真情就跃然于纸上了。

纯粹限于情，或多或少显得复制，少了创造。因为古往今来，情多了累了美人，丢了江山，因情生恨，因情误国的事显得个体，显得人本，为正统的史家所不容许。卧薪尝胆，将心爱的女人当成物品送夫差，残忍既是勾践的感受，也是西施的感受，更是我们作为一个人的最真实的感受。缠绵是每个人的本能，细腻是作家的看家本领。细节都从我们常人的不经意间滑落，我们到龙溪，见到的是普通，到桃坪也感觉司空见惯，到卧龙看到熊猫也是粗心大意，到九寨只是重复九寨归来不看水，想找个漂亮的词来表达显得穷酸。你读了谷先生的散文，你就知道什么是人人心中均有，人人笔下均无，你就明白什么是柳暗花明又一村，你就理解什么是于无声处听惊雷。长城很多人写了，像说明文，要把它写得鲜活，写得真切，写得有哲理，我是第一次见。羌寨就在我们身边，却没有进我们心里，把它写得清新、写得含蓄、写得哀怨，我是第一次读。大草原的花开得葳蕤？开得奔放？开得热烈？开得激情洋溢？开得汹涌澎湃？读了《天蓝地艳大草原》，你就看到草原的花开得那样别致，作者的视觉是那么独到。"这里的花很淡，淡到只是一云烟，这里的花开得很拘谨，拘谨得如牧人含羞蓄雅的小姑娘。"清丽又华美，通感又排比，空灵又别致，贴切又大方。

普通的人好用议论来表达见解，普通作者写到情就收手了，高明的作家表达的见解在形象中。我们知晓达尔杜夫是个骗子，我们知晓阿Q的精神胜利法，都是用形象来说话的，所以文学被诠释成用形象表达生活的艺术形态。高明的作家于腐朽中见神奇，于平凡中见伟大，用比方来说话，用哲学来表达思想。你看到贾平凹的《丑石》，你相信一块不是玉的石头也有灵气，你读到《感悟北京的辉煌与忧伤》，你相信历史还可以诠释，你相信长城还有另一个版本。这些都需要慧，需要悟。所以我认为佛教里讲的"戒定慧"确实可以称"三学"。

作家都是善良的，但也是"骗子"，他骗取我们的共鸣；作家都是理想的，但也是现实的，他看到凹凸他也鸣叫；作家都是聪明的，也是愚笨的，聪明在于他们看清了世界的本来面目，愚笨在于他们相信他们已经看清了世界的本来面目。所以现世作家当官者少，官可以是政治家。古代读书人少，读了书才可作文，学而优才可成仕，往往形成陶渊明类不为五斗米折腰，远了政治，近了田园。陶渊明，非不为也，实不能也。为官更多的是寻终南捷径，走政治与文学联姻之路，文学成为玩物，成为附庸，成为闺秀，难有大器。文学和从政难并驾齐驱。

所以，文学讲境界，王国维分有我之境和无我之境。评论界也常把文品和人品等同起来，"文如其人"指的就是这方面的意思。所以先学做人后学作文。我知晓谷先生是在才工作时，认识谷先生是在青土山座谈会，他侃侃而谈，头头是道，妙语连珠，见解精到，知之为知之，把我辈后生抬举老高，诚挚而谦逊。读他的文章感觉字字珠玑。他用脚板丈量过汶川的所有村寨。谷先生自己也说"人诚而笨，文实而拙""文政合一"。这些都让我生出莫名的感动。

大山给了意志，绿水给了灵性，民族给了精神，立足于阿坝，立足于民族，立足于历史，立足于文化，立足于对一方热土的一片深情，放眼大连，放眼温州，放眼北京，放眼云南，放眼泰国，放眼美国，放眼未来。这样从个人到集体，从民族到世界，请进来需要勇气，走出去获得眼光，因此总能从贫瘠中耕耘富足，总能从希望中播种收获，总能从现实中叩问理想。因此总思索民族的精神，总忧虑环境的保护，总关怀弱势的人群。这需要感情，需要勇气，需要胸怀，需要学识，需要魂魄！

字字句句总关情，情在话语外，情在理解中，情在骨髓里。总关情而不拘泥于情，景是基础，情是主体，理是升华。

结末了，还想补充一点。20世纪90年代以降，文化散文是这个时代的强音，出版商推波助澜，报章杂志迎合读者开辟专栏，网络扩大了传播途径，散文因此一枝独秀，90年代末出现的草原部落黑马文丛、思想散文、学者散文、女性散文、大散文燃成奇葩，但多为经济原因使然，还不怎么符合文学自身的发展逻辑，因此，总显得昙花一现，总显得雷大雨小，总显得良莠不齐。近年来，散文界多以优秀散文结集出版，但往往显得不甚全面，也不能完全涵盖散文领域的最高水平。总给我这个感觉，只要大家的，次也是好。几个集子我看了，大同小异，形式趋同，主题不外有三：一为兜售个人隐私，二为挖掘文化历史，三是咀嚼旅游大餐。只有两篇显得异类，非同凡响，一是金庸先生的《月云》，一是陈建功的《万泉河雨季》。港台作家如龙应台、李敖、柏杨、白先勇总体上领跑于中国文坛，民族作家相对异军突起，比如鲍尔吉·原野，比如阿贝尔，比如谷运龙，只是从整体上讲显得躲在深闺人未识。

（原载于《羌族文学》2005年第3期，总第46期）

羌族现代文学的起点及现状

四川汶川　周　正

一、羌族文学

什么是羌族文学？学界一直有争议，羌族人写的文学作品是羌族文学？写作的内容涉及羌族的就是羌族文学？

笔者认为，通常意义上的羌族文学，应包括两大部分，即羌族的文学和文学的羌族。羌族的文学是羌族人写作的文学作品。其内容可以涉及羌族人的生活，也可以是反映非羌族地区，非羌族人的生活状态。写作的主体是羌族，就可以称其创作的作品是羌族文学。文学的羌族即写羌族人生活的文学作品，主要是非羌族人写作的反映羌族生活的文学作品。创作的客体即文学作品的内容是羌族人的生活状态，这部分作品也可以称羌族文学。李明先生所编著的《羌族文学史》，基本上就是从写作的主体的角度来定义羌族文学的。而现在羌族地区所发行的《羌族文学》杂志，则对羌族文学的理解有一定区别，把非羌族作家写作的羌族生活的作品也理解为羌族文学，但其创作的主体不是羌族人，也不是反映羌族人生活的文学作品不应定义为羌族文学。

而在这里需要强调一下，《羌族文学》在主张、推介、传承羌族现代文学中功不可没，事实上形成了羌族现代文学传播的基本载体就是《羌族文学》的局面。尽管还有不足，但整体上，视野比较开阔，特别是近年来，团结了一批羌族作家，培养了一批非羌族作家，杂志的内容，以羌族文学为主体，但也发表了一批非羌族作家的尤其是其他少数民族作家的作品，开阔了视野，提高了品位，对传承羌族文学，推动羌族现代文学的发展起到了积极作用。

二、现代文学

现代文学区别于古代文学。文学应该包括两个方面，一是内容，二是形式。现代文学在内容上跟古代文学应没有质的区别，不外乎都是反映情感和思想。从情感来看，不外乎喜怒哀乐爱恶惧，不外乎七情六欲。思想变化也不大，主要是反映人的想法，社会生活有变化，但因为不同的创作主体的思想叠加起来，也大致相差不多。因此现代文学区别于古代文学，主要应在形式上。古代文学多用文言的语言，人们的说话跟文学的语言有极大差别。而现代文学的语言基本采用白话形式，跟平常的生活语言没有太多区别。人们基本普遍能参与文学的创作，读者群体也不需要谙习文言的句读，文言言简而意丰。潜在的读者群体也大幅度增加了。

三、羌族现代文学现状

1. 羌族现代文学的起点

羌族文学可以分成口语创作和书面语创作。口语创作多采用羌语。因为羌族没有记录自己语言的文字，因而其书面语文学创作主要采用汉语进行。语言是思维的工具，语言对于文学而言，也只不过是一种形式。由于历史和现实的原因，现今多数羌族作家基本采用汉语思维，因而其文学表达也就普遍采用汉语作为工具。现代羌族文学应是普遍采用浅近的现代汉语来进行表达。

有没有用羌语来表达的羌族文学？回答是肯定的。汶川县绵池的王治升、雁门的袁祯祺释比在生产生活中唱诵的释比经典如《颂神禹》《木姐珠和斗安珠》，都是根据祖辈或者师父的教习，在演唱的时候甚至增加了即兴创作。他们都用羌语来表达文学。演唱的时候载歌载舞，要进入具体情境，进入角色。有时声音高亢，有时声音委婉，有时怒目圆瞪，有时慈眉善目。是因为他们所演唱的羌族文学作品里有不同的角色，如官员，如鬼怪，如神灵，如常人。那就需要表演出官员的特点，鬼怪的狰狞，神灵的慈善。而这样的文学形式，跟我们现在主要通过文字传播的形式有区别，撇出表演的成分不谈，单单只谈其叙述的内容，语言是羌语，甚至是古羌语，反映的内容涉及羌族的生产生活状态，这样的文学是羌族文学，但不应是羌族现代文学。现代人用浅近的羌语反映现代羌人的生活的文学作品，可以称作羌族现代文学，但更多的不被书本等媒介记忆，也不便于流传，这个部分的羌族现代文学是少之又少。

用汉语反映羌族现代生活的文学作品则是羌族现代文学的主要部分。

羌族现代文学，也应该是以浅近的白话文创作为基本标志，而且主要是用现代汉语的方式来表达羌族人的生活状态。

而其起点，笔者认为应是以清末的董湘琴的《松游小唱》的出现为代表性事件。

《松游小唱》写于甲午中日战争前后的1891年，作者董湘琴是羌族，其内容也主要是写羌族地区的景致和生活，其形式主要是用浅近的白话文入诗，跟传统的诗歌的押韵、强调格律和词牌等方面都有极大区别。

而我们一般所认为的中国现代文学的基本起点是五四时期，不过，像北京大学的中国现代文学研究的泰斗严家炎教授则认为中国现代文学的起点可以提前至甲午中日战争前后。其主要依据是创作的理论指导和创作的实践证明，在19世纪末期就有以黄遵宪、曾朴为代表的作家创作了比较自觉的卓有成效的以白话文为叙述形式的小说，在理论上黄遵宪也颇有建树，深刻认识到现代文学的作用，现代文学反映的内容以及白话文这种表达形式跟现代文学的关系。因而，严家炎教授认为中国现代文学的起点应在19世纪末期而不是现在通行教科书认为的五四运动时期。严教授认为，过去中国现代文学的教科书的编纂者掌握的史料有限，导致对现代文学的起点认识有误。

严教授认识到小说的重要作用，现代文学中小说具有代表意义，小说更可以用白话文的形式来表现。但是对于诗歌这个领域，严教授则没有更多的论述。笔者认为，现代诗歌也是以白话文形式表达。一般认为中国现代诗歌是以胡适先生的《尝试集》为基本起点。如果以唐弢等为代表的现代文学研究专家阅读了《松游小唱》，我想他不会认为中国现代诗歌起源于胡适，而是认为起源于羌族作家董湘琴的《松游小唱》。因而《松游小唱》可以说不仅是羌族现代文学的起点，也是中国现代诗歌的起点。

不过，这个起点很高，毛泽东、贺敬之等诗人都曾经对董湘琴的诗歌寄予了极高评价，并认识到诗歌要大众化，诗歌要创新，都应该从"湘琴体"中吸取营养。

2. 羌族现代文学的现状

纵观这100多年来的羌族现代文学，形成了有代表性的羌族作家，如谷运龙、羊子等，写羌族生活的有土家族作家周辉枝、汉族作家龙绍明、张放等，在推介、传播羌族文学中功不可没，但是也呈现出整体成就不高、成果不丰富、没有形成强大的整体冲击力等弱点。

整体表现为有羌族文化背景的作家缺少理论指导，无羌族文化背景的作家创作的羌族现代文学缺少生活体验。

羌族现代文学作品流传于世的有一些，但总体上还处在比较粗浅的程度。主要反映在对羌族人的生产生活反映不够，涉及羌族人的生活状态多流于表面状态，多根据外族人的猎奇心理来表达羌族生活。如写羌寨，写羌族元素，羌族生活中的一些现象，基本还停留在表面，而不太深入内核、实质、羌人的心灵，没有太多涉及羌族人的精神层面，没有用真正的情感来写作，没有抓住羌族人生活的特质和民族性格。不管是羌族的作家和非羌族的作家，写的涉及羌族的生活的文学作品，从整体上看还没有形成气候，没有形成冲击力。代表性的作家有，但是很少。

四、羌族现代文学的"救赎"途径

1. 在羌族传统文学中吸取营养。羌族的史诗主要是通过活着的书本——释比来唱诵和传播

而释比在唱诵这些史诗的时候带有表演性、娱乐性，而不是我们想象的完全按照师父所教习的语句来传唱。往往要根据演唱的现场的气氛等进行即兴创作。主体故事情节跟师父教习的内容没有多大区别，但是叙述的顺序、语句等方面都可以进行临时的添加或删减。特别是释比在演唱的时候，往往

会转换角色，进入情境，吸引周围百姓。一个人往往承担了多个角色，这样的形式是我们传统的，尤其是汉族的文学中普遍不具备的一种叙述角度。这样的叙述角度应该对作家从事羌族现代文学创作形成启迪。说穿了，羌族现代文学应该有羌族的特性，而作为少数民的羌族，在其传统文学表达中的释比同时可以担任多个角色的方式，本质是一种叙述策略，也是羌族文学的一种叙述特质，而这种叙述角度在羌族文学的创作中应用得却少之又少。

2. 要深刻领会羌族生活的特质

如何领会羌族人独有的特质，那就要把他们放在具体的环境中和周围的民族进行比较，更应该深入羌族人的精神生活层面，而不是写成汉族的生活，或藏族的生活。羌族人应该有自己的生活。但是作家在表现羌族人的生活的时候，还比较流于现象和表面，流于对细枝末节的追逐，而对羌族的性格挖掘不深。

那么，在进行羌族现代文学的创作的时候，一定要慢，一定要踩住羌族的土地，一定要去把握羌族的文化。把握羌族文化可以有很多途径，比如深入羌族地区生活。羌族作家普遍生活在羌族地区，但其对于自己的生活状态的把握往往缺少参照性而熟视无睹，这就需要多走出去，多和外界交流，有了比较才会更清醒地认识本民族的特质。如作家羊子，走出去了，跟外面的作家和理论家有深入的交流，而且还比较系统地接受了汉语写作，在理论上有了深刻的认识，创作起来就比较得心应手了。不仅如此，还要更深入地了解羌族文化，多读《羌族释比经典》算是把握羌族文化的一个捷径。文学写作不仅是体验生活的问题，更是一个生活的问题，需要扎根基层，扎根底层，作一个地道的羌族人了，再来作文学表达，那效果肯定跟流于表面有区别。我们这个时代还是显得浮躁了一些，总希望快出成果，而涉及本真的文学表达，尤其是反映少数民族的生活特质，快了往往欲速则不达。

3. 应多借鉴其他民族作家尤其是少数民族作家对本民族生活的把握

其他少数民族作家如马拉沁夫、张承志、扎西达娃、鲍尔吉，汉族作家写少数民族生活的如马原、马丽华等都真正地深入生活，写出了少数民族生活的特质。这需要真正的有一种文学的生活态度才成。纵观羌族现代文学的创作，往往涉及了羌族元素和符号，但是没有太深涉入羌族的精神特质。羌族人对这个世界的理解，羌族人的文化状态，羌族人的个性特征，挖掘都很不够。这更需要羌族本土作家有广阔的视野，要高瞻远瞩，有极强的责任感，深入内核，把握现代羌族人的失落、隐忍、进取、坚韧。羌族人与自然和社会的关系，羌族人的人生态度，羌族人的哲学世界。归根结底，文学需要作的是两个方面，一是内容，包括情感和思想。只有真正表达了羌族人的情感，表达了羌族人的思想的文学才能叫羌族文学。另一个方面是形式，形式上的羌族现代文学更应该考虑白话文的叙述策略，白话文的思维方式，要考虑叙述的角度等方面，只有这样，羌族现代文学才可以走得持续，才会更加红红火火，才会更加自觉，才会在民族文学大家庭中找到自己的位置。

4. 只有理论才能指导实践

理论可以是过去经验的总结，必定对正在发生的事实起推动作用。研究羌族文学的理论还基本没有，关于羌族文学的评论很少，而且不成体系，更多涉及个别作家的文学评论。从整体上、宏观上把握羌族文学的研究十分稀缺。理论的缺位导致与文学创作没有形成相得益彰，相互促进的良好局面。羌族文学的创作主体，应有宏观的羌族文学理论理解，又有微观的创作方法论的把握，才能在创作上既感性又理性，才会不盲目地亦步亦趋，才会更加自信地认识到自己创作所处的位置。只有理论的问题解决了，动力问题才能解决，理论才能指导实践。但是理论的产生不是孤立的，和实践有一个互相促进的过程。创作实践的整体缺失也在很大程度上导致了理论不能跟进。而且只是纯粹的有一些文学的理论也不能和创作实践形成良性互动，还依赖于相关学科的齐头并进。这就需要深入研究羌族历史、哲学、宗教等相关学科，还应有比较文学的方法的普遍使用，才能知道羌族文学的历史地位和个性特质。只有以理论作支撑，才会解决羌族文学创作的动力问题。这就需要理论家和作家形成良性互动，诸如需要长期参与今天这样的活动，让理论家和作家坐在一起，提批评、建议和鼓励，互相启发，互相促进，羌族现代文学必将更加繁荣。

（原载于《羌族文学》2010年第2期，总第69期）

一个人和一个民族

——羌族作家谷运龙散文创作研讨会纪要

记录整理　杨　青

时间：2005年11月23日
地点：四川省作家协会8楼
主办：四川省作家协会
主持人：《四川文学》主编意西泽仁

意西泽仁：谷运龙是新时期羌族文学创作的领军人物，其中篇小说《飘逝的花瓣》获第二届全国少数民族文学创作奖，这是新中国成立以来羌族作家的第一部个人专著。最近出版的《谷运龙散文选》是对生养他的那片土地的关注，写出了一个人和他的民族的内在的联系。

傅恒：谷运龙一方面是阿坝州委常委、副州长，一方面也是巴金文学院创作员，写了不少好文章，其散文创作很有特色。四川省作协对以省作名义举办作品研讨会的作品要求很严，谷运龙的作品是经过专家认真研读后决定举办的研讨会，这说明他的作品已经得到专家的认可。这次研讨会除了对谷运龙个人创作是一个总结和促进外，在我看来还有另一个目的，那就是促进四川省的散文创作，争出精品。四川省大气的作品不多，希望推出更多像《谷运龙散文选》这样的作品。

阿来：我和谷运龙来自同一片乡土，因此我特别要来参加这次研讨会。从四川少数民族创作的角度来看，四川少数民族大致有三代：第一代以意西泽仁等作家为代表；第二代以远泰或者还有我等作家为代表；第三代以谷运龙作家为代表。这些来自文化教育不发达的地区的人，写出了很多优秀的作品，这是一个很值得探讨的问题。在我看来，这种现象与这些作家背后都有广阔的地域文化，都有文化继承发扬的使命有关。我们走上文坛时，文坛上争论最多的是"我"的出场，批评家们争论这个"我"究竟是"小我"还是"大我"。对我们而言，这样的困惑不存在，我感到不可思议的是怎么可能把一个人和一种文化，一个人和一种传统分割开来。四川作协可以将四川少数民族文学在新时期的发展当作一个好的案例来研究，研究经济上后发，文化上有自己的地方特色的地方如何发展自己的文化。四川文学与世界文化思潮的接轨不够，原因是我们已强调我们地域文化的特殊性，而不研究世界文化的整体发展与普世性，当四川大城市的作家还抱着抱残守缺的心态创作的时候，我记得我和意西、吉狄马加等在一起讨论的常常是世界小说，谈论的是整个世界，现在要讨论四川文学和中国文学，如果不讨论四川少数民族作家，这个讨论是不完整的。四川少数民族作家为什么会取得这样的地位，一是我前面所说的开放的眼光，二是像谷运龙这样积极涉入生活的能力。谷运龙是优秀的羌族文学的开拓者，他写作《飘逝的花瓣》时，整个羌族文学中还没有汉语写作者。谷运龙是阿坝州的领导，阿坝近十年来在各个方面都取得了很大的成就，特别是在以九寨沟为代表的旅游管理方面水准很高，与谷运龙及他带领的具有创新意识的团队分不开。他用实际的工作写出了更能造福后代，对整个民族文化发展更有意义的大文章。

  王敦贤：谷运龙的散文贴近现实生活，关注人类面临的生存危机与困境，有情感浓度和哲学深度，更有作家的正义与良知。《一个民族的背影》让我们了解了羌族这个古老民族几千年来被侮辱和被损害的斑斑血泪，读之惊心动魄。谷运龙非常热爱家乡，在展示家乡的原始美外，也有深刻的忧患意识，这点尤为可贵，如《苹果树上的黑色幽灵》谈到草原沙化，其人文关怀、悲悯意识浓厚。散文易写难工、全靠语言。谷运龙散文作品既有流水般的顺畅又有行云般的舒卷自如，有理智与情感交织的哲思，又有高原云霞般的华美。我想起沈从文自然会想到湘西，一个作家代表了一个地方。我个人希望谷运龙继续写阿坝，让人们想到阿坝就想到了谷运龙，谈到谷运龙就想到了阿坝。

徐其超：谷运龙创作起点很高。《飘逝的花瓣》得到全国少数民族创作奖是羌族文学史上历史性的突破，小说女主人公不以离婚为悲苦反以之为乐，这个人物在中国文学史上也算是历史性的一笔。

《谷运龙散文选》是形散神不散的美文。《孤独的乡村》写作者走出本土后的感受，文中异乡异地城市整洁的街道与故乡故土泥泞的街道的对比与反差，写出了故乡生存状态的一种愁苦。故乡面貌的改变还不尽如人意，使他感受到自己经受了乡亲们的痛骂与鞭挞，而且希望痛骂与鞭挞更猛烈一些。谷运龙散文文字很美。他对乡愁的理解有余光中的影子，意到笔随，有作家独特的人格力量，有他独特的对家乡的情思。他的散文体现了他是羌族人民的儿子，是羌族村寨的公仆，体现了他的身份以及这种身份所产生的责任感、使命感，甚至一种愧疚感。

牛牧：在阿坝，文学圈的人都亲热地称谷运龙为大哥，这个大哥，不是文章大哥，也不是年龄、权位的大哥，而是关爱文学事业、关心文朋诗友的风范大哥。阿坝州文联和阿坝州作协的建立，谷运龙立下了汗马功劳，今年，谷运龙又从企业为我们找到了 40 万元文化赞助费，设立了阿坝州汉龙丰谷杯以及文学奖励基金。可以说，没有谷运龙，就没有阿坝文学繁荣昌盛的今天。

谷运龙的作品主要有这样几个特点：真情、忧患、高度。真情方面最具有代表性的如《新坟》《姐姐》《人妖》《张家界轿夫》；忧患意识最浓的如《阿妈的棺材》《壤塘的路》；高度方面的代表作如《一个民族的背影》《感悟北京的辉煌和忧伤》等，这些篇章读来都耐人寻味。

谷运龙先生做人有三点成功：1. 为友成功；2. 为官成功；3. 为文成功。一个人穷其一生，能有一点成功已经很不容易了。所以我为谷运龙这个朋友高兴，也为他祝福。

高虹：这两天我编辑了一篇散文叫《走进桃坪羌寨的一天》，文章写出了桃坪羌寨的美丽、建筑的独特，但有两个细节让我很不舒服：一是作者在桃坪游览时，正好遇到一位新娘出嫁，她伸手扳新娘的肩希望更清楚地看清新娘的模样；二是看见一位大娘背着一个小孩，就拿出旅途中的饼干给小孩，被大娘拒绝了，作者很扫兴。这位作者感到扫兴的两件事，隐隐透露了作者为外来人对观光地的优越感。我建议作者看看谷运龙的散文，并做出自己的反思，因为观光者应该对观光地、对这个民族的历史有深入的了解。这就是谷运龙散文给我这样一个读者的感动。谷运龙散文中首先震动我的是他对羌民，对他的故土的忧患感。在《一个民族的背影》中他写道："望着这个民族的背影，我感到刻骨的悲凉。看着这个民族的历史，我感到忧心的愤慨。"民族的苦难史可以说贯穿了整本书，因为这种忧患，他在北京也看到了辉煌和忧伤，这份情怀正如艾青那首诗："为什么我的眼里常含泪水，因为我对这土地爱得深沉！"散文选中对羌族博大的悲悯情怀与苦难的深重感，无时无刻不冲击着我，这本书对我的震撼正在于此，以至于影响了我对稿件的处理。

远泰：我很早就接触到谷运龙的作品，《飘逝的花瓣》《上山坡的石头》中的人物塑造给我印象深刻。谷运龙是地方的高级干部，为一地区的经济和文化发展尽心竭力，他成功主持了紫坪铺电站的搬迁工作，这些从政的经历是他人生的一笔财富，使他看到了一些普通老百姓看不到的东西。谷运龙散文给我印象最深的有《阿妈的棺材》，棺材对于老人很重要，为了让路修到大山的农门，让乡村的特产走出大山，阿妈卖了棺材，这是真实情感的产物，给我震撼很强。古羌是一个辉煌的部落，大禹是从羌民族走出来的，大熊猫来自羌族生活的地方，植物活化石珙桐也产自羌地，大熊猫、珙桐、羌人这三种活化石同处一地，不能不说这方土地的神奇，这为谷运龙提供了极多的生活素材，使他的作品有一种民族情结在里面，但不是小的民族情结，不是狭隘的民族主义，而是以整个世界为背景，从更大的范围内来思考这个民族所要促进的方方面面。谷运龙的创作是贴近生活的，他的情感流向是最能够贴近老百姓的，如《尔玛女人》以深刻的笔触写出了羌族女人在羌族发展中忍辱负重的地位，谷运龙散文客观、冷峻，读了他的作品后再回头去看那块土地会有更深的感悟，愿谷运龙写出更好的作品。

罗勇：在四川既从政又写文的有几位，但能写出像谷运龙的散文这样艺术水准的不多。谷运龙先生通过他对羌族历史、现状以及未来的书写、通过自己的切身感受完成了一项文化工程。

钟庆成：文坛上以余秋雨先生为代表的文化散文曾风靡一时，我在阅读这样的文化散文时总觉得有点隔膜，因为这类散文大多是外来者视野。谷运龙的散文却不同。他的散文不是用旁观者的眼光来审视自己的民族，而是作为这个民族的一员对自己民族的深层思索，对自己民族有浓厚的深沉的爱。羌族是一个非常了不起的民族，《一个民族的背影》通过小小的篇章把羌族5000多年文化历史浓缩得这样精彩这样凝练，在文学功力上非常不简单，其中的文学语言既富有诗人的气质，又富有深沉的情感。

马平：我最早接触谷运龙的作品时不了解他的背景，只认为其散文《米亚罗》是一篇优美的散文。在我看来，谷运龙是一位真正的作家而不是官员作家。很多官员作家特别善于打扮自己，打扮自己的那片土地，把自己打扮成一朵花，把自己管辖的那块地盘打扮得花团锦簇，大概官运也就亨通了。但谷运龙不是这样。《谷运龙散文选》的出版是四川少数民族文学创作的一件幸事，是巴金文学院的一件幸事。散文创作的门槛比较低，过去很多写羌族或者说写地域文化的散文，很多写成了旅游指南，看不到作者，也看不到作者的情感，看不到历史，也看不到文化。青年批评家谢有顺曾说，散文的精神内核是业余的和自己的，散文写作一旦成为专业写作，反而变得可疑了，谷运龙的身份是行政长官，其写是业余的，而一个行政长官如果想打扮自己，那他就不自由了，而谷运龙不喜装扮，他的精神是自由的。他的散文立足于他的乡土，以羌族文化背景，但他的眼光是外向的、自由的，散文集中重复自己的东西很少，每一篇都很精彩。谷运龙先生的创作状态非常符合散文的精神内核，相信在他的笔下会涌现更多的锦绣篇章。

尹世全：谷运龙的散文中对本民族对家乡的一草一木的真情感动了我，使我受益匪浅。《一个民族的背影》一文，仅用6000多字，就将伟大的羌族的一部悲壮、哀婉、悠扬、辉煌的历史展现在读者面前，让人们读后获得不少羌族历史知识，没有深厚的文学功夫，没有深厚的民族情、故乡爱是不可能写出这样美的散文的。四川散文如何突破，谷运龙散文提供了很好的思路和方向。

意西泽仁：我第一次到羌寨时，参加了他们的锅庄。羌族的歌舞很欢畅，但歌词很悲伤，唱一个老人的一生，我的眼角挂上了泪水，为什么羌人有那么多悲、苦、恨？读谷运龙先生的散文找到了答案。羌人的抗争、创造、发展，深厚的文化积淀在谷运龙散文中得到发散。文学现在边缘化，面对很多挑战，但通过谷运龙先生我认识到一个真正的作家，一个来自人民的作家，一个把自己悲欢离合与一个民族紧密联系起来的作家，你的作品就是你那个民族的精神展示、精神代表，文学就不会边缘。

谷运龙：今天我怀着诚惶诚恐的心情在这里聆听各位对我作品的高见，各位对我的作品褒的多贬的少，我认为，应该更多地给予批评，一针见血地指出作品不到位的地方。我为官是顺其自然，为人是守其本分，为文是殚精竭虑，对文学可以说是一往情深。我从事创作20多年，创作收获不大，这么多年没有写出比较好的作品。我估计自己成不了大器。所以我大力支持汶川《羌族文学》办刊经费，恢复阿坝州文联、作协，每年一次笔会并设立了40万元的文学基金和7万元的文学奖项。阿坝州是一个非常富饶、非常美丽的地方，有两个世界自然遗产（明年可能有3个），有大草原，有藏羌文化，很值得我们来书写。我会把这次研讨会作为我以后创作的加油站，我会更加勤勉地进行业余创作，更加执着地热爱阿坝这块土地，更加热爱我的民族。

（原载于2005年12月《作家文汇》，《羌族文学》2006年第2期，总第51期转载）

曾小平诗歌浅析

四川大竹　邱绪胜

透过味精与脂粉调味的世界寻觅

羌族诗人曾小平先生已出版《梦的花瓶》和《飘浮在雪域的灵感》两本诗集。这两部诗集，我均反复品味、欣赏过，每一次阅读，都有新的感受，都有新的触动，都有新的启迪与收获。对他的诗歌特点的概括，仁者见仁，智者见智。我认为他的诗歌里面有一种自信，有一种坚守，透过味精与脂粉调味的世界寻到了诗歌创作的真谛，诗人人生的真谛，看到了人生与社会的本真。

前不久，我在阅读孙文波先生的诗作《改一首旧诗》（《孙文波的诗》，人民文学出版社）时，看到这样几句诗："重读旧诗，我感到其中的矫揉造作。/第一句就太夸张：'他以自己的/胡须推动了一个时代的风尚。'/一个人的胡须怎么可能推动时代的风尚？/想到当年为了它自己颇为得意，/不禁脸红。那时候我成天钻研/怎样把句子写得离奇。像什么/'阿根廷公鸡是黄金'之类的诗句/写得太多啦。其实阿根廷公鸡/是什么样，我并没有见过；黄金/更是不属于我这样的穷诗人。写它们/不过是觉得怪诞，可以吓人一跳，搞糟了的/不过是自己……"

当今的诗坛，实在有些混乱，很多诗人在装神弄鬼，说到底，写那些离奇的诗句是认为可以"吓人一跳"，结果呢？搞糟了的是自己，是诗歌，是整个诗坛！这一点，孙文波先生是明了的，曾小平先生更是有十分清晰的认识，并将这一认识，贯彻到他的创作中去。他在其第二部诗集《飘浮在雪域的灵感》后记中言："因而，我拒绝那些令人眼花缭乱的诗歌艺术主张和纯形式的文字游戏，主张凭扎实的艺术功底和勤奋的创作实践，来表现生活中的真、善、美。""拒绝那些令人眼花缭乱的诗歌艺术主张"，便是曾小平的艺术坚守。

通读曾先生的两本诗集，你可以读到他文字的灵动，而不是晦涩；你可以读到他语言的鲜活，而不是枯燥；你可以读到他意象的清新，而不是庞杂。正如廖忆林先生在《梦的花瓶》的前言中言："我认真地读了他的诗作，能感觉出一种艺术的内在美……曾小平的诗仿佛就是从苍老的笛孔飘飞而来，展现给我们的图景有春花秋月有酷暑寒冬；顺着喜怒哀乐的人间烟火，我们惊叹生命的坚韧。"体现出"艺术的内在美"，是曾小平对艺术坚守的良好效果。

正因为曾小平先生保持了清晰的艺术头脑，才能在当今诗坛迷惘之际，发出天籁般的吟唱，才会有在"搁浅的小舟"上"钓"到"冬日的阳光"，才能在"风暴之后""走出雨巷"，才会有"初恋"心情的"瞬间记忆"，把爱的"轨迹"化为"凝固的音符"，才会有"梦的花瓶"破碎后涌现出"飘浮在雪域的灵感"……

如果说当今混乱诗坛的表现手法是被"味精与脂粉"调抹过，因而不易识其本真的话，那么，在诗歌内容上也同样被"味精与脂粉"调抹而迷失了诗歌的"主旋律"。对于前一点，曾小平从诗歌创作的起始阶段就有清醒的认识，对于后一点，即内容上表现主旋律的认识，他是经过了一段痛苦的历程才逐渐获得的。这痛苦的历程在其诗作《诗歌之鸟》中表现得再明白不过了。

我诗歌之鸟/曾沉醉于风花雪月的枝梢/驻足于康河的柔波/眷顾于丁香般惆怅/梦一般凄迷的雨巷/哦，我的诗歌之鸟/你飞得太远太远……我的诗歌之鸟啊/请飞回你自己的故园/光顾现实的商店……

曾小平先生诗歌内容上的表现重点，是经历了"沉醉于风花雪月的枝梢"到"光顾现实的商店"的历程的。最后，他的诗歌"为赤日炎炎光着脊背挥锄的父老乡亲/为城市刚下岗囊中羞涩的工人/为渴求知识如风筝的山村孩童"，"衔"去春风的慰藉，"鼓起远航之帆/也为奄奄一息的众多企业/吹出突围的冲锋号"。

刘勰在艺术文学批评巨著《文心雕龙》知音篇中言："故圆照之象，务先博观。"至于曾小平先生之诗作是否达到了"圆照之象"的境界，我还不敢下结论，但他所取得的创作上的成就，与他博览群书有关，这是可以肯定的。他在其《飘浮在雪域的灵感》后记中言："我读过的诗歌作品曾经像河流一样淹没了我自己。"

总之，曾小平先生在透过味精与脂粉调味的世界寻觅，寻觅到诗歌创作方法的真谛，在当今混乱的诗坛上，走出了属于自己的艺术表现手法；在内容上，寻觅到表现时代的主旋律。诗歌创作没有迷失方向，走的是一条扎实的现实主义的创作路子，这对于当今诗坛，无疑有清源正流的作用。最后，以著名诗人、《星星》副主编李自国先生的话为全文作结："他的诗品和人品都给我留下了难忘的印象，小平才思敏捷，文笔优美，风格独异，从雪域里走来，在季节中穿梭，纵横于阡陌之间，放歌于村庄农舍，没有矫揉造作，没有脂粉装扮，而是自然地、朴实地像清泉般歌吟，像小溪般流淌……无疑是盛开于雪域高原的一朵艺术奇葩！"（见《飘浮在雪域的灵感》）

盛开于雪域高原的一朵艺术奇葩

无疑，诗人曾小平先生是 20 世纪 80 年代以来和羊子、梦非、雷子等一起为羌族诗歌文学的发展做出了贡献且有较大影响的诗人（另外最近出现的新锐羌人六，也是一个不可忽视的代表）。首先，我们来欣赏其具有代表性的诗作《萝卜寨，一个崛起的梦幻》：

鱼一般泊在岷山之巅的萝卜寨 \ 是遗存最大的古羌部落 \ 闪现着神秘之光 \ 黄土铸就的辉煌 \ 吸引八方宾朋 \ 述说着 \ 古羌民族灿烂悠久的昨天 \ \ 写满岁月沧桑的萝卜寨 \ 黄土夯筑的艺术杰作 \ 一本无字的史书 \ 满载羌族的勤劳与智慧 \ 长长的小巷 \ 是一把钥匙 \ 引领文人墨客去开启 \ 一个文明的大门 \ 如今，外面的世界真精彩 \ 萝卜寨的生活规则不应是 \ 日出而作，日落而息 \ 鹰一般锐利的目光，不只在山歌 \ 莎朗、咂酒、羌笛中徘徊 \ 早已眺望远方金光四射的太阳 \ \ 新建的柏油路 \ 是萝卜寨伸向未来的手臂 \ 深情拥抱现代文明 \ 声声呼唤沿海的

和风\吹来开明的灵气\种植庄稼的手开始叩击电脑键盘\渴望着打开一扇扇通向世界的门窗\不安分的血管荡漾着蔚蓝的梦\像美艳的凤凰\展翅翱翔在\这片神奇的天宇

在这首诗歌里,我们看到,曾小平的诗是扎根于自己曾经和正在生活的羌族脚下的土地的,他的诗歌,是有根的,是有传承的,是和养育自己的土地血肉相连的。他把羌族"神秘的光"重新点燃,照耀在新世纪的上空,他把羌族"无字的书"变为心中的呐喊,喊出了对这片土地的挚爱,他把萝卜寨的沧桑写在新一代羌族人充满渴望的脸上,渴望着打开一扇扇通向世界的门窗……同时,他迫切希望在古先民的精神里找到医治现代人精神萎靡不振的良方。

《诗·大序》言:"诗者,志之所之也。"在我们古代诗歌理论里,"志"是一个具有深刻包容性的概念,大凡志、意、情、性、知等诸多情感和心理的因素都包括在其中,在曾小平的《萝卜寨,一个崛起的梦幻》里所表达的"志"自然如此。对脚下土地的热爱,对先民创业的艰难,对新时代文明曙光的向往,都包含在其"志"里。

我们再来欣赏其另外一首诗作《吹响春天的号角》,看看曾小平在诗歌里表达的情志。在这首诗里,我们看到了"五千年金色的文明在甲骨文里泛光",看到了"广袤大草原的祖先"的疲惫目光,看到了祖先"书写的执着和坚韧",看到了"羊角花一样娇美盛开的蔚蓝色的梦",看到了"蛮荒对工业文明的深情的呼唤……"

刘勰在其文学批评巨著《文心雕龙·明诗》里言:"诗者,持也,持人情性(使不偏邪)。"在这句论断里,我们似乎可以知道,诗人曾小平其"志"的目的和用意所在。这可以在《禹碑岭上的思索》里找到。当我们"习惯于用钞票丈量贡献"的时候,"却没有谁丈量一下/自己和大禹的距离"。在千万年的风风雨雨中,谁最长寿,谁最短命,不言而喻。这也是曾小平作为一个中国共产党的组织干部在他诗歌里最想表达的"一心为民,无私无畏"。

扬雄在其《太玄·至昆》里言:"鸿文无范,恣于川。"是的,曾小平作为一个诗风成熟的诗人,其诗作是不拘一格的,几乎可以说,每一首,都有作者匠心所在。

古老的笛孔飘飞出的天籁

廖忆林先生在曾小平的诗集《梦的花瓶》的前言《走出迷惘》里说："曾小平的诗仿佛就是从苍老的笛孔飘飞而来，展现给我们的图景有春花秋月有酷暑寒冬；顺着喜怒哀乐的人间烟火，我们惊叹生命的坚韧。"这句话我可以借来评价曾小平诗歌的艺术特点，就是说我们可以从内容和语言上来概括曾小平的诗歌特质，那就是内容上扎根于古老的羌族土地，语言上自然清新。

我们可以看到，曾小平的诗是扎根于自己曾经和正在生活的羌族脚下的土地的，他的诗歌，是有根的，是有传承的，是和养育自己的土地血肉相连的。

从他的代表性诗作《萝卜寨，一个崛起的梦幻》和《吹响春天的号角》里面我们就可以充分地感受到羌族文化对他的诗歌的深刻影响。在《萝卜寨，一个崛起的梦幻》中，我们看到"遗存最大的一个古羌部落""鱼一般泊在岷山之巅的萝卜寨"，闪烁着"神秘的光"，我们可以触摸到羌族"无字的书"；我们可以听到"古羌民族灿烂悠久的昨天"被谁述说着；我们可以阅读到写在新一代羌族人充满渴望的脸上萝卜寨的沧桑；我们可以感受到"尔玛人跳动着的坚韧的脉搏"，我们可以品味到热辣辣的"咂酒"，听到忧伤的羌笛……在后一首《吹响春天的号角》里，"五千年金色的文明在甲骨文里泛光"，"广袤大草原的祖先"的目光疲惫着，祖先在"书写的执着和坚韧"，"羊角花一样娇美盛开的蔚蓝色的梦"在绽放，"蛮荒对工业文明正在深情地呼唤"，"云云鞋帮"上的云彩幽幽着古老的梦幻，邛笼高耸着希冀的信念……同时，在他的诗歌里，我们还可以《认识岷江》，还可以在岷江搏浪，时不时可以听到绝对原汁原味的羌族《土腔》，天气热了，可以在《五月的都江堰》乘凉。当心，在感伤的夜晚，不要被"箫声击中"……

"语言是诗歌存在的家，这些词语放在一起，之所以被视之为'诗'，靠的是一种凭借心灵的烛照而使其具有了语言内在张力的神秘力量。"欧阳江河如此描述诗歌的语言和诗人心灵的内在联系。那么，曾小平诗歌里"心灵的烛照"之光究竟是什么呢？那就是对羌族土地和土地上的乡亲的无限热爱。

因为他诞生在"农村的贫瘠的土地",与生养他的土地有与生俱来的脐带。但是,这种爱也是复杂的,也是五味并存的。因为,经过尘世的污染,我已经不是儿时那纯真的孩子了,用作者自责的话来说,"我是一只遭了虫眼的苹果"了,早已经失去了当年的羞涩的清纯。高尔基说:"真正的诗,永远是心的诗,永远是灵魂的歌。"这句话用在曾小平身上,实在恰当之极!

曾小平诗歌的语言特点是朴实、自然清新。读他的诗歌,你会感受到高原雪域上吹来的凉爽的风。语言上这特点在《雪,飘飞的诗行》里表现最突出。整个诗,一气呵成,轻盈空灵,实在是不可多得的佳作,不愧为"古老的笛孔飘飞出的天籁"。

欧阳江河还同时说:"诗是一种奇怪的自悖现象。它是完美的生命形态,同时占有死亡的高度;它是帮助人类认识和体验真理的出自灵魂的谎言;它是驱除死亡、灾难的魔鬼的持久的努力,同时是这种努力的永恒的未遂。水是用来解渴的,火是用来驱寒的——这些都于诗无关。要进入诗就必须进入水自身的渴意和火自身的寒冷。"这对我们写诗的人提出了最高的标准,从这一点说,曾小平的诗歌创作还在前进的路上,我们有理由相信他在不久的将来佳作连连,硕果累累。

(原载于《羌族文学》2008年第4期,总第62期)

如此干净的山水，干净的诗
——序龚学敏诗集《九寨蓝》

四川成都　梁　平

龚学敏是一位被遮蔽的优秀诗人。他的遮蔽不是来自外界，而是因为他写诗多年，很少把自己写的诗往外寄，刊物上能够见到他的白纸黑字并不多，他以及他的诗没有被更广大的读者所认知，以至于他在诗坛一直是若隐若现。然而这样的状态，并没有影响龚学敏的创作，并没有消减诗人在中国诗坛默默无闻、严肃地为自己的诗歌信念而坚持。我相信，只有真正优秀的诗人，才能够长年守住寂寞，才可以不在乎日渐喧嚣的诗歌场子。终会有那么一天，他诗歌的光芒会把自己照亮。

我对龚学敏诗歌的阅读几乎没有遗漏，估计当代诗坛对他的了解除我之外不再有二。他的长诗《长征》、他的《紫禁城》系列、他的《行走》系列等等，应该说，每一次阅读都是我对龚学敏的重新认识。龚学敏独特的生活场域、独特的诗歌视觉和艺术感受，让他在诗歌里呈现出不可多得、不可复制的独立品质。毫不夸张地说，龚学敏的诗歌才情不是涓涓细流，而是一条汹涌的大河，他每一次写作都是以喷射的状态出现，没有人能够无动于衷。案头上这本《九寨蓝》我曾零星读过，这应该是诗人十余年间关于这个命题的一个选本。百余首诗歌集中起来，加上我大量阅读过的他的《行走》系列，诗人钟情于山水，着意传承、修复和创新中国山水诗歌的企图愈加明显，龚学敏无疑是中国当代诗坛继孔孚之后杰出的山水诗歌的代表诗人。

在我看来，似乎有一种误区，就是现在来谈山水诗歌显得不合时宜。但是我想说的是，任何一本艺术的本身，越是不合时宜就越不能视而不见，不能掉以轻心。

中国山水诗歌源远流长，山水诗的意象自《诗经》开始，已经作为起兴的手法出现，魏晋南北朝时期完成了由陪衬到审美观照主题的转变，至唐进入鼎盛时期。晋宋之间，陶渊明、谢灵运分别被后人誉为"田园诗"之祖、"山水诗"之祖。以后的盛唐山水田园诗派概与陶谢一脉相承，最为杰出的代表自然是王维和孟浩然，前者往往更多融入了闲适的隐逸意趣，后者则往往更多地融入孤高的志士情怀。在艺术上，他们综合了陶谢所长，熔陶诗浑成与谢诗工巧于一炉，不仅模山容，范水态，而且力求表现山水的个性；不仅表现山水个性，而且力求表象与意象的合一、内情与外景的交融。在继承传统的基础上，极大地提高了对山水田园的审美能力，把山水田园诗推向高峰。大家应该注意到这样一个迹象，从古代诗歌转进到现代诗歌，就是说新诗以来，成功的山水诗歌已经微乎其微。这里，我不得不提及当代诗歌一个无法忽略的诗人孔孚，孔孚先生怀着近于宗教般的爱心，徜徉在自然山水之间，浑然于宇宙大化之境，以一种独特的人格与艺术风范，为我们建构起天地自然与社会人文浑融合一的审美空间。他的山水诗，无疑是独辟蹊径，把本来只属于辅次或背景范畴的自然山水，上升为审美观照的主体，使新诗第一次呈现出古典艺术那空灵静穆的品格和美感。孔孚的山水诗给了当代诗歌一个提示：并非所有涉及自然景物描写的诗歌都是山水诗歌，而是只有当诗歌中的山水意象摆脱从属陪衬地位成为主要审美对象时才是真正意义上的山水诗。从这个意义上讲，我们看到了现代汉语抒写真正意义的山水诗的不易和艰难。

龚学敏的《九寨蓝》以及他的山水诗歌，可以称之为继孔孚之后当代诗人山水诗的另一个标杆，甚至龚学敏诗歌中的当代语境和现代意象，比起孔孚先生的山水诗更具有现代性和当下诗歌审美的趋同。龚学敏已经具备了一种捕捉山水的基本方式和态度，作为他的这类题材的诗歌，以自然山水为观照主体的山水诗，诗人也具备了一种与自然山水相交游的非凡能力。

所有至纯的水，都朝着纯洁的方向，草一样地
　　发芽了。蓝色中的蓝，如同冬天童话中恋爱着的鱼
　　轻轻地从一首藏歌孤独的身旁滑过……

　　九寨沟，就让她们的声音，如此放肆地
　　蓝吧。

　　……

——《九寨蓝》

　　这是龚学敏眼里九寨沟的水，像草一样发芽的水，像恋爱中鱼一样的水，像身边滑过孤独的藏歌的水，所以这些水才有了蓝得如此放肆的声音，而且，都"朝着纯洁的方向"。在这里，自然与自然的观照，自然与自然的交游，诗人藉以开阔的视野，密集的意象，把九寨沟的海子如此奇异、斑斓地呈现出来。同样，诗人眼里的山，不是孤立的山，与山有关的所有生命、物种以及人的体验，依附在山上，成为山，成为审美主体："阳光从山冈的那面走了过来。//松鼠在清晨稀薄的光线沉思成松树的时候/杜鹃们成了花的妖精。她们的腰肢，随坠落的/露水进入了思想。/松鼠映在青石上的身影。被风一拂/向西方至纯的月跃去了。在藏语搭成的桥上/哪一只松鼠/在我途经的杜鹃林中把窠芬芳成她们的/蕊了。"（《松鼠》）显然，我们可以在这样的抒写中，很惬意地从阳光、露水、松树、松鼠和杜鹃花的灵动里读出山的丰腴与饱满。这里值得一提的是，龚学敏的山水诗完全摆脱了现代山水诗中试图去刻意保留的古代山水诗的句式、句型，制造了符合当代审美情趣、属于自己能够娴熟掌控的独特的现代语境。这样的语境同样如古代山水诗一样，依然能够警句迭出，难以取代。比如："大雪无痕。无数小辫的丰满，貌似菊花/在冬天的草地上裸足行走。"比如："可以容纳所有水的字，才能写成海。才能称着天空中/静止不动的鹰。"比如："那枚从我的眼睛和寺院朴素的土筑成的墙/之间飘然而至的太阳/是众雪之中相貌平凡的一声鸟鸣。"比如："真正好马是没有驭手的马/是用静止的长鬃与玉石的眼睛。感动/所有旅途的/唯一的马。"

诸如此类，不胜枚举。

　　解读龚学敏的山水诗，我们在山水之中能够读到众多与山水息息相关的物种、生命以及物种和生命赖以生存的许多隐秘、甚至诡异的元素和符号。这些在龚学敏的眼里，都是与山水共生的精灵。我以为，这正印证了海德格尔对世界的定义，即世界并不是一个外在于人的存在，而是人与外界的联系的总和。"人本来就在户外。"诗人与山水相遇、相知、相融于一个世界，主客体互动，最后由诗人发现，并在诗人的主观意识中形成诗。所以，真正意义上的山水诗并不是摹写客观物象的诗歌，而是人与山水联系中一切与山水共生的精灵都融入进来的形成品。还得提到一个现象，中国古代以来的山水诗人，似乎都有一个共同的境遇或经历，使他们远离现实，转而寄情于山水。谢灵运朝廷失宠，宫廷之争失败后，怀才不遇，"出守既不得志，遂肆意游遨，遍历诸县，所至辄为诗咏，以致其意焉。"王维、孟浩然历来齐名并称，同样堪称"殊途同归"：在经历了各自的艰难跋涉后，他们都把"山水"与"田园"当作人生旅途的最后一站，渴望在大自然的怀抱里寄托自己疲惫的身心。当代诗人孔孚一生也穷困潦倒，临终也只住在那三间潮湿而破旧的小屋里，物质生活的贫乏与生活经历的坎坷造就了孔老诗人寄情于山水的高贵。我以为，长期以来以这样的举证来讨论山水诗是对山水诗的一种偏见。龚学敏寄情于山水，却与他们有着完全不同的境遇，职场一路顺风顺水，生活过得安逸闲适，从这一点看，作为诗人的龚学敏，他对自然对山水的钟情不是被动、不是无奈，而是与生俱来的。这使我想到了西方的山水诗的兴衰，西方山水诗尽管在荷马史诗时代已见气候，但中世纪基督神学视山水等自然景物为异己力量，认为醉心于山水会影响人类对上帝的皈依，西方山水诗随之几近消亡。文艺复兴以后，人们对山水美德的重新发现，西方山水诗重新崛起，山水诗人华兹华斯成为西方诗歌追求山水美德的典范。华兹华斯最著名的《水仙》一诗，其意象经由诗人看见的水仙，在树荫下，在湖水边，水仙的翩翩起舞，于是不眠，于是在不眠的夜里，自己"和水仙一样翩翩起舞"。我们从这里的美学追求、观察方式以及意象的生成中，不难发现龚学敏山水诗与西方山水诗的趋同，即使可能是一种不谋而合的趋同。重要的是，龚学敏山水诗中的语境和呈现出来的现代元素，与中国古代以来传统的山水诗已经有了明显的差异。而这个差异，正是我们今天需要重新认识和审视中国山水诗歌的一个端口。

龚学敏从小生活在天堂仙境般的九寨沟，"干净"两个字成为他生命的密码和关键词，已经注入他的血液。他之所以如此醉心、坚持不懈地抒写山水，可以肯定不是为了寻找什么寄托，而是因为他心无旁骛，发现了山水的美德，发现了生命之于山水的极端重要。《九寨蓝》只是龚学敏山水诗的一部分，难得诗人为我们呈现出如此干净的山水、干净的诗。我希望这种干净能给中国诗坛带来的不仅仅是慰藉，更希望这样的干净可以"如此放肆地"蔓延、生长，成为一种喂养中国诗歌的粮食。

(原载于《羌族文学》2011年第1期，总第72期)

蓝晓：静寂在青草深处
——序蓝晓诗集《冰山在上》
四川成都　梁　平

四川阿坝是令人神往、充满诱惑与未知的地方。那里的草原和海子如梦如幻，羊的云朵和牛的山峦的每一次移动，都会让人梦魂牵绕。那是被诗歌附体的神奇的地方，那里的天上，挂着一长串星星一样清澈的诗人名字：阿来、龚学敏、牛放、范远泰、白林、羊子、雷子……这些名字宛若宝石镶嵌在浩瀚的星河。而蓝晓，无疑是这些宝石里熠熠生辉的那颗。

蓝晓是一个优雅的藏族美女，优雅是她在众多令人炫目的藏族美女中的一个重要标签，这与她民族与生俱来的热烈和奔放不是对抗，而是一种互补，完成这个互补的就是她的诗歌。

也正是这种优雅，成就了蓝晓诗歌安静、简约、恬淡的整体气质。

"花湖安静/睡在草原的怀里/婴儿一样的眼睛/装满世界的干净"（《花湖》），这里的湖是安静的；"踮着脚尖走进安静的寺庙/清晨的阳光洒下来/照耀着寺庙"（《轻轻地走进达维喇嘛庙》），这里的寺庙是安静的；"男孩安静从容/站在画布前/世界光亮铺开/起笔　落笔"（《画唐卡的男孩》），这里的人是安静的。正是这块土地、这样的人文气息的浸淫，诗人蓝晓也有了"脚步轻轻/身体以孤独的方式投奔静默/阳光之下/我听见冰山的呼吸"（《聆听高处》），这无疑是地域带给她的"静默"。她的"脚步轻轻"，与这里的山水、物事以及生命的脉搏保持在相同的频道上。她是水，"燃一炷藏香/让我行走在今生和来世的路途/如一湾淡蓝的河水在喧嚣的尘世中静寂流淌"（《拉卜楞寺》）；她是草，"明朗的蓝把天空涂满/云朵开出莲的花瓣/错落的时光里/我的心静寂在青草深处"（《各莫寺前》）；她是花，"琉璃般的心影里/法螺悠扬着佛陀的妙音/我淡然地躲在墙角/开我一世的花"（《圣地阿坝》）。

也许是拥抱了太多的阳光、蓝天和白云，诗人蓝晓没有过多的忧郁与矫情，一如她的诗，简约、温暖而干净。她的诗与那些繁复的修饰和意象、那些太多的伪抒情形成鲜明的对比，也正是这种对比，才彰显出她的诗歌存在的价值与意义：

阳光层层落下

停留高墙

停留树梢

停留草尖

停留休歇的马匹之上

温暖的感觉

就在这样一个午后

扩散　蔓延

涌进你我的家园

和以后的时光

——《心安此处》

这首诗从"阳光层层落下"开始，四句"停留"简约勾勒了四幅影像：高墙、树梢、草尖以及阳光下的马匹。这些家园的影像集合在层层落下的阳光之下，因为阳光的"层层"落下，场景有了一种奇异的动态美。时间是"午后"，所以有"温暖"。我们可以想象：阳光下的午后温暖而宁静，诗人或立或坐，或远眺，或近观，眼里看到的所有画面都反射出太阳的光芒。诗人在这里指认的家园，使我想起苏轼在《定风·南海归赠王定国侍人寓娘》中曾写道："此心安处是吾乡"，于是恍然大悟了。诗人蓝晓已经把心安放在此处，所以温暖四溢，恬淡如诗。

这样的指认在蓝晓眼里，已经不止于生长于斯的原住民，只要是落脚这里的每一个人，都有了家的温暖："养蜂的老人和他的蜜蜂来自远方/哪里花开/哪里就是家/浪迹天涯的路/蛛网一样布开/风吹　雨打　路就摇晃//草原的花开了/家又可以扎下来/养蜂老人心里的笑啊/蜜一样亮堂"（《养蜂的老人》）。同样是一首极简的诗歌，同样给读者以温暖。"浪迹天涯"的养蜂老人，"风吹　雨打　路就摇晃"，这里原本有一种艰辛，但诗人笔锋一转，写到草原的花开，写花海里安扎的家，写养蜂老人在这里找到的惬意，我们会随老人的笑而笑，获得一种小小的满足。其实生活就是这样，无论有多少无奈、多少酸楚，我们都需要有一种消解的能力。这正是诗人的巧妙之处，避免了刻意的煽情，以一种比对及位置上的排序来营造温暖。只要心里有安放的家园，无论风吹雨打，这样的温暖俯拾皆是。

蓝晓的诗情画意大多采撷于她的家乡阿坝，因为阿坝有她挥之不去的情愫。《遇见海鸥》是她为数不多的抒情家乡以外的作品：

红嘴鸥雪一样

铺天盖地飘落滇池

足尖轻盈

踩亮一池晨光

踩落满湖晚霞

悠游　展翅

在浪花上摇荡

那些路途的辛苦

和西伯利亚寒冷的温度

遥遥地甩在身后

扎进深深的暖阳

海鸥的鸣唱此起彼伏

这首诗其实不需要去作过度的分析，简单、明了，语言和构思并没有特别的惊喜。读完之后，闭上眼睛，诗中一幅悠然的自然景象能够完整浮现。我想说的是，诗人蓝晓即使遇见所有的新鲜，也不会去咋咋呼呼、声嘶力竭，而依然保持一种宁静。这是诗人蓝晓的心境、心绪、心情的原生态，就是任何地方、任何时候无法更改的明亮、干净和温暖。正如诗人写到的："那些路途的辛苦/和西伯利亚寒冷/遥遥地甩在身后。"

《冰山在上》是蓝晓近年诗歌创作的重要收获，也是一部值得诗坛关注的藏族诗人的诗集。值得一提的是，她的整部作品保持了她既有的气质，有效地把控火候，以一种持久、绵软的力量直抵人的内心。当然，如果蓝晓的诗能够在语言上更加跳跃一些，我想那必将是又一次飞跃。我们有理由期待。

是为序。

（原载于诗集《冰山在上》，四川民族出版社 2017 年 12 月出版。《羌族文学》2017 年第 1 期，总第 96 期）

灾难文学与张力羌的《飘飞的羌红》

四川成都 张叹凤

我国历史上多灾难，但"灾难文学"并不多。直接描写灾难题材、场景的则更是少之又少。这一在我国的儒家文化习尚"讳莫如深"（"不知生，焉知死？"），二在"报喜不报忧"的"和乐""大团圆"审美传统。众所周知，我国神话中有"女娲补天""后羿射日""大禹治水"等神话传说，其实是间接反映或折射了当年的莫大灾难以及希望得到拯救的心理。远的不说，我们身边的三星堆、金沙文化遗址等，史无书录，不见记载，李白也曾叹息："开国何茫然！"想来史前的"辉煌"与灭顶之灾的毁灭无存怕有着极大之关系。见载的也有，就是《山海经》，另据叶舒宪教授指引，《诗经·小雅》"十月之交"篇里还有地震之实录："烨烨震电，不宁不令，百川沸腾，山冢崒崩。高岸为谷，深谷为陵。"叶先生说："'高岸为谷，深谷为陵'讲的是地震后的状况，强震的中心发生的地貌变化。《诗经》记述的是公元前780年的陕西岐山大地震。"（据2008年叶先生于四川大学演讲录）最后一句判断的真实性恐怕还要考证，但诗描写地震状态应是无疑的了。

我国灾难文学作品不多，学者多有论及的西方文学经典名作则甚多，从古巴比伦的《季尔加米士史诗》、古希腊著名的《荷马史诗》、柏拉图晚年所著《克里特阿斯》《提迈奥斯》到《十日谈》《智利地震》《鼠疫》《蝇王》等，就连《圣经·旧约》里边，也多有各种灾难对人类打击的记录，"挪亚方舟"由此得名。西方文学对灾难的直接描写，为的是显示神的主宰力量、自然的奥秘以及人性的庄严，出发点不同，但留下不少灾难文学的杰作则是无疑的。西化比较早的日本,也有不少灾难题材名世,近日的大地震,自然而然令人想到先前《日本沉没》这部作品。我国灾难文学领域可说尚是一片处女地,但近年因汶川特大地震等突发自然灾害引发的对灾难题材的思考、反思并文学表现的重视,已经涌现出不少比较好的作品,特别是大量抒情诗文、报告文学,包括电影《唐山大地震》等,取得不俗的成就。张力羌的力作《飘飞的羌红》可以说是这片丛林中的一枝新秀。

张力羌是羌族,与我同为大禹之乡里——汶川人,他大学毕业后回到故乡,致力文化建设,"5·12"汶川特大地震,他是现场中人,幸存下来即刻投入抢险救灾工作,身经目睹并部分参与了这场举世为之震撼的抗击特大自然灾害全过程。静下来后,他捧出一部《飘飞的羌红》,凡二十余万言,图文并茂,他是怀着怎样的心情来书写这部灾难文学,我们可想而知。他自己说是:"集小说、散文、报道于一体的一本集子"(《后记》),在我看来,情节贯穿首尾,人物事体有案可查,这是一部令人震动、悲哀与奋发的报告文学作品,套用鲁迅先生的话说是"生死场"上"醒过来的人的真声音"。

"羌红",是羌民佩饰与献礼用的宁绸带。"飘飞的羌红",一寓"逝者如斯",二寓英雄铁血,三寓希望在明天。书名妥帖,写此题材,特别有一种凄丽壮烈之美。

作品以三个人物、三条线索相系连,彼此呼应,呵成一气,这即汶川羌族农民工马惜元、胞妹马晓英、丈夫郑小村。三者离合聚散,于大灾中各自经历生死劫。马惜元是震中映秀最早一批主动参与"自救"的英雄群体中一员,后为"铁军"向导进入汶川县城。马晓英是县城干部,当时是待产孕妇,灾后进入物资组分发救灾物。她丈夫"公安"郑小村则奉命于第一时间冒险犯难去映秀沿途通联、安民,最终英勇牺牲于余震穿空乱石下。这些看似简单的情节,却因真实得令人窒息,步步惊涛骇浪、险象环生,倍感生存与毁灭的紧张关系。如狄德罗所说,在经历了大灾难和大忧患后,作家的想象力往往会被悲惨的景象所激动。(参见网文《灾难文学,古今经典多》)叔本华亦有如下说:"没有什么比别人正遭受生命危险更能激起我们最强烈的关注。"(《论死亡》)

力羌见证般的"在场"行文,有些到了不加掩饰的悲剧高潮,影视表现不宜,但阅读却可深刻感知:

> 还有那些在废墟中自断胳膊、自断小腿求生的人。由于没有重型机械,无法救援废墟里面的人,外面的人只能眼睁睁地看着。他们微笑着,唱着歌一个个地死去。还说有一对夫妇从映秀到汶川,赶来看望在威州读书的儿子,路上,男的被飞石把脑袋铲落了,女的把脑壳捡起来,用衣服裹起,别在腰上,又继续前行。

文中最让人感动的描写,无过于大震后第一时间跋涉寻亲的人们,山塌水溃,乱石穿空,却不能阻挡他们亲情的脚步,往往一行数十人结伴而行,却瞬间就被崩塌的山体掩埋了。作品中的"郑小村"们,即为劝阻这些同样不顾一切往前冲的人流延误了时间,甚至牺牲了自己的生命。

能怨怪谁呢?人性的伟大,就在于可以为至亲、至爱乃至理想毫不犹豫地献出生命的慷慨与气节。作品中的干部、教师、解放军"铁军"乃至"马惜元"们,即为类此人性极高之升华,鼓舞着人们生存与战斗的勇气。

灾难文学无疑多是悲剧,悲剧的价值在哪里,无数先知告诉我们,即指出生命价值被毁灭的令人痛苦和面对真实的极大勇气,由这种悲壮感所带来的审美愉悦,强化了人们的生存意义与"理性或者反省意识"(见叔本华《论历史》)。中国文学与世界文学接轨,灾难文学是必备的题材与探索,全球意识与人类共命运、同呼吸和诸多共同利益着眼点,也教训我们,回避和掩饰无济于事,"直面人生的勇气"实为人类完善的基本品德之一。

张力羌的这部灾难文学还写到一些有趣的事,也算是沉闷的痛楚中可以稍加喘息的安慰。如他写到解放军的直升机降落到汶川高山"萝卜寨":"这是人民共和国停落在高山羌寨的第一架直升机。……老百姓从寨子的四面八方涌向直升机停落的地方。他们瞪大了眼睛看着直升机,他们站着看看还不过瘾,并绕着飞机看。呀,这铁家伙这么重,怎么可以飞上天呢?"事实如此,萝卜寨海拔近三千公尺,在地震大灾中古寨几乎被夷为平地,死伤数十余众,但有什么能抹去人们对新生活的期待呢?叶舒宪教授在川大演讲中曾提到:"这次地震让人震惊的不只是波及范围大和伤亡数字高,让国外震惊的还有在汶川、北川那样高山深谷的穷乡僻壤居然世代生存着那么多的各族人民。由于媒体的聚焦作用,灾害被完全展示在世人面前。由于全民参与,加上媒体的重复播放,全世界为之感动。国家民族的凝聚力瞬间得到极大的强化。"说得是。人性的坚韧,的确也可从我国各族同胞分布区域极广,生命力极为顽强乃至英雄主义、乐观主义窥见一斑。力羌是这"穷乡僻壤"中成长起来的一名文化人,与我不同,他是一名"麦田守望者",在此次大震中,他如凤凰涅槃,从震灾废墟与余痛中捧出了一部力作,一部悲剧的实录。如果我们在这里饶舌说到他的作品某些不足,如稍还显得急就章啦,艺术语言还可精雕细琢啦,则不仅显得隔靴搔痒、偏离题义,甚至有些猥琐。亦如鲁迅先生当年所指,这类作品是不能单从艺术角度看待的,他是废弛的地狱边上开出的花朵,不容俗气近前。

《飘飞的羌红》在书架上搁置一年多了,为什么直到近日才一口气读完,只因"近乡情怯",何况是要近我那山河破碎、不忍细数的乡井呢?因近来日本大地震,使人震动,于是对灾难文学有集中思考,故睹新抚旧,有了勇气将力羌的作品拜读完毕。一句话,对作者的勇气与表现深深致敬。

眼前的羌红也许要伴随我们每个"乡党"终身,即便远在天边之人,触读之下,也会从这发人深省的鲜红中,得到生与死的启示。正是有些记忆是不能忘却的,过去我们每个人都会背诵列宁的话:"忘记过去即意味着背叛。"也许放在灾难文学题材领域方面,言而思之,允当。

(原载于《羌族文学》2011年第2期,总第73期)

为民族书写，为时代讴歌

——羊子长诗《汶川羌》作品研讨会纪要

记录整理：《羌族文学》编辑部

时间：2011年9月22日
地点：中国现代文学馆
主办：四川省作家协会、《诗刊》社、《民族文学》杂志社

2011年9月22日上午在北京中国现代文学馆，召开了"羊子长诗《汶川羌》作品研讨会"，四位茅盾文学奖评委参与研讨。中国作家协会书记处书记高洪波带信预祝研讨会圆满成功，并为不能到会表示遗憾。四川省作家协会主席阿来在该作品出版推荐时说："羊子的诗歌，是我曾经想看到的一种有价值的文本，对历史，对现实，对个人的一种诗性的超越和抒写。'我'是从历史而来的，也是从灾难的洗礼而来的。一个幸存者，一个因幸存而重新看待世界了悟人生的人，是作者自己，也是渡尽劫波的羌。"

曹纪祖（主持人、四川省作协副主席、秘书长）：

《汶川羌》原名《汶川之歌》，是2008年度中国作家协会一个重点扶持作品，从出版到现在，已经引起诗歌界的广泛关注。长诗《汶川羌》从遗传渊源、灭顶之灾、这般现实等三个部分进行书写，富于感性又充满理性，笔触深入古羌民族的血液和骨髓，闪烁着古羌民族与山水共存的智慧光芒，蕴藏着诗人灵魂深处的憧憬与眷恋、求索与质疑、绝望与希望交融互生的文学审美，为古羌民族历史与文化的承传留下了崭新的文学记忆。

艾克拜尔·米吉提（中国作家出版集团党委副书记、《中国作家》主编、作家）：

首先，对今天羊子的长诗《汶川羌》研讨会成功举行，表示祝贺。对研讨会的组织者，四川省作家协会和我们集团这两个主办方——《诗刊》社和《民族文学》杂志社的各位领导表示感谢——能腾出精力，来关注一个少数民族诗人，我非常感动。羊子是羌族诗人。过去，我在《民族文学》的时候发过他的作品。我们在汶川举行笔会时见过。

羊子写出这么厚重的作品《汶川羌》，是他个人的收获，也是少数民族文学的收获，也是我们中国诗歌界的收获，确实让我们感到一种喜悦。我在这里，谨对羊子取得这样的诗歌创作的成果表示祝贺，同时祝他今后创作道路一帆风顺，诗情洋溢，写出更多脍炙人口的诗篇。

吕汝伦（四川省作协党组书记）：

这个研讨会体现了主办三家对四川民族作家羊子的关心、支持。羊子是四川土生土长的优秀的羌族诗人。汶川特大地震中，羊子是不幸的，经历了各种苦难，但同时，羊子也是幸运的。震后，他对羌族文化、羌族的命运和苦难，对自然灾害，都作了深层思考。羊子在诗歌创作过程中，也得到了四川作协，特别是阿来主席、《星星》诗刊主编梁平的关心和支持。在中国现代文学馆给他的这部作品开展研讨会，我也感到羊子是幸运的。地震后，四川从悲壮走向豪迈，热诚邀请大家到四川走一走，看一看，一定会有更深的感受，一定会给四川诗歌创作以启迪。

叶延滨（《社刊》原主编、诗人）：

《汶川羌》确实是一个很好的读本，有三个重要的特征表现得非常好：民族性、现实性、现代性。四川历来也有很多自己的民族作家，但是从阿来、吉狄马加、羊子他们看，很重要的一个就是，把民族性和当下中国现实生活，以及文学的现代化过程结合得比较好。因此，它既有非常深刻的民族资源、民族认同、民族自我认识，又能够得到更多读者的呼应，并且能够感受。

上部《遗传渊源》诠释了羌族文化的发展，羌族与羊的关系，羌族的美学追求。羊子经过多年写作，找到一个非常好的切合点，就是把他民族的基因、民族的资源和他对汉语的领会，对汉语文化的结合，处理得都非常好。里面《羊的密码》这首诗，我们不刻意把它标明为羌族诗人的作品，它也是汉语写作的一个优秀范本。这是民族性在今天的新的一种发展，新的可喜的一种现象。

中部写汶川大地震。羊子的诗应该是得到高度重视，因为我们更多是旁观者，或者是救助者，或者是参与者，而羊子是亲历者，而且是作为一个民族的亲历者，既有冷静的意象的再造，比像《时间弯腰》，又有强烈的喷发，譬如《为什么不》，内心"不相信这一切，要拷问这一切"的激情，和深刻触及血肉的呐喊。这部分诗，与所有汶川地震诗歌放在一起，都是非常优秀的诗歌，今天来读这些诗歌，仍然能够感到那种发自内心的疼痛，和对民族遭遇巨大灾难以后血泪的呼喊。因此，它具有很强烈的现实性。

第三是现代性。我对下部这部分非常感兴趣。无论节奏，还是表现力，《汤》是一首很现代的诗歌。它把诸种文化因素，包括中国的、世界的、传统的、历史的，用熬汤的形式来表达。这和羌文化本身很有关系。更重要的是，羊子把对现代意识、现代世界的理解，对现代各种文化资源的吸收，用"汤的阳光和大地"来表现。另一首非常值得重视的诗，叫《真相》，充分展现了对"我是谁？我从哪里来？我到哪里去？"这个哲学命题的理性思考和对历史的感性认识。

总之，《汶川羌》是非常优秀的长诗，在民族诗歌、民族诗人、民族文学创作中，是非常重要的一个样本。

叶梅（土家族，《民族文学》主编、作家）：

《汶川羌》终于在北京很隆重地研讨和评介，确实具有象征性的意味。羊子这么一个人，《汶川羌》这么一部诗，是整个汶川地震后变为废墟，同时又获得新生的，可以说是具有代表性的样本。地震前，羊子已经是一位诗人，写了不少歌词，大家耳熟能详。与今天相比，他有了一个蜕变，由一个单纯的歌者变为了一位思想者，一位代言人，不仅是这个民族的代言人，也是汶川的代言人。我觉得这个象征意味是非常重的,沉甸甸的。羊子几乎经历了像汶川地震那种撕心裂肺的,几乎是把自己全部推倒,然后重新立起来的过程。也就是说,在他写作的内心世界,经历了不亚于汶川地震的地震。

在这个写作过程中,可以说羊子是非常痛苦的。正因为这样一个非常熬煎的过程,诗歌才具有了思想的力量、思想的光辉。他的思想直追生命的源头,直追这个民族从古到今,越来越慢,越来越细,越来越淡,但是,始终没有腐朽,没有没落,仍然存在着那种顽强的基因和血脉。今天的评介和研讨,实际上所有的密码和答案,都在他这部诗里面,只是读者和评论家应该走进他这部诗,像羊子一样,再作一次寻觅和思考。我在读他的诗的过程中,读到了我迷惑的一些问题的一些答案。羊子他在寻觅的过程中,找到了某种通道,他用他的诗歌为我们做出了一个指示牌,为汶川立起了一块碑,为某个民族做了一个指示牌。所以,这部诗歌的意义不限于文学的范围内,甚至超越了文学的一些意义,可以说是汶川在地震之后经济复苏、各方面社会发展复苏、文化复苏的一个典型代表,也可以说是中国多民族在走向现代化、走向世界的过程中,值得记忆、值得留存的一部诗歌。

李小雨(《诗刊》常务副主编、诗人):

感谢四川省作协推荐了一部好书,一部优秀的长诗,推荐了一位优秀的羌族诗人。

第一点,作者用"我经历,我看见"的概括方式,站在他祖先最早发源的那个青藏高原、西部高原,用五千年的大视野来回顾过去,它是英雄的史诗。同时,用高度浓缩的、集中的表现方式,写地震的一瞬间。他把五千年的大背景和地震发生在一瞬间放在一起写,对读者来说,它是一种非常丰富的、饱满的精神漫游。第一章写得非常美好,和平、自由、宁静。羌族把羊和自己的民族融合起来,证明羌的图腾不是豺狼虎豹,它是很温顺、很和平、很自由、很宁静、很大度的民族。这是诗歌的民族性。

他把地震的一瞬间和五千年大视野的回顾放在一起写,将刻骨铭心的疼痛、撕裂、扭曲和变形,放在那种非常宁静美好的大背景之下,表现了一个历尽劫难的民族,是怎么顽强地在大地上扎下根来,繁衍生息,并且抚平创伤，继续一种生存的希望，让人感到时间的强大、内心的强大。他战胜了外来的这种灾难。作为羌族的一个代言人，他是一个有胸怀，有气度，有真心的诗人。这是一部厚重的、丰富的、非常吸引人看下去的、读下去、有深厚历史感的书。

第二点，他写这三部分，实际上是过去、现实、未来，靠来自内心深层的精神性的叙述和不断的追问把它们联系起来。比如《真相》是非常强烈的民族自觉。整部书表现出了一种悲剧的精神、崇高的精神。他让我们震惊他的神秘感，他的悲悯，他的坚韧，他写到对丑陋的批判，还有对爱等等这些形而上的东西。透过羊子多样化的题材的表现，时时都能够感觉到他的诗里面有一种精神性的氛围弥漫。这种深层的精神和精神弥漫、精神反观，让我们更加想去了解他的哲学思想。这是这本书的深度和力度。地震到现在三年过去了，悲哀的氛围好像已经过去了，但是，因为现代诗的框架，他底处的深度，写得非常生动、活泼、真实，只有亲历过地震的人才能写出来的，而不是隔靴搔痒的，不是表面的细节描写，将地震碎片延伸到更为广博的系统，民族精神的话语体系。所以，他是有内力的，体现了诗人的责任意识、担当意识。

第三点，这部诗具有史诗的构架。作为史诗，应该给人带来一种新的东西。最后一章的反思，充满了心灵探索的精神自白，好像一个诗人在沉思着，在召唤我们进入一个更加恒远的时空的框架。他对全球化、现代化的进程当中，整个人类面临的精神生存中的困境的忧虑，包括他对他民族劣根性的批判、拷问。这种批判精神是一种现代意识。另一种是天人合一的博爱，人和羊的合一，祖先、羊、我三位一体，地震时除了人，还有树木、果实、昆虫、动物的死亡。这就是诗人的一种悲悯情怀，实际上表现了他的价值观、宇宙观，他仍然保持着五千年来他这个民族对自然的恭敬，对人类的希望。

第四点，他对民族性的坚守和确认。五千年来，除了符号性的标记以外，他骨子里是他这个民族的善良、民族的坚守。"我是谁？"不断地提醒自己：羌。羌。不断地设问，不断地回答，带着理想主义色彩和信仰般纯净的描绘，把羌放到人类最终的希望，最高的境地，到达最终的回归。这是一个民族走远了之后，历尽劫难之后，更高层次的精神回归。

第五，整部书的语言节奏很有特点，包括标题，一个字一个字说出来的语言，是对汉语言的一种丰富。我非常欣赏他的《开篇》，概括得太好了，既是诗，又是民族的代表，有点像黑人《怀念一条河》。另一首是《汤》，汤的阳光和大地，那种广博和构思的奇特，是没有经过地震的人，绝对不会想到用这几种形象去表现吸纳和接受，既舒放，又开阔，既充满激情，但又含蓄，同时既是浪漫的，又是理性的，还有羌民族根本的、血液中刻骨铭心的东西。

梁平（四川省作协副主席、《星星》诗刊主编、诗人）：

我以为，《汶川羌》无疑是中国长诗的一个重要的收获，羊子以自己优秀的诗歌为自己的民族树碑立传，羊子也因为自己的民族而生动、而成为这个民族杰出的歌者，让自己站成一个民族的文学标杆。《汶川羌》是羊子为自己民族的苦难和创伤、坚韧与顽强、生生不息的生命力书写的一部当代具有史诗意义的鸿篇巨制。他没有遵循传统的史诗概念，依靠某个传说或者神话去讲述一个故事，没有有条不紊地去梳理这个民族的来龙去脉，而是大开大合，以自己对本民族的认知和血脉的认同，以自己的洞察和感受，把自己民族的生命原色、生存状态以及梦想和希望呈现出来。羊子的呈现具有强烈的质感，嘹亮、宏阔、粗粝、尖锐，有时还带着他刻意的含混和固执。他是用自己的灵魂和血肉之躯在为自己古老的民族画像。

彭学明（土家族，中国作协创研部副主任、作家）：

最早知道羊子，是他的歌《神奇的九寨》。去年五月，我和刘震云带中国作家团去美国参加爱荷华国际写作计划的交流，相处二十来天，无论在爱荷华，还是在美国国务院，羊子都敬献羌红，赠羌绣，他的心里装着他的民族，时刻想着他的民族，为他这个民族宣传，为他这个民族呼吁，为这个民族贡献。

民族情结、民族情感，不但在他的言行中，也在他的诗歌中得到深刻体现。他的《汶川羌》，包括后来的《汶川年代：生长在昆仑》，都是一个羌族孩子，一个羌族后裔对民族是宗教般虔诚的歌唱，有疼痛，有幸福，也有思考。在这个时代，世界民族大融合，很多民族的符号、民族记忆、民族信仰和民族精神，都在逐渐消失、逐渐退化，却还有这么一个执着的民族诗人，执着地在为自己的民族歌唱、宣传、努力、奋斗。他从他的民族羌族的"羌"这个简单的汉字出发，找出了他的民族的根脉、民族的血脉，民族的血脉的来源在哪儿。从羊到羌，从羌到美，把民族情感和民族符号连起来，同时注入国家性，使作品显得伟大、厚重，达到一种高度。

第二，作品的文化意义。他的诗从羚羊到羊，到羌，到美，到神羊指路，都在不断发现民族文化的美、民族品德的美。我读了两遍，有一个特别深的感受，羊子是中国诗坛被严重忽略的作家，被轻视的作家，他的诗歌没有提高到应该有的地位。羊子的诗歌，从头至尾，每一首诗都是很好的诗，意象密集，意象独特。譬如写地震的《时间弯腰》和《映秀》，是他切身之痛、切肤之痛带来诗歌灵感、诗歌才华的喷涌喷薄，雄浑而大气，充满生力。

虽然这个作品写得很厚重，很雄浑，但是，如果适当注重一点韵律就更好，这么好的诗，中国诗坛被严重低估了的诗，还应该有更高的地位。

张清华（北京师范大学文学院教授、诗评家）：

这部作品的处理方式和把握的度结合得比较好。一方面羊子是亲历者，对灾难的亲身经历赋予了他写作这样一部重要作品的充分的合理性。整个读下来，不会感到它是轻浮的，或者是一部幸福、完全正面、热情洋溢的作品，而是比较内在的，是沉静下来，深入到历史内部，深入到现场，深入到民族自身的内部，用切身感受，感同身受地去体察、去写，这个作品的优势一下就显现出来。地震过去三年多了，再反过头来思考这场灾难和灾难给我们带来的很多启示，刚好是一个合适的时间。羊子的处理方式首先是比较得体的，我非常欣赏他。

另一方面，跟他坚持了自己的民族意识和民族身份很有关系，使得他深入到民族意识的深处。这样就产生了他的史诗性。民族性和史诗性是连在一起的。史诗的诞生，其实就是远古时期一个民族的公共记忆。灾难对一个民族带来了很重要的资源，但对灾难的处理，取决于高明的诗人的能力。羊子在这个长诗的处理方式上，我觉得是非常合适的。

三部分当中第一卷写得最好，是关于羌族这个民族的历史文化、民俗、民族个性、风物、生产生活方式的全景展示。一块一块的碎片累积起来，最后形成一个整体修辞，折射出这个民族的性格、历史和传统。羌族历史很久远，在黄河中上游，和华夏先民是一个地理背景，但后来被挤压到了北方、西部，被边缘化了，是因为它的生产方式主要是游牧，农耕文明的民族渐渐地中心化，变成了华夏民族的主体。羌族是一个值得研究的民族。在南北朝时期之后，鲜卑已经完全融入汉族，羯、氐民族已经不见了，匈奴分化成了像满族这些东北民族，羌族是在北方民族大融合的历史中幸存下来的民族，保留了自己的传统，说明羌族文化中一定有自己特别不容易离散，不容易消失的东西。

在今天的世界，既要保持自己的民族性，又要融入现代化的进程，这对于每一个少数民族来说都是一个巨大的挑战，也是一个机遇。一部史诗和一部伟大作品的悲壮性，就是人类共同来抗拒自然的灾难，相对比较容易处理的。古代史诗是民族之间的战争，放在今天不容易处理，地震恰好提供了一个契机，唤起、唤醒这个民族记忆，更加长远思考这个民族的历史，因为羌族的历史文化和民族记忆，都带有某种悲剧性。羊子在长诗中坚持了民族的这种审美性，即便战胜地震灾难，也把握了这样一个基调。这是值得肯定的现实性和政治性。

从长诗的结构来说，是三段论，先从历史来追叙，然后是一场自然灾难横空出世，然后是一个慢慢修复的过程。三段之间的写作和安排，看还有没有别的可能性。

在语言方面，给人带来强烈的陌生感，比较可取的是它的力度，非常老练、沉实。这部作品大量密集的文化意象，使得它的速度慢下来，整个语言的速度非常的沉实，打磨程度也不错，但是，有一些内部的气息、旋律、节奏等还是应该注意，读到有一些部分的时候，感到有些不满足。

石一宁（壮族，《民族文学》副主编、评论家）：

这是史诗和抒情诗兼具的作品，也可以说是一部抒情史诗，或者说是一部心灵史诗，因为他追求表现的是羌族的心灵史，是一个民族的心史。传统史诗是宏观的、外在的诗，而抒情诗是主观的、内在的诗。《汶川羌》是叙述历史和感觉历史、体验历史的结合。作者独特的追求和艺术贡献，就是史诗笔法和抒情写法的结合。比如《羊的密码》叙述羌族神性弥漫的羊图腾时代的起源，也是抒情烂漫的乐章。

对历史的叙述分两种方式，一是作者回溯民族的历史，往往是采用虚幻、简洁和象征的手法，基本上不叙述事件，也不叙述具体的人物，而是诸如羊、戈、神鼓、羌笛、石头、墙、岷江、岷山、羌姑娘、羊毛线、草场等等这些民族历史、生活、文化的元素，来表现民族昨天的历史。二是对历史事件的多侧面、多角度的表现，主要指表现汶川特大地震的"灭顶之痛"这一部分，具有历史的真实感，更多不是诗人对事件的叙述，而是来自他对事件的内心感受，来自事件中人的肉体和精神，既是客观也是主观的想象性的呈现。作者对历史事件这样的表现方式，不再用诗歌来跟叙述为主的其他文学体裁争短长，而是发挥诗这种文学体裁的优势，直指人心，直接呈现心灵的历史遭遇，从而通过表现心史，表现民族的命运，为史诗写作提供了较为独特的经验。

《汶川羌》体现了一个诗人的民族文化的自觉和精神担当。一些后现代的诗人，是不屑于担当代言人，也不屑于崇高，表面上是追求个性、追求自由，从另一个角度看又何尝不是逃避责任、畏惧担当。而《汶川羌》的叙事主人翁，或者说是抒情主人翁，往往和民族的代言人合为一体，具有严肃的使命意识、责任意识，勇于担当本民族继往开来历史进程的代言人，担当民族的歌者。诗人不仅在为自己民族的历史代言，也在为民族的现在和未来代言。

这部诗中同时充满了强烈的祖国意识。"祖国"出现的频率很高，饱含着对祖国的感恩和热爱。诗人把爱、祖国和民族看成是三位一体。这样深刻而强烈的祖国意识在当代诗人，尤其是少数民族诗人的写作中具有重要的意义。

羊子的诗，我更倾向于用形而上的追问来界定他的现代性内涵。他追问人的生命的本质，追问人生的意义，同时也追问世界的真相、世界的意义。比如在《人》《真相》《虚无》《转化》等篇章中，可以读到古希腊哲人提出的哲学命题和人生命题的再现。作者这些内涵形而上追问、追求的篇章，丰富了史诗的表现，拓展了史诗的维度，从而提升了诗的思想层次和艺术层次。

作者善于运用排比修辞，表现了这部诗的艺术力量。大多篇章都出现排比句，像《总》更是一排到底。作为一个少数民族诗人，羊子对汉语的研究和掌握，很值得称道，甚至是一种榜样。

最后，这部诗的节奏或者说是音调还是存在一点问题。作者在写作中有一种饱满的激情，几乎每一首，或者大多数篇章，音调都是比较高亢的。这种手法固然有可能使读者自始至终绷紧阅读神经，能够抓住人的注意力，让人感觉一气呵成，但是，也有可能让读者感到审美的疲劳。

徐希平（西南民族大学文学与新闻传播学院院长、教授）：

我简单说说羊子成长的意义。在我印象中，羊子是近些年快速成长起来的年轻诗人。二十年前《羌族文学》中没有他。2008年地震后，四川民族出版社再版《羌族文学史》。我看到了羊子在《民族文学》上发表的系列作品，感觉这真是当代羌族文学新的高度和崛起的一个新标志，将他和几位年轻诗人作家编进文学史。

接着，我讲讲他的作品意义与独特的价值。《汶川羌》具有民族性。实际上，很明显，羌族是很焦灼的，因为生长环境很艰苦，虽然它一直没有失去自己的个性。这不是羊子一个人的焦灼，是整个羌族的。在几千年历史中，号称"五胡之一"的羌人，没有一本本民族的历史书，没有一部本民族的史诗，没有一位本民族的著名诗人，没有一本本民族写的有影响力的作品。感到悲哀，这是他们共同的感觉。羊子恰好继承了这一特性，厚重的责任感。他执着、固执，倔强去挖掘，不仅从文学，从历史，也从学术研究去考究羌族的深厚渊源，包括古羌人和当代岷江上游羌族的关系，所以书取名叫《汶川羌》，点明了羌和汶川的密切关系。这是他的独特性。

第二，他执着、固执，但不狭隘。羊子从大山里走出来，经过了汉语言文学的规范教育和学习，对中国文化乃至人类共同的一些优势、文明都有了解，都有包融，更好张扬民族个性和其他民族文化的有机结合，而不排斥。这是羊子发展中非常突出的语言、文化训练、积淀的有机结合，这在他作品中表现得很好。

我最近写了一篇文章叫《融会进取的羌汉文学关系略论》，重点以羌族诗人羊子的诗歌为例，因为他很有代表性。羌族没有文字，他一直用汉文、汉语表达，对当代汉语的修辞手法、语言等都能融会贯通，加上自身的特性。这是他非常成功的一点。

第三是他的价值或者启示。在某种意义上，他已经超越了羌族本身，在中国这个更大、更广的东方民族和世界接轨上，具有代表性意义。羊子的诗具有代表性，是民族文化与汉语的结合，又不完全是一味地吸收。整个中华民族、东方民族，在和西方文化对话中，怎样吸收，怎样借鉴，都可找到一些可以启迪的地方。羊子把人类共同的文化吸收过来，把传统和现代进行结合。西南联大我的一位老师郑临川，是很有名的国学大师，也是闻一多先生的高足。他说，诗应该叫做"观世音菩萨"。观世就是对社会、对世界的观察、了解，还要有一个菩萨心肠。羊子在这两点上，都做得不错。

最后，希望诗歌在音律上有所改进，同时，希望有更多人对羌族这个输血性民族给予持续关注。

龚学敏（《星星》诗刊常务副主编、诗人）：

羊子是我的羌族兄弟。他有他的独特性。实际上，羌族是在汉族和藏族之间的夹缝中生存的，很多文化元素，都会在汉族和藏族里找到相似性。就文化而言，要么被汉族同化，要么被藏族同化，因为这两种文化太强大、太强势了。在这种情况下，羊子是一个有强烈民族意识的诗人，他的处境、他的内心肯定是很痛苦的。

"5·12"特大地震过后，国际国内都在关注、援助汶川。从另一个角度来说，实际上，这种关注可能把羌族文化同化掉，因为外来文化太强大了，羌族文化太渺小了。

《汶川羌》在诗歌意义上的价值可能远远不如它的文化价值。《汶川羌》估计是羌文化心灵史的孤本。这是羊子对这个民族最大的贡献。

杨青（四川省作协创研部办公室主任、评论家）：

《汶川羌》可能有两个方面的贡献。第一是诗歌的想象力。《汶川羌》提供的是个人化的历史想象力。羊子的诗歌想象从个体出发，以独立的精神姿态和话语方式去处理我们的生存历史和过去生命中的问题。他对历史不回避。

第二是本民族的命运。在这方面,羊子提供了自己的思考,这不是简单的羌民族的问题,也不是简单的中华民族的问题,而是一个世界性的问题。羊子把自己的身份放在人的角色、追问者的角色,提供了探寻历史的一种可能性,可能。

杨玉梅(侗族,《民族文学》汉语编辑室编辑、博士):

从深重劫难中走过来的羊子,通过文学实践,体现了一位优秀诗人的崇高品德和高尚情操。他的顽强、坚韧、自强不息、积极进取、神圣的社会负责感和崇高的民族使命感,都让我肃然起敬。

对于羊子和汶川人民,"5·12"是一道鸿沟,让一种幸福停留在对岸,成为生活永远的记忆。诗集《一只凤凰飞起来》和歌曲《神奇的九寨》是深情的歌吟,带有田园诗的恬淡和浪漫,也有"温暖的灵光",让人感觉到"人间天堂"的恬静。

"5·12"之后的诗歌是一种悲壮的抒怀,厚重的生活内容与激昂浓烈的情感使羊子的诗歌由先前一条潺潺流动的小溪壮大成奔腾的急流,成为飞扬的瀑布,变成滔天的巨浪,就像响彻天地的神鼓和穿透灵魂的羌笛,震撼人心,给人一种深入骨髓的疼痛和复杂的感受。

《一只凤凰飞起来》是羊子个人的心灵之歌,《汶川羌》既是个人的,更是汶川人民的生命之歌,是羌民族的历史记忆的悲歌,也是献给这个时代的颂歌。在大悲大难的日子里,诗歌是羊子最给力的精神伴侣和精神支柱。诗歌的光芒呼唤羊子要坚强,照亮了羊子的悲伤惨淡的时光,让他超越灵魂深处的痛,在对苦难的书写,在对民族历史文化的追忆中探求生存的力量、生活的动力和民族的希望。可以说,是诗歌精神与感恩之心,推动着羊子创作出《汶川羌》这样气势恢宏的史诗性巨著。

杨志学(《诗刊·上半月刊》编辑部副主任、评论家):

羊子和他的作品带给我一种很神秘的感受。《汶川羌》这部作品的出现,与其说是时代的需要,不如说是更深层次心灵的需要,是来自精神期待的一种满足。羊子作为代言人的出现，非常值得关注，值得研究。他的生存、生活的准备，精神的磨难，他的家史，他的民族史，作者本身，也是值得研究的。作为接受者，作品带给我的是意识上的陌生化，非常强烈。《汶川羌》在整体上出现了一种陌生的姿态和面孔。它的形式是如何生成的，从生活的碎片到诗的细节是如何转换的，修辞的神秘性、它的神性是如何呈现的，历史与诗是怎样融合的，现实与想象在诗歌里面的交织程度，都是值得研究的。

从现代性来看，它是一部现代史诗的一种新的收获。它的语言开阔、疏朗、大气，原生态的东西非常能够感染人，是值得重视的，虽然从音律、从节奏感来说有进一步值得商榷的或者完善的地方，句子长短的变化，再多一些短式的、有力的、嫁接性的词语、语言，感叹、赞叹、咏叹性的反复，我觉得都是有可能的。总体而言，这部诗是羊子一种成功的艺术性探索。

（原载于《诗刊》2011年第11期，四川作协《作家文汇》2011年第12期，《羌族文学》2011年第3期，总第74期转载）

生命之思：当代羌族文学的一个维度

四川成都　张建锋

当代羌族文学的生命之思与羌民族生活的自然地理环境、历史文化传统和现实生活状况三种因素密切相连。羌族是一个具有三千年以上历史的古老民族，在甲骨文中已有"羌"的记述。在漫长的历史进程中，羌民族创造和积淀了自己独特的文化。现今羌族主要聚居在青藏高原向四川盆地过渡的高山峡谷地带。这里地势陡峭，重峦叠嶂，河水湍急，云雾迷漫，草木繁茂。岷山、龙门山、邛崃山三大山脉如三条巨龙撑起广阔的羌族地区，而岷江及其支流纵横交错……大大小小的羌族村寨就散布在崇山峻岭、河谷沟湾的怀抱里。羌民族与岷江、岷山同在，穿越千年风雨，生生不息。羌民族虽然没有文字，却有祖祖辈辈的族群记忆和传承千年的文化血脉。正是这样的文化生态孕育了羌族作家，滋养了羌族文学，催生出生命之思。

一、大自然生命的感悟与沉思

羌人从西北高原迁徙流转，长期生活在岷江上游的高山峡谷地带，对这片土地充满特殊的感情。当代羌族作家始终冷静地面对自己的家园所在地岷江和岷山，关注羌民族的生存环境、生存状态和生存哲学，在自然与人的连接中感悟与沉思，以极富地域特色的自然意象呈现热烈真挚的深情，彰显浓郁的民族情怀，书写生生不息的生命之歌。羌族地区平凡而熟悉的花草树木、风景风情和鸟兽世界，经过作家们深情的凝视和身心的体验，进入文学的世界，散发出迷人的魅力。虽然描写的是自然之境、风光之美和风情之趣，是巍巍高山、茫茫白雪、湍急河流、村庄小路，但这些都只是艺术的背景。当代羌族作家描写的核心所在，是要展现在这样的环境下羌民的精神状态和羌民族的生存哲学，表现他们自己对生于斯、长于斯的故土的牵挂，对生在岷江河谷、长在岷山高地的羌民的至诚关怀、崇敬和恒久的爱恋。他们的作品虽然言在大自然，却发自内心深处，其感悟与沉思让人久久不能平静。

当代羌族作家有意识地捕捉大自然生命的脉搏，展现羌族的历史文化与风情习俗，在自然与人的对应中感悟生命之光。羌民族自古崇尚多神，把宇宙万物都拟人化和神灵化，对其表示敬畏与崇奉，并与其和谐相处。在羌民族的心目中，神灵无处不在，大自然灵性飞扬。这样的多神信仰和多神崇拜，赋予大自然鲜活的生命和不灭的灵性。羌民族的各种神灵，除火神以锅庄为象征物外，其余都以乳白色的石英石为象征，形成白石崇拜。这成为羌民族特有的民间信仰和崇拜文化，其间蕴藏着羌民族对大自然的敬畏和呵护之情。羊子的诗集《一只凤凰飞起来》、长诗《汶川羌》即展示了诗人对于羌民族历史文化和当代生活的深刻思考。"《灵性的石头》借助普通而富有灵性的石头，抒写了石头与村庄的关系，石头与羌族的关系，石头与生命的关系，石头与命运的关系"。[①]《汶川羌》延续着同样的思考，自然的石头与人的生活、生命叠合，"自从被粗糙的大手第一次握着开始，石头结束了无知。/石头，很少的石头就此背叛自己的命运。开始了崭新而奇异的历程。/开始了被修饰，被携带，被温暖，被保藏，直至被想象地改变的命运。/结束了野性。冷漠。结束了自然的格局和物理的困扰。/石头，终于与人的家园在一起。人的信仰在一起。/与人的时间在一起。人的艺术和智慧在一起。/石头终于与自己的灵魂和心跳在一起。//石头有了人的生命而结束了孤独，等待，甚至修炼。"朱大录《白石的思念》以自己童年的成长及对白石的理解为线索，叙写出羌民族悠远而缓慢的发展历程，礼赞羌民族质朴浑厚、热爱生活的美好性灵。作品里的白石、雪山早已不是无生命的自然物，而是鲜活的生命和性格的象征。"火塘里跳跃的火苗，像颗颗晶莹的白石，在梦中跳荡，激起我童年

[①] 李明主编：《羌族文学史》，四川民族出版社，2009年。

生活的火花。"白石,不仅给单调寂寞的童年生活带来乐趣,而且给人以生命的启迪。在《羌寨椒林》中朱大录更是直接写道:"我爱椒林,因为它有顽强的生命力,它耐干旱,耐霜雪,像羌民粗犷、豪放的性格。生在高山,长在高山,喜爱高山,默默无闻地吸收很少很少大自然赋予的营养,用婆娑的枝叶和身躯把荒山秃岭装点得美丽迷人。"自然的景物和事物拟人化,成为羌民性格的写照,成为羌民生命力的象征。张善云的九寨沟系列散文,正如论者徐希平所说:"强烈地显露出一种发自灵魂深处透彻骨髓的自然之美,一种物我交融、天人合一的鲜明意识与氛围。""具有陶冶性灵、自觉增强环境保护和关爱生命意识的特殊价值。"[①]《九寨红叶动心魄》表面上是写九寨红叶,实则寓意深远。片片红叶,千姿百态,如霞如火如血如花,构成九寨秋色中最美丽的风景。作者不只是书写九寨风景的神奇之美,更关注红叶由萌芽到凋落的生命历程,从中发掘出坚定忘我、无私奉献的精神和胸怀宽广、孕育新生命的品格。"秋天到了,雨水少了,日照短了,养分不足,在'饥'和'渴'的威胁来临之际,它勇敢地作出了最后的选择,自觉地谢绝了水和养分的供给。在叶柄和枝条的连接处,形成了一个特殊的组织——离层,把水和养分全部让给了树体。忍耐着、忍耐着,在泛出生命的艳丽色彩之后,冷静地收藏起美好的爱恋,向着纵横交错的枝条告别,飘然坠地,给树木留下最后一句嘱咐:'冬天一过,便以加倍的芳艳,争妍竞秀,去迎接新的春风,新的春雨,新的幻想,新的日出。'"在生命的尽头奏响最灿烂的乐章。这是写红叶,更是写生命的循环。

当代羌族作家总是从自然景物和事物入手,将羌民族的历史文化、习俗信仰、心灵性格注入其间,在自然与人的"共鸣"中,"物"与"我"的交融里,表现大自然的律动与人的生命气息的共振,表现大自然的灵性与人的精神荡漾的合奏。大自然的一草一木、一山一水,在羌族作家笔下总是蕴藏着特殊的感受与深沉的理性思考。岷江两岸的白石,集结着羌民族的骁勇与悲壮(何健《困居在白石头里的神》);羌山遍地的羊角花,凝聚着羌民族

[①] 徐希平:《物我交融关爱生命——羌族作者张善云科普旅游散文简论》,《西南民族大学学报》(哲社版),2000年第1期。

的牺牲与奉献精神（刘健《我爱故乡的羊角花》）；羌山上的神树、神林，寄托着羌人的神圣信念和美好愿景（叶星光《神山·神树·神林》）；黄河第一湾，让人深思生态环境与人类的发展（余耀明《黄河第一湾》）；野地的桃花与红叶，片片含情，都在诉说对故乡的相思（李孝俊《山桃花》《故乡的红叶》）；气象万千的岷江草原，绚烂如春，处处洋溢着生命的色彩，回荡着生命的旋律（张成绪《部落走进的岷江及草原》《草地，生长我的名字》《草原黄昏》）……自然之境与人的生命和鸣，自然山水成为生命意识的象征物。作品中的地域之景与民族之情得以丰富，不再是狭隘的地域观念、民族观念的表达。这样，自然之境升华为生命之思，引起人们对自然、对生命、对人类及其生存环境的关注、关爱和深思。

二、羌族生命力的书写与讴歌

当代羌族作家生长于羌族地区，与羌民族有着剪不断的血肉亲情，真正经历、感受、体验过羌民的生活，对本民族的历史与现实有着自己的思考。因此他们一直在寻求书写自己的民族史，书写自己民族生生不息的生命史，以此完成一部民族生命力的颂歌。何健曾在《致〈诗林〉编辑部的信》中明确写道："写出我民族的历史，写出我民族的心理素质和个性特征，写出我民族的精神和风俗，写出我民族的变迁和生存之地域，是我提笔写诗那一天就明确了的、终生追求的一条艰辛的道路。"[①] 羌子、李孝俊、余耀明、雷子、张成绪、叶星光等也有同样的追求。何健《山野的呼唤》《羌民篇》《头顶羊角的尔麦》《再度辉煌》《男人和女人》《我是山的儿子》，李孝俊《走进邛笼》《再听鼓声》、余耀明《羊皮鼓》等着力塑造羌民的形象，刻画羌民的性格，书写羌民的生命活力。"在这里/山是凝固的汉子/汉子是走动的山/风/雕出棱角分明的性格"（何健《山野的呼唤》）。"在历史的轱辘中把泥石折叠成/远古的部落/站立成父亲额上的太阳/一天天晒熟故乡后/皱纹深处升起的独桅船/就飘在坚硬的制高点/高耸一个民族不灭的脊梁"（李孝俊《走进邛

---

① 何健：《致〈诗林〉编辑部的信》，《诗林》，1986年第3期。

笼》)。何健从历史进程中去把握一个民族的性格与灵魂,狩猎、游牧、农耕,同自然斗、与异敌争,一路走来,羌民族完成了自己的形象塑造与文化创造,展示着生生不息的生命力和创造力。他在《羌民篇》中写道:"你这尔玛人的后裔/何时从黄河之源流放到岷江两岸/银龙盘舞的江水/拴住粗犷豪放的性格/一尾神翎响箭/钉稳游荡的脚跟//丢掉羊鞭围猎刀耕/同自然搏斗与异敌抗争/铠甲舞的造型 凝固/那个时代血腥的场景/羊皮披挂 裹着/一个民族的灵魂//骨骼里溢出的刚毅/筑起那不倒的碉楼/随手撕一块白云盘在头上/便勾勒出独特的象征/寂寥的岷山燃起缕缕人间烟火/虎啸鹰击的幽谷/响彻牧羊人高亢的歌声/一切,都在迁徙的旅程上/遗失了/连文字和沾牧羊味的乡音/唯一支古朴的羌笛/从玉门关吹到九顶山/从汉宫响至如今/溶化多少孤独和凄凉/遥送多少乡思与恋情……"羊子、余耀明、李孝俊、张成绪等人的作品,也从悠久的历史文化着眼来揭示羌民族亘古不变的生存密码。余耀明的《羊皮鼓》、李孝俊的《再听鼓声》都从古老的民间传说切入羌民族的心灵,在悲叹民族文化缺失的同时,又展现羌民族在蒙昧无奈的境地中顽强生存、延续的坚韧性格和生命的呐喊。"是偷吃竹经的羊在述说哀怨/是远古失传的羌文化在发出呐喊/千年的羊皮绷成昨日的鼓/在吻别千次鼓槌之后/不用敲击/大山之间邛笼之旁溪水之源桦林之边/就有不灭不古不古不灭的鸣响"(李孝俊《再听鼓声》),"剥一张远古的银毛牝羊皮/蒙一面满盈不亏的月亮/悬于邛笼/悬于大山长出的长长的触角/不用敲击/不用敲击也在呐喊/呐喊一个民族/声声不息不灭不古不古不灭的魂灵/咚咚……咚咚……咚咚咚……"(余耀明《羊皮鼓》)。也许一切都会流逝,唯有生命永存,唯有精神不灭。当代羌族作家重新审视民族的历史与文化,意在思考古老的民族如何保持旺盛的生命力与创造力,如何面对新的时代开启新的航程。

羌民族生活在岷江河谷、山地高原,环境险恶,条件艰苦,时常发生自然灾害。在与自然环境的搏斗中,在与自然灾难的抗争中,羌民族磨炼出坚韧的性格和顽强的生命力。"汶川和这个家园之上的这个民族。羌。从那一刻,/2008年5月12日14点28分,开始跌入深渊。""一座山一座山都碎了,喧嚣着砸断岷江。/所有沟谷在厚厚的土石重压之下。/村庄,草木和人群,道路和炊烟,桥梁和山田,/没有一个不在能量空前的震荡中回旋,破碎,/

没有一个不被活活撕扯,生生拉裂而埋葬。"(羊子《汶川羌》)这些痛苦的记忆深深地扎进了羌民的生命之中。汶川特大地震,对于羌民族是物质和精神的双重灾难,甚至是危及羌民族生存的毁灭性灾难。羊子作为这个巨大悲惨事件中的遭遇者、承受者、幸存者、抗击者、建设者、见证者、记录者和创造者之一,他不愿意回首灾难发生的时刻,因为这是一次真正意义上的逃生与幸存,不是演习,不是演戏,而是灭顶之灾。地震之痛是羊子永远都会铭记的,不管是外在的伤痛,还是内在的伤痛,都将是羊子生命中无法剥蚀的记忆。但是,羊子更关注痛过之后又怎样,因为祖国的存在和共产党的领导,身处震中汶川的人,不管是本土居民,还是外来的工作者、经商者、志愿者、援建者和途经者,在灾难发生之后表现出了前所未有的坚强、团结、宽容、牺牲和奉献。这是羊子亲身感受到的时代之波和历史进程中的主旋律。这样的身份,这样的经历,让他在遭遇灾难之后抖落无限惊恐与伤痛之时,喊出了自己的心声。在羊子的眼中,汶川是一片神秘古老的大地,有着丰富独特、耐人寻味的文化底蕴和历史资源。"5·12"特大地震发生后,世界仅仅知道了灾难的汶川,对古老而现代的汶川缺乏了解和认识。他的《汶川羌》立足当代,书写汶川社会和自然的生态,揭示出汶川山河给予这片土地上的人的苦难与幸福、自足与奋进,对汶川精神进行了深层的思考和形象、鲜明、具体、生动的书写,并将古蜀文明与岷江文明有机地结合起来,让世界的目光走进汶川,走进岷江上游,认识社会发展的一种步伐。① 羊子回顾并反思,穿过2008年上溯羌民族的根脉,甚至人类的起源,一路回来,再次穿越2008年直向更遥远的未来。羊子在时间的河流上打捞历史的记忆和文化的碎影,思考现代文明与羌民族生存的关系,思考时代之波与羌民族生命的关系。"痛过怎样?",羊子比任何人都急切地追问着。本该是社会共同的关注焦点,但现在似乎成了羊子的"独语"。羌民族在一次又一次的灾难中前行,灾难磨炼出羌民族倔强坚韧的性格和生生不息的生命力。羊子看见了"重生",看见了"生的过程。死的过程。生生死死死死生生的过程",看见了"每一个乡村和

---

① 羊子:《从遥远中走来——关于〈汶川羌〉的创作谈》,首届羌族文学研讨会羊子的发言稿,2010年6月25日。

都市，从白到彩，从未来到现在，到三星堆，到金沙的过程"。看见了"绿色——排挤枯萎的过程。/生命，气色，健康和正常渐渐回归的过程"。看见了"新的故事将在新的毁灭之上破土而出。/新的轮回将牵引无数新的生命，蓊蓊郁郁"。从此，幸运的汶川与生命一齐茂盛。羊子表现了山崩地裂的灾难，表现了灾难中芬芳的大爱和灾难中挺起的脊梁与生命的原色。古老的民族在新世纪焕发出青春的风采，书写出历史的新篇章。

在羊子之前，张成绪的《行走雪地——写给雪灾后的家园及坚强的族人》和《叠溪城遗憾》与雷子的《震殇·蓝色叠溪》也关注羌民族在灾难中的前行，在毁灭中的重生。《叠溪城遗憾》冷静地叙述或者想象了1933年8月25日15时50分发生的叠溪大地震，理性地思考着毁灭与重生的关系。六十年前，风暴袭顶而过；六十年后，成为一片美丽的风景。"如此美丽的死的静。/如此寂静的死的美丽。/其实，那镜就是海，/能沉默一切掩盖一切的海。/这就是历史的运动方式。/一个城陷落海中，/必定有个城会倒映在陆地。"（张成绪《叠溪城遗憾》）雷子感性地还原或者想象了七十年前的叠溪大地震，极为动情地表现了他对民族、人类的深爱，理性的思考也置入字里行间。"静立于墨海岸边，我的思潮如弦/冰雪的光芒推动着四季循环的索链/谁的心灵能够对抗无欲无求的坦然/思想的森林也难以抵御地底密谋的火山/如果幸福的含义是这样/人们可以把握命运的皮尺/让生命按照正常的速度消亡/憧憬的心灵就有足够时间去营造梦想的天堂/我们的脚步就可以轻盈的踏过来世的村庄/震之殇，站立于时间的先知与决断/永远浸在水底的叠溪成了一世的悬念/绿荫疯长的山谷被现代文明叩开/碧波千里成全了隐者的闲云与平淡/缅怀从自己身体里流逝的时光吧/古道的马蹄声声已走远/……/我仰面看天/天空中已没有了人影，也不见了雪山。"（雷子《震殇·蓝色叠溪》）是的，擂鼓山的鼓声，较场坝的号角，都会湮灭在历史的长河中，但是，羌民族自强不息、不屈不挠的精神却一代一代传承着。虽然几经劫难，一次次遭逢灭顶之灾，羌民族都在废墟中站立起来，如凤凰涅槃，走向新生。

三、羌族精神与灵魂的叩问

　　古老的羌民族行走在岷山与岷江之间，走过历史的烟云，历经漫漫的征程。沿着岁月的长河，羌民族艰难地行进着。当代羌族作家不时展开对民族历史文化、生存现状的深深思索。他们为羌民族悠久的历史、多彩的文化而自豪，也为被人们遗忘的落后状况而痛苦。关注历史，反思文化，忧思现实，让他们执着地叩问民族的精神与灵魂。在羌族的历史上，没有文字的痛是经年不灭的，刀光剑影血雨腥风的纷争化为碉楼屹立在人心，贫穷与愚昧挥之不去，文明与野蛮四处较量，封闭与开放纠缠不休，传统的文化遭遇时代的步伐，自然的山水面临现代的开发，民族的命运在十字路口徘徊……"这是尔玛人生活的圈子／一堵黑色的墙／曾把世界和我们／分开／一块黑色的帘布／阳光总是透不过来／／这是尔玛人生活的圈子／阳光何时停足亲吻／我们渴望属于自己的／红薯土豆和荞麦"（张成绪《尔玛人生活的圈子》）。羌寨碉楼可以成为羌族的艺术品，但它不会是羌民族的精神象征，羌族的子孙们"不读他的刀光血腥／不读他的仇怨遗恨／却读出一条带血的真理——／愚昧孕育内争"（何健《山野的呼唤》）。文明的失落与寻找，观念的碰撞与更新，精神的滑坡与坚守，灵魂的矛盾与交锋，生命的委顿与张扬，是当代羌族作家在当下的文明环境里展开的深刻思考，引人关注。

　　在21世纪的门口，羌民族遭遇了现代文明冲击与汶川特大地震。这些让羊子思索羌民族的家园问题，叩问生活、生命、精神与灵魂。"也许我是第一代看见。第一代说出。／第一代呼唤。需要第一代之后更多代的看见，／更多代的说出，更多代继续家园的责任和理想。"《汶川羌》诗中的表达与羊子自己蓄谋已久的心愿是一致的。他在《汶川羌·后记》中第一句话就说："我终于说出了前所未有的话，或者说，说出了一直以来存储在我生命之中的话，虽然仅仅是冰山的一角。"[①] 因此，汶川特大地震并不是《汶川羌》想要表现

[①] 羊子：《从遥远中走来——关于〈汶川羌〉的创作谈》，首届羌族文学研讨会羊子的发言稿，2010年6月25日。

的核心事件，它只是一个不期而至的"前台推手"，或者是一个达成愿望的"合作伙伴"，千万不要只停留在作为当下话语中心的汶川特大地震上，而忽视了诗人羊子内心深处的表达愿望。羊子说："我的创作是关于灵魂的复活和看守。"[1] 他比任何人都清楚，《汶川羌》历尽无数的轮回，穿过沉闷的中国西部的大地和羌族的死亡一般寂静的等待，从遥远的时间、空间与民族心理中走来。它是作者的，也是作者属于的这个民族的。[2] 羊子诗中的思索，是来自大禹子孙的思索，是来自古老而又曾经辉煌过的民族的思索，羊子要以个人的方式进入民族的心灵。所以，羊子说："'我'是从三千年前甲骨文中所代指的那个区域，那个民族，那种生产和生活方式——'羌'中走来，穿过无数的祖先，穿过比三千年这个具体时间更多的时光，穿过众多的生生死死，死死生生。从这个角度来说，'我'的走来，是一个民族精神的走来。从世界关注的角度来说，'我'的走来，是汶川这个家园诗歌的走来。"羊子意味深长地说，他的诗歌犹如一块纠缠目光的化石，"从我的气息和诗歌的形态，迎面吹来的季风不难发现，这块化石背后曾经鲜活的时代，气候，地层，物种，精神需求和心灵状态。我想，我的这种努力，是物质存在的一种努力，是区域与种群的一种努力，是生命个体的一种努力。"[3] 羊子的主观愿望是再明白不过了，他要作羌民族的歌唱者、羌民族的代言人，他要书写羌民族的历史，叩问羌民族的精神与灵魂，他要让他的诗成为羌民族的诗碑。

羊子是在书写羌族历史，传承羌族文化，更是在关注羌族的心灵史、精神史。"我说。早先有一只手已经摘走了群山的一半灵魂，/那是在秦朝李冰的时代，人们陆续拔光了群山的衣服，/还有治水英雄辐射开去的前后几个朝代，/或者从姜维城石器，从营盘山陶器，从剑山寨骨器开始，/顺着时间的河流，一路漂流而下的各个朝代，/各个村庄，各个田野，各个刀耕火种，具体的攫取。/那些漆黑的柴垛，是对一座山一座山的搬运，燃烧，/是比生长

---

[1] 羊子:《汶川羌·后记》,《汶川羌》,四川文艺出版社,2010年。
[2] 羊子:《在爱荷华大学"国际写作计划"上的交流材料》,杨国庆博客 http://blog.sina.com.cn/minjiangdadi.2010年6月4日。
[3] 羊子:《从遥远中走来——关于〈汶川羌〉的创作谈》,首届羌族文学研讨会羊子的发言稿,2010年6月25日。

的速度和幅度都大上一万倍的抽血,/连鸟鸣也吃光的做法,一直延续到汶川大地震的前前后后。"这显然是对羌区在汶川特大地震前历史进程的反思,表现出对羌区自然山水、草木虫鱼被"抽血"的痛心。这还只是针对羌民族生存的外在环境而言的。紧接而来的是对羌区现状的审视,目光聚集在羌民族的信仰和精神上。"现在这一只手,又在摘取群山另一部分灵魂。/所有歌唱的源泉,水浪,补滋养的灵魂,/那对河神无比的敬畏,那在河边浪漫的等待和约会,/那梯田中细细滋润和甘甜激荡的清风,/顺流而下,逆流而上的岷江鱼一代代的恋爱,/与一朵朵化石经过冰川打磨的全部秘密,/已经被重吨的水泥和钢筋,/在渐渐低落的群山的目光和呐喊的声中,/从隐藏天机的地方洞开一条条隧道。"明显是现代文明象征的"水泥和钢筋",不仅侵蚀着羌区的机体,也改变着羌民族的精神与灵魂。它们的腐蚀性被羊子沉重地揭示出来,具有振聋发聩的效果。"那些倒影苹果、花椒、玉米、麦子想象的云和水,/被罐装,带进了机器的里面,现代社会的工业里面,/更多人的种子,呼吸和梦境,都无法传递的里面。/几千年未来的里面。齐崭崭被贪婪的文明所斩获!/这阴险的、钢铁的、披着时代外衣的文明。/给予村庄一些短浅的目光,就可以与群山对立的文明。/我要你千年前一样立刻停止下来。千年后一样迅速死下去。"羊子对"披着时代外衣的文明"给羌区、羌民族带来的负面影响深感不安,并表现出一种决绝的姿态!羊子的思索是值得珍视的。一个民族被"抽血"之后,如果它没有了自我造血的功能,它的再生将是不可能的。一个民族的精神与灵魂"虚空"之后,寻找或重塑民族魂,那是艰难的、痛苦的历程。传统与现代,本土与他者,汉与羌之间的融合,其间的冲突、无奈,是一个置身其间的人体会甚深的。所以阿来说:"羊子的诗歌,是我曾经想看到的一种有价值的文本,对历史,对现实,对个人的一种诗性的超越和抒写。'我'是从历史而来的,也是从灾难的洗礼而来的。一个幸存者,一个因幸存而重新看待世界了悟人生的人,是作者自己,也是渡尽劫波的羌。"[①] 羊子是以羌民族的一个分子来书写本民族的心灵史、精神史的,远

[①] 羊子:《在〈汶川羌〉首发式上的致辞》,杨国庆博客 http://blog.sina.com.cn/minjiangdadi. 2010 年 4 月 28 日。

比那些羌区的"过客"来得真切、深沉。他的诗中有自己的东西，这是他人难以企及的，也是别人无法替代的。

当代羌族作家以自己的声音唱出羌民族的生命之歌。他们对大自然生命的感悟与沉思，对羌民族生命力的书写与讴歌，对羌民族精神与灵魂的叩问，都是基于现代文明的背景和现实生活的状况。来自这片土地的血肉关系、情感牵挂和文化眷恋，让他们无法"抽身"而去，做孤独的思想者。因此，他们痛苦并书写着，痛苦并思考着，痛苦并快乐着。我想，雷子《一个人的战争》似可以作这样的诠释："生命之外的战火交锋/灼痛生命之内的自我/一个人的战争拉开了——/没有观众、没有联盟/只有灵魂在彻底叫嚣/……/我的正义也是我的邪恶/痛苦的海中挣扎着生的快乐/星移斗转的结果分亦合/理智决定英雄最后的末路！"也许，正是这样，当代羌族文学的生命之思变得灵动而厚实。

（原载于《羌族文学》2014年第1期，总第84期）

羌族风情的生动呈现

北京 胡 平

谷运龙从 20 世纪 80 年代以来持续地创作，特别是他近期出版的长篇小说《灿若桃花》，给我们带来了某种清新的气息。读这部作品的感受是双重的：既如读一般小说那样沉浸于情境和故事，又不时意识到这是一位地方官员在看待民间图景、百姓生活，于是就形成了别样的阅读意趣。我们读惯了官样文章，它们一般以原则性、不及物和不动声色见长，而这部小说，书写内容从历史到现实、从社会生活到私人生活无所不包，具体可感，折射出作者对世间万象的评判和好恶，寄托进真性情，自然成为可贵的文学作品。

谷运龙是羌族第一代书面文学写作者之一，他在《灿若桃花》中用汉语、用长篇的体量来反映羌族人民生活，意义自不待言。目前有 30 多万人口的羌族，出自古羌西戎牧羊人，曾长期处于"逐水草而居"的游牧生涯，给人们留下神秘的印象。对一个民族真实面貌的认识，是特别需要借助叙事文学画卷的，历来如此。因为，不论有多少关于族群的普通文字和图像介绍，都只能构成民族想象的若干片段，只有长篇小说这类形式，能够完整呈现一个民族流动的日常生活、具体的生活方式。现在，谷运龙成功地为羌族做到了这些，《灿若桃花》使我们真正接近和熟悉了一个古老的民族。书中对官寨、石板街、碉楼、寨人喝茶的声音等等场景的素描，以及对山寨数十年来历史变迁的写照，展示了特殊的民族风情，别有韵味。当然，读者也能从书中体会到，从解放、土改、"文化大革命"到改革开放以来，羌寨中发生的许多事情其实与全国各地也大同小异，并无很多差别——这同样是对民族生活的具体认知。即使在民族学的意义上，这部作品也是重要和具有开创性的。

《灿若桃花》在文体上是成熟和沉稳的，作者保持着均匀的叙述节奏。目前追求"史诗"风格的长篇小说很多，多数写得散且空乏。这部长篇的时间跨度也较大，经历了几个时代，但好在作者控制了相对集中的线索，着重描述了老地主和天宝两家的关系，特别是情感上的纠葛，就显得故事较为紧凑。书中对外部历史进程交代清楚，写法上却尽量使历史的痕迹溶解在私人交往和伦理人常之中。老地主过去对天宝等佃户不错，收租子也要看收成，因此被斗倒身亡后，乡亲们对他的遗孀、后人等也是常怀恻隐之心，并不落井下石。宝姝搞传销得了精神病，寨里人背后并不幸灾乐祸，反而纷纷相助，连宝姝母亲的前任婆婆也把卖牛钱送来。所以，小说中的羌族山寨，无论在政治化时代还是商业化时代，都保持了古朴、宽容和善良的民风。在这里，穷或富是不重要的，善或恶才被人们在意。正是基于这种观念形态，作者写出了羌族风情中特别值得欣赏之处。

由于如此，作品中一些人物的走向也与其他若干小说不同。地宝在"文化大革命"中表现恶劣，批斗人很残酷，还斗过尸，"贫下中农"跟着他，也做了不少坏事。这两个似乎"不可救药"的人，后来都发生了默默的转变。如地宝在疏通河道时有突出表现，"贫下中农"也能为宝姝捐款。作品正确地写出，这些改变不是来自人性，而是来自社会。作者通过社会存在考察了人性的复杂性，又通过人性的复归验证了社会的存在，这种观照是耐人思索的。遗憾的是，对于地宝、"贫下中农"这类人物的性格发展，作品还缺乏深入的刻画去展示其心理现实。

全书所有情节都可以成立，不过作为小说，它还缺少一些灵活的"触角"，这触角就是情节中不断伸出的精致的细节，它们往往能敏感地触动读者，带来更多的情感反馈，增加文字的魅力。这说明作者还需要在小说艺术上继续探索。但不管怎么说，作为在长篇写作上的初次尝试，谷运龙迈出的这一步是坚实的。

（原载于《文艺报》2015年6月3日版，《羌族文学》2015年第3期，总第90期转载）

风物志浓情文
——读谷运龙散文随想

北京　范咏戈

谷运龙的三本散文集《平凡——5·12汶川大地震百日记》《天堂九寨》《我的岷江》勾勒出的是这样一个写作半径：他居官不敢懈怠，为文以情相许；他对文学的介入，正像作家阿来所说，采取了"地理介入方式"，即避开常用的从人物命运、故事介入，选择了文学书写中已经被很多人忽略的一种介入方式。这使得他的散文具有文本的唯一性，凸显出独有的价值。

我欣赏作者在风物志中写浓情文。作者曾在家乡汶川当过县长。"5·12"地震使汶川这座边远县城一夜间让全世界知晓，人们都为这突如其来的灾难感到悲痛。之后的救援、重建，包含了太多太多感人的故事。以汶川特大地震为题材的作品真不知有多少，然而谷运龙的写作身份殊异，写作资源殊异。作为一位一线干部，他经历了灾难、救灾和重建，其工作上的劳累可想而知。散文集《平凡》是他在那些甚至几天几夜无法合眼的日子里，以日记的形式留下的珍贵文字。其中的一些篇章非常动人，比如6月5日《写给去深圳读书的龙溪的孩子们》。汶川特大地震是国殇，深圳人要把这些失学的孩子们接到深圳去读书，谷运龙百感交集，在写这封深情的信时他叮嘱这些走出峡谷的羌族孩子：要懂得感恩，要克服困难适应大都市生活。"在学会洗手的同时要学会洗脑，学会做作业的同时先学会做好人。永远记住你们是一个古老民族羌族的血脉，你们的家在岷江河畔的大山深处。"殷殷之情，回肠九转。又如在6月6日的日记中，他记汶川抗震救灾中牺牲的陆航飞行员邱光华烈士。由于作者和邱光华既是同乡又是同学，因此他的怀念文字格外真切感人。来自一线工作的情感资源具有独特的价值也使他能够有独特的发现。特殊的写作身份、特有的写作资源、特有的生命体验产生了这些特有现场感的文字。

因为作者就生在九寨沟，《天堂九寨》自然不同于一般的旅游者对九寨沟的描摹。我欣赏其中的一篇《夜游九寨》。在一个暮春的晚上，作者趁着酒力搭乘沟内朋友的车"贼似的溜进了九寨沟"。这就不是一般的游客能够经历的。在夜色中，他们在珍珠滩步行，感受九寨沟海子的寂静；静坐在被喻为男欢女爱的藤缠树下，感受爱的故事。《柔情的热水塘》写了当地民俗，作者和他的羌族同胞剥光了衣服跳进热水塘洗温泉。更奇怪的是洗完温泉还要洗心，所有洗过身的人都要喝一口含硫磺味的温泉，然后找一个角落一次次地呕吐，经过几番呕吐，把胃里的东西吐干净，让神水彻底清洗一次肠胃，于是神清气爽了。由此作者很自然地发出感悟，想到"洗身容易洗心难"，做人更要经常清洗自己的邪念。

《我的岷江》以一个岷江人写岷江，写得很有底气。书中《羌笛》一文是对羌笛的来龙去脉作的考证，许多属于新知。《汶川的伟大》梳理了汶川既古老又深厚的文化之根。而《永远的都江堰》则告诉我们很多地理学和水利学的知识。所有这些散文，人与景都不是拼接，而是一种蒙太奇的组合，看似不经意，实则都是功课做得很足的历史文化散文。谷运龙的散文不是那种走马观花之后坐在屋子里裁云镂月、标花宠草的文字，他的文字浸透进他对家乡、对本民族的深爱，在场感十分鲜明。虽然是个人话语，但经过一种爱的升华变成了公共话语。我想这正是散文的真功力。总之，谷运龙的散文属于那种读来不见浮语虚辞却是情见乎辞、不见浮文巧语却见情景交融的原乡散文。他的散文称得上是羌族聚集区的人文地理小百科，但让我们比读百科更易于受到感染。

自然，散文不只是一种纯粹记述的文字，更是一种体悟的文字。缺少体悟，散文就少了灵魂。好的散文不仅要求文字干净洗练，还要求能够妙语解颐、涉笔成趣。按照这个标准，谷运龙的散文还可以写得更精一些、更好一些。

（原载于《文艺报》2015年6月3日版，《羌族文学》2015年第3期，总第90期转载）

如何走出历史的阴影

北京 木 弓

历史那种疯狂的力量，给羌族人民带来了深深的创伤和苦难，以至于当一个新的时代到来的时候，他们还无法走出这长长的心理阴影，还不得不为疗治这历史的创伤付出沉重的代价。他们能不能改变这样的命运，他们还有没有自己创造的未来？这就是羌族作家谷运龙长篇小说《灿若桃花》通过羌族人天宝一家三代人爱恨情仇的故事思考的问题和要突出的思想主题。

情感关系构成了小说的主体部分，由此散射到对羌族人生存状态和精神状态的描写。不过，我们注意到，小说中的爱情描写并没有我们通常读到的边地小说那种淳朴、野性和诗意，而是非常沉重和艰难的。天宝与阿姝的爱情因阿姝是地主婆而坎坎坷坷。等他们能够在一起的时候，已经伤痕累累。如果说，他们还算有情人终成眷属的话，地宝与小姝之间的婚姻几乎无爱情基础可言。他们的关系是在"文化大革命"中开始的，带着一种时代成分。而他们的女儿宝姝与文星的爱情根本没有结果。本来，他们是改革开放年代成长起来的年轻一代，爱情观念应该很先进，但由于父辈的仇恨，就永远走不到一起。结果，宝姝只能以精神病状态，来表达对这种不良情感关系的抗议。

在这里，地宝与小姝的关系最为荒诞古怪，也最为残忍。地宝在"文化大革命"中是"造反派"，干了许多坏事恶事，像一个魔头一样，人见人怕，也人见人恨。特别是对小姝的母亲阿姝，下手更是凶狠，几乎丧失人性。因为他爱着小姝，但阿姝不能同意，她担心地宝是自己与天宝所生。如果这样，地宝与小妹实际上是兄妹。当然，这两个人并没有血缘关系，但成了不共戴天的仇人。"文化大革命"后期，地宝没有如愿发达，只能回来种地。他开始有一些人性的觉醒，知道自己犯下了罪行，所以只能以努力劳动来赎罪，争取寨子人和家人的原谅。这个时候，小妹嫁给了别人。而当小妹成了寡妇时，地宝又紧追不舍。考虑到自己的母亲已经嫁给了地宝的父亲天宝等原因，小妹终于再嫁，与地宝成婚。小说通过这两个人物，连带出复杂的人物关系，真实地反映了边地生活中人与人之间与内地不同的生活形态，揭示出边地特有的文化风情和文化关系，表现了羌人的心理个性。

实际上，作品要揭示的是，那种特殊年代给羌族人带来深重的灾难。不仅阿姝、小妹、二先生等人是受害者，地宝这样的恶人也是受害者。他们在新的时代的结合并不等于灾难的结束，不等于他们脆弱的心灵摆脱了历史力量的控制，走出了历史的阴影。他们不仅自己没有走出，他们后代的生活也同样出现困难。小说后半部的主人公宝姝，就是这种精神伤害特别严重的女孩。她的精神分裂并不完全是生理性的，而是带着父辈传下来的悲剧性的文化基因。当小妹死时，她才猛醒过来，恢复了正常人的状态。然而，她的精神又经受了一场大地震的考验。

小说结尾很有意思。宝姝抱着母亲的尸体，在特大地震之中，好像羌族人的苦难一个接着一个，没有尽头。但如果我们知道，宝姝终于摆脱了精神病的困扰，走到正常社会中的时候，是不是也能感到小说的正能量？那就是，拯救人的迷失，改变人的命运，创造人的生活，永远要靠人自己。

（原载于《文艺报》2015年6月3日版，《羌族文学》2015年第3期，总第90期转载）

戴着露珠的象征哲理花蕾初绽
——羌族诗人王明军《阳光山谷》初谈

四川汶川　赵　曦　赵　洋

泰戈尔诗云："世界上的一队小小的漂泊者呀，请留下你们的足印在我的文字里。"我从事三十多年羌族文化研究，读羌族群，读老释比，读新羌族诗人，深感羌族文化及其传人是远古到今天一队文明的漂泊者。由此，时常有一种感悟：他们的文化创造的足迹，必当印在我的文字里。

诗是人类文化的特殊话语，古希腊文化认为是神赐的。柏拉图说："诗人是一种轻飘的长着羽翼的神明的东西，不得到灵感，不失去平常理智而陷入迷狂，就没有能力创造、就不能作诗或代神说话。"中国古代经典论文中，也有认为诗是神思结果。刘勰《文心雕龙·神思》里这样写道："夫神思方运，万途竞萌，规矩虚位，刻镂无形。"近读王明军《阳光山谷》的诗句，此感甚强：如《阳光山谷　羌寨物语　羌年》："羌历。一棵装订时间的大树。一年。十月/时间端坐河流的中央/盛装时间的酒坛/把无字的语言酿造成雨/在阳光灿烂的清晨"何以羌历年就是一棵装订时间的大树？何以盛装时间的酒坛把无字的语言酿造成雨/在阳光灿烂的清晨？这样的诗句，确是神思方运，思接千载。万途竞萌，揽宇宙于形内。刻镂无形，措万物于笔端。

羌族本身有着古老丰富的诗文化。除了释比史诗外，我在羌族北部羌语体系多声部的唱诗中，得知多声部中有语言符号句子的，称为"妮莎"。羌族人唱说："咋唱最好话妮莎，精裱高挂颂上唱。"意思是作为诗句语言的妮莎，不是一般的语言。要像神佛画像样，精美地装裱起来，像神一样要高高地挂起，要举起酒杆，做敬畏图腾仪式一样把妮莎诗往上颂扬起唱。

传统的羌族妮莎诗人的诗，让我感到敬畏。理县通化古星上寨，今西山村走出来的王明军的新作《阳光山谷》问世，读来确有感觉。其追求民族审美诗性表述的细节，如初放着关键象征哲理圆融的诗意花蕾。

一、《阳光山谷》与多位羌族诗人的象征手法

象征是诗作为一种特殊的语言作品最重要的手法、技法。"象征符号是指某物，它通过与另一件事物有类似的品质或者事实或思维上有联系，被人们普遍认作另一些事物理所当然的典型或者代表物体，或者使人们联想起另一些物体。"

何为象征？简略说，象征是用此物形貌及其包含意象，喻彼岸含义。物象本身是一个具体的事物，或者景象。元曲中"古道，西风，瘦马"，陆游的《咏梅》中"梅花"，是一个物象，写在诗中，表述与古道西风瘦马或者梅花相应的情貌意境人格神韵。王明军的"阳光山谷"即为一种象征。

象征至少两层意思。第一层，象征必须使用物象。王明军诗集使用"阳光山谷"为物象。物象的作用，是诗人诗创作的载体，是读者第一可感知诗的感知点。第二层，立像表意比意。陆游的《咏梅》中的梅"零落成泥碾作尘，只有香如故"。梅花物象与品貌，象征陆游孤芳高洁。诗中具体物象具有两重含义，其一是物象被赋予诗意，其二是物象大于意义。比如，生活中，多以常青藤象征爱情。而常青藤是绿色的，有生命力的生机勃勃的，象征爱情的生命常绿，生机勃勃。

王明军的"阳光山谷"，这个"阳光"是什么阳光？春夏秋冬，还是朝曦夕晖，是雨后雪初，还是破云透雾？山谷又是何山谷？是喜马拉雅，或者阿尔卑斯山谷，是大地山谷，还是太阳内的山谷？均没确指。通读全诗，知道阳光山谷内是一个族群——羌族的生活历史文化生命民俗，是作者对之无形镂刻，诗心萌译，使之诗意栖居之。阳光山谷承载一个民族的骨质魂灵，以及作者对于这个民族的历史、文化、人本、生命，追求的认知与感悟，歌唱与阐释，这就构成具象之物。

王明军生长在岷江上游，杂谷脑河域山谷，这个山谷伟岸高矗，坚强挺

立。沿溪沟而养生蒲溪、毕棚、丘地、小沟、上孟、西山、三岔、增头、龙溪、桃坪，及至威州、灌口、蜀蓉等地。而明军所属族群是羌，远古以来生长在这个山谷，由此，这个山谷是他的生命之谷，是民族之谷，是精神魂灵之谷。

《阳光山谷》包含三章："羌寨物语""岷江奔流""辽阔飞翔"，由此构成象征意义的阳光山谷的骨架与诗境。其象征意义指向一个民族文化走廊诗意山谷与阳光魂灵。这一点，老道于诗的谷运龙先生在《阳光山谷序》也写道："作者让我看到了山谷中，羌笛声，'在云朵深藏的山寨之中/她的声音穿过灵性的石头/在月光下盛开。'山谷里羌寨碉楼；'蹒跚矜持的步履/和在风中晃动玲珑的响盘/用最温柔的凉意，叙述留在山中金色的阳光'。这是诗人的深情，但更是历史的深情，是历史的这种深情给了诗人诗意的空间，正是这种可以张弛的空间，让诗的深情可以一如春花烂漫开放。"

这部诗集中，羌年、仪式、羌笛、羌碉、博巴森根、岷江、父亲、羊与走过的麦地等，既是山谷主体的风骨，也是象征诗作者对于山谷的深情。

二、《阳光山谷》对于关键象征之捕捉创作的尖新与浑厚

象征是人类文学、歌诗、舞蹈等艺术文化表达的重要手段。今天，象征是人对于自然与社会、民族诸种关系的把握、表述、沟通、交流的重要手法，广泛用于人类文化的各个方面。

今天，西方文化人类学者深化对于象征的研究，提出"关键象征"这一概念。美国学者谢丽·奥特纳指出，"关键象征"中的"关键性"含义是：任何文化结构都有着多个共时的、外、内的递交的层面，同时有着历时的积淀多层次。由物质的形、器、象、符号体系到精神的神、义、道、意义。由物化到非物质化的制度体系、价值体系、仪式体系，最终由物到人而成为特定文化中的生活方式。其中有着处于文化意义系统内在结构的关键性与非关键性的差异。所谓关键性，指的是它涉及文化意义之系统的内在结构，而这一系统的功能则决定了人们在特定文化中的生活方式。

王明军的诗集以自然景象的阳光山谷来命名，但是，明军没有捕写自然

山谷与阳光,而是捕写涉及一个民族主体历史、文化、心魂的那些"涉及文化意义之系统的内在结构,而这一系统的功能则决定了人们在特定文化中的生活方式"的人文物象与细节,进行他的诗作关键象征的捕写,由此构成一个全新的、民族文化物象与特定文化中的民族生活方式的诗意展现。

在《家谱》诗中有石墙、碉楼、独木梯、火塘、男人、女人、兰花烟、家事。《玉米地》中有:"这是母亲的更多希望/那一块三十度斜坡的玉米地。"《羌寨碉楼》中有:"乱石与黄泥造就的奇迹/并非都昭示古朴与精湛/伤愈中完成的雕塑/陈列生息不灭的秩序。"于是,历史演化为:"禹。一条浑浊的河流/禹。一面宁静的镜子/禹。凝固在石头上的声音。"于是:生活演化为:"就着热腾腾的气,祖母端来的那一碗酸菜面,/咀嚼着味儿,行走在案头有序的排放中。"

于是,明军把"羌寨物语""岷江奔流""辽阔飞翔"作为阳光山谷的象征,其中有谱写着羌族文化体系中关键结构的"羌年""转山会"等。这些物语中,羌历年是羌族最关键的文化系统的结构,涉及羌族整个文化意义、信仰、信仰的表述方式,感恩、感恩的神灵祖先体系,羌的释比、祭祀、民众的年节庆典、服饰、年饭等等,在作者笔下:"羌历。在开启的坛上/述不老的传说/温暖围着火塘。羌年。在桦木长条的木凳上传递。"

我非常喜欢的"羌年","在桦木长条的木凳上传递"。没有一位诗作者用这样的句子写过羌年。这是极具细节的诗,同时也是兼具关键象征的诗。羌年,作为一个民族文化的神圣的事件,正是植根在最普通羌族最常见的世俗的如火塘边的桦木长条凳这样的家庭物件、家庭生活细节中。正是在长条桦木板凳上坐着的王明军是最接羌族本土生活地气与本族真实细微生活的羌族诗作者之一。

同样,我也非常喜欢《酸菜面》:"嚼着根根银白的发丝,酸酸的味中带着苦涩/从碗到嘴的短暂过程,那遗落在山野/野棉花般的温暖与绵长/在一碗面汤中酸香可人/酸菜面。碉房上男人牵挂的那一碗。"我读到这样的诗句,眼泪都快出来。我数百次在羌族家庭调查中,亲身感受一个羌族男人的妻子,也是孩子的母亲,一生为家庭、为男人们在烟熏黑的火塘、灶房默默做饭,做酸菜面,我也与家庭的男人一样,首先吃一碗、两碗。她们最后吃。男人一辈子辛苦，吃着女人（妻子、母亲）所做的酸菜面，道尽了一个真实的羌族家庭的劳作与欣慰、生活与温馨。一个民族的生生不息，都饱含在一碗酸菜面中。

这样的创作可叫作有地气。他的诗，是关键象征境界的诗，是真的羌族诗。

作者在关键象征捕捉中，还不乏那些很小的物象。如《冬日午后的墙》："阳光一排排出现在冬日的墙下/交谈着什么/话语轻轻。"这是很不错的诗，阳光怎么就"一排排"出现的？一排排而来的阳光背后，是羌族历史的深刻变化，游牧的羌来到高山岩台，由游而到定居，由牧而到耕，深刻地改变着羌族人的生活与精神面貌。在山谷观羌，直观看到的是排排壁立的石墙、高篾的羌房。石墙房成就一个民族。由此，垒石为室墙，因此，连亘古不变的阳光，也被深刻地改变。族群化、民居化，"一排排"视觉立方形，拟人化为人，既是一堵非常典型的平常的"冬日午后的墙"，更是一个厚重民族历史文化诗意栖居的温馨场景，平淡而实实在在地撩拨读者心。至少，我的心被这些诗句深深打动。

火塘是这个民族最神圣的地方，"火塘之上的庄稼/与被季节点化的故事。"也是其关键的物象。正是如此，这方火塘总会点燃很多故事的引信，也总会滋润很多枯寂无味的故事。在这关键象征中，诗人对火塘的反复抚摸，不仅为其增加了个体或族群的亘古体温，更传递出阳光山谷使用火塘的羌族人普通而至深的生命扭结之情、韵、魂、灵。

三、《阳光山谷》象征手法使用的可贵哲理追求

有诗学研究者雷文学在《中国新诗哲学精神的缺失——以象征在新诗中的困境为例》中写道："象征的哲学基础是形而上学和超验精神。形而上学是西方哲学的核心问题，其要害在于觉悟到一个与现世不同的彼岸世界，彼岸世界极为崇高却不可感知、不可言说，出于对这一不可言说的超验之境言说的欲望，诗人们就用感官可以感知的现世之物来暗示这种境界的某种状况。"

什么是新诗缺失的"哲学精神"？中国新诗哲学精神缺失吗？笔者认为，

当今诗界某些精神一方面确有缺失,但是另一方面是许多新的作者,包括新的羌族诗作者,努力践行象征中诗意营造。这里要明确一个前提,什么是"哲学精神"。

实际上,人们对于哲学的认知也是相当复杂,也在不断刷新。本文论述的羌族新诗作者在象征手法运用中,所秉持的是诸种哲学精神中的文化人类学哲学精神,而就这一点来说,羌族新诗作者中,这种精神非但没有缺失,而且在发展。

现当代哲学家、文化人类学家大多认为:人是哲学的中心问题。既然人是哲学中心问题,在以诗的角度和语境契入人与人的生活、文化,即为具有哲学精神。诗以物象征,以象征包容圆合哲理,根本上看,是否捕捉到人类生活、文化、生命感触的本相要意、心志情韵。如此,便是达及哲学精神而不是缺失哲理。

比如,羊子的《汶川羌》着笔一个具体地点与民族,以"5·12"特大地震为背景,象征着中国,甚至人类,在族群历史的宏大时空中的际遇与生命的张扬。其中作者尽可能地把具体的抒情点蘸着其象征的哲理。《力量》这一首的结尾:"破碎的岩石,流浪的云朵,沉默的泥土,/因为这种力量的无处不在而耸起处处乡村。/死去的心血和远行的深爱终于重逢。/因为这种力量本质的超常,我们都回来。/回到祖国和民族的根脉与魂魄之中。"表象上的灾难的裂崩,在羊子诗情中抽象为"力量"。最终,自然的裂变指向人化文明,升华为人类主体最深刻的力量根脉魂骨中。这是从此岸的物象象征到彼岸的哲理,文化历史哲理的升华。

王明军的诗作中,初步显露着象征哲理的某些端倪,这里着重品味《阳光山谷》中几首"父亲"的诗。"满茧裂纹的大手/紧握麦子生长的方向/我的睫毛淌出细雨/将一种情绪淋得升温拔节/父亲没有泪水/有如老屋独木梯的模样/很深,很沉。"(《父亲》)"山坡上的那一座石砌房子/砌在爷爷的肩头,落在父亲的胸上/石阶、木门、铁三角/父亲的房子/那黝黑斑驳的炊烟长成我湛蓝的记忆。"(《父亲 碉房》)"打断山羊的美梦/伴着母牛的劲铃声/从黎明的黑夜走向旭日东方/炊烟袅袅的晨光下/挟一把枯黄的草梗/走进村庄/走向等待温暖的火塘/父亲,我知道/当你把酒盅放在床头/枕着脱下的衣服/

给孙儿分辨牛、羊和自己的足印教数山中的轶事/那是你一天中最期待的时刻。"(《父亲的一天》)这是象征中的哲理探索。

父亲、碉房、房子,是过去历史的坐标,我想起阿来的《老房子》,他们都象征一个厚厚的、曾经艰涩与光荣的阳光山谷。具象上,阿来的"老房子"是一个时代的情感、生活,阿来写了那座老房子的楼梯,在一个死去的老管家摇着一封内地来信而蹬梯上去给太太,每一季梯板都在其脚下向下塌落,翻起无数的尘埃,在斜射的阳光中翻飞。尘埃落尽的翻飞,是一个旧世界无尽的挽歌,是一个新世界的到来前的喧嚣,是阿来老房子情结的无可遮拦的宣泄。宣泄到极致,诗情就升腾为一种激骨入髓的美感。

在本质上,或许王明军的阳光山谷,是另一个类型的老房子,是一座羌族老碉房,一个独木楼梯,一个羌族老父亲。正是在这里,王明军的诗作有灵。

《阳光山谷》给我们的启示有着许多,最深的启示是:文学创作,一定要实实在在地接地气,虽然诗必须如像飞翔的鸟,"晴空一鹤排云上,便引诗情到碧霄",但是,终极打动我们的,还是那熏黑的火塘以及它旁边煮着的男人们牵挂的那碗酸菜面。

说到象征,本文的结尾,我选择泰戈尔的一首关于鸟的小诗,与择撷王明军的关于鸟的小诗,并列放在这里,象征给王明军诗作之路道福祝愿。

"鸟儿愿为一朵云。云儿愿为一只鸟。"(泰戈尔《飞鸟集》)

"飞翔永远是一只鸟的事情/在皮鼓聆听一朵花开花谢的吟唱/如同听一场生命交响曲一样让我怦然心动/没有谁能阻隔我对辽阔的相思/因为在我的骨髓中浸润着家园和泥土。"(王明军《阳光山谷》)

(原载于《羌族文学》2016年第2期,总第93期)

阳光为你打开一扇门
——读向瑞玲诗集《心门》

四川马尔康　周家琴

一

阿坝州的文学土地上活跃着一群以写诗为主的女诗人，瑞玲算是其中比较优秀的一位才情女子。璀璨的阳光为我们打开一扇诗意之门，让我们走进瑞玲的诗集《心门》，走进川西北高原这个圣洁的地方，走进一个诗人的内心吧。

二

《心门》是诗人瑞玲的第一部诗集，收录92首诗歌，是2010年到2015年这六年间的部分诗作。瑞玲说她2010年开始学写诗歌，没想到这几年间诗歌的溪流汩汩流出。

诗人思维敏捷，善于捕捉平常生活中心灵的感悟，以一个女性柔软细腻的心思抒发至善至美的情感。瑞玲的诗歌空灵，她有阳光大气的书写模式，细腻纯美的人文情怀。我想，只有内心溢满阳光的人，才会让诗歌具备阳光的温暖！

《心门》有四组专辑，包括对自然景物的赞颂、时光流逝的感叹、亲情爱情友情的歌唱、生活的感悟等四部分。心门是一扇情感之门，是一扇阳光之门。心门的人文情怀奠定了瑞玲的诗歌书写基调。

这个寒冬，读着瑞玲暖心的文字，仿若沐浴在一缕缕温柔的阳光里，内心充盈着满满的感动。

瑞玲的很多诗歌都是触景生情有感而发的，因为诗人不仅仅有一双善于发现生活美的眼睛，还有一颗敏锐细腻的心灵。凡是诗人用脚丈量过的地方，她都会深情地留下诗歌表达出内心由衷的抒怀。这部诗集里诗人写了雪域高原，写了童话世界九寨沟，写了闻名中外的四姑娘山，写了海南的夜，写了孤独的达古冰山，同时还写了自己生活的高原上那些小小的聚落，如阿坝的神座和麦昆、马尔康的莫斯都等等。她是如此地热爱那些细微的景物，可见诗人是一个内心阳光的女人。我们来看看诗人眼里的《九寨之水》是怎样的色彩："见到你/对别的水没了欲望/都说女人是水做的/全世界的女人/在你面前失去颜色/你的水色就是一场蓝色飓风/整个世界为此倾倒/我伫立风口/被你步步紧逼/逼我交出一个女人/绝望的热泪。"读了这首诗歌，"九寨归来不看水"的选择绝对是真的。

"这些年，我把自己藏起来，像冬天把春天藏起来，暮色把天空藏起来。"（《在路上》）只有和瑞玲熟悉的朋友才能真正体会诗人到底藏了什么？到底在人生光环的背后充当了怎样的幕后英雄？

一个人的成长经历对她的文字是有影响的。瑞玲从小随父母兄弟姐妹生活在大渡河边的高山林区，这么多年过去了，诗人一直觉得自己是从滴水崖那个小村走出来的，她在诗中写到："滴水崖/我是你生产的/一滴水 挂在枝繁叶茂的/树梢 明亮清澈……流水远逝/我的爱随波逐流/越来越缄默 只剩/漂泊的苦/思念的涩。"可以看出诗人对滴水崖那个地方缠绵不舍的情感，觉得自己是一个被河流推上岸的游子。

阅读瑞玲的诗歌，我发现很多诗句都蕴含着诗人对世间万物的热爱，一朵花、一株梅、一棵草、一条溪流、一个水性村庄都是那么富有情趣，富有诗意。无论生活多苦多累，她都会尝到阳光的味道，在明媚的阳光里晒干阴湿，然后在阳光里自由生长。以诗文见人心，瑞玲对陌生人的一个微笑、一句简单的问候、一次真诚的握手都会感到莫名的幸福。诗歌《我是如此热爱这些细微的幸福》给了我最真的感悟，我的心窗仿佛也被幸福的微风打开，一缕缕阳光照射进来！

我们都曾经拥有过青春年少的时光，或者我们都走过从少年到青年到中年的路，将来还会走向老年那条路。童年时期的诗人跟随父母在观音桥林业局的封闭大山里生活。《不灭的马灯》这首诗诠释了诗人对隔世离空的父亲深深的怀恋。读完这首诗歌的时候，我的眼睛有点潮湿。"坐在灯火中/我想您/父亲 小雪了/天堂尚未飘雪/自从您去了天堂/我的心常常飘雪/每当此刻/您的背影 提着闪烁的/马灯 疲缓而亮堂地跋涉在/拂晓的雪原/穿过骨缝的/北风 胸膛里奔突的号子/带着汗流浃背的/热望 在寒冷的森林飞翔/胡茬上亮晶晶的冰凌/您攒下的明珠/在呛人的灯油味中/温暖我的梦境——/这只能回忆/再也不能触及的父爱啊/挂在岁月的十字路口/为四处奔波的我们/照着回家的路。"（《不灭的马灯》）诗人对父亲的怀念在其他诗歌中也有展现，像《童年的花衣裳》等。在瑞玲诗人的这本诗集中，有许多篇目也写了含辛茹苦的母亲，像《母亲的十字绣》《摇篮曲》和《时光之上》等。请问：世界哪一种情能比得上亲情？世界上哪一种爱能比得上亲人的爱？

每一个人都年轻过，都恋爱过，即使过了轰轰烈烈的青葱年华，爱也永远是如影相随的美好东西，它滋润着我们平淡如水的人生。诗人，大多数都是率真细腻之人，她们力争把日子也过得像诗一样美好。瑞玲也是这样一个才情满怀、温柔善良的女子。诗人的小女人气质在《就这样安静下去》中展现无遗。瑞玲写道："我手举明月 脚踏薄雪/走向你的山河/不知该歌在哪一处/才能近些/找不到经纬的步子/快要打破宁静/我赶紧停下来/回到不远不近的地方/就这样安静下去/好吗？"

诗人的诗歌意境优美，字里行间满含着一股柔媚纤巧的浪漫情怀，很多诗歌读起来都让人心灵愉悦。瑞玲的诗歌，并不是空洞的抒情，部分诗歌似乎缺少了点节制，沉潜下来的内容还不够丰富，抒发情感来得太直接了一些。"每天早晨八点/我开始想念/你的子夜一点/缠绕步履的匆匆晨风/穿越时空/轻轻落到枕前……每天子夜一点/我开始想念/你的黄昏十八点/漫漫黑夜/插上梦的翅膀/飞越古罗马角斗场/在千年的许愿池边/手捧祈愿 凝望/阳光灿烂的笑脸/每天二十四小时的想念/如时钟/不知疲倦。"（《想念》）读到这样的诗时，我的心也被一个母亲对远在意大利求学儿子的思念感动了。瑞玲正是通过简单的抒情、简单的表达爱意，才有了平常人生活的真谛。诗歌《我和兄弟姐妹的童年往事》中用白描的语言写了爹娘的林区工作环境，写了六位兄弟姐妹的艰辛的童年。这种记忆应该是刻骨铭心的，如此平铺直叙地表达生活点滴，更多的是诗人因为对过去平常林业人家的生活不敢忘却。

三

我和瑞玲算是情趣相投的文友。我绝对能够理解一个诗人用诗歌形式表达出来的生活的丰富元素。这些元素包括诗人对自己认知世界里的个人感怀、人生灼见等等，然后通过诗歌来抒写。没有了诗歌，人生就会少一份性情、一份浪漫，我们的生活就没有五彩斑斓的颜色。

我知道，这些年瑞玲诗人一直保持着良好的写作状态，一次茶饮、一次郊游、一次夜途都是她写作的源泉。在这些简单的物象里思索人生，创作自己喜欢的诗歌悦己悦人。我坐在编辑部七楼的窗台边，继续读书品诗，诗集《心门》是这个冬天我收到的最好礼物。此时，一片金色的阳光拂过我的窗台，我脑海中闪现的却是：

门关了
你在门内　我在门外
彼此的距离隔着一片
撕不开的月光

（原载于《羌族文学》2016年第2期，总第93期）

爱的穿透力
——简评散文集《记住我的姓氏》

四川成都　牛　放

任冬生的散文一下子把我带回了20世纪80年代，这是我和任冬生在人生驿站上的某个路口的一次相遇。于我已经是30多年前的事情了，于冬生就是当下。历史是如此的滑稽，也是出乎意料的伟大。

任冬生是羌族人，他工作的地方却是藏族聚居区。众所周知，羌族是云朵上的民族，生活在高山峡谷地区，衣食住行、婚丧嫁娶都与大山息息相关。藏族则是马背上的民族，生活在高海拔地区的草原上，行为习惯、语言宗教与羌民族迥然不同。高山大谷与浅丘草原巨大的反差，其间构建形成的文化差异同样是非常巨大，说到底就是农耕文化与游牧文化之间的反差。《阿坝作家书系》系列丛书的序说：阿坝大地具有丰富的文化多样性，这种多样性其实是由地理多样性决定的。总序在评价这个书系的作家和作品时说："文化多样性的表达，不是加深不同文化不同民族之间的鸿沟，文学表达文化表达最终的目的，是增进文化间的相互尊重、了解与融通。而这套书系首先登场的几位朋友，长期以来所做的正是这种有意义的工作。"我想，这里所说的"有意义的工作"指的就是这种多样性书写方向的文学创作。我在自己的拙作《落叶成土》的自序中曾经也写到："民族的区别就是文化的区别，民族的认同，其实就是文化的认同。"这个观点与该系列丛书总序的观点从本质上说是一致的。

那么，有了这样一个基本认识再来看任冬生的散文便能生出一些敬意。

任冬生师范毕业以后就离开自己的家乡，被分配到阿坝州阿坝县工作，这个懵懵懂懂的小伙子，怀揣一腔热情来到了川西草原阿坝县的一所乡下的以一座寺院命名的小学——查理寺小学。他是在一个黑夜赶到报到地点的，当他被一群来历不明的语言不通的黑影迎接时，他以为自己被热情地"抢劫"了。当其中一个黑影用生硬的汉话问他："老死的明子的啥子？"他努力地猜测了一阵子才知道了意思，告诉黑影他叫任冬生，黑影却反复念叨"人老死"，这次任冬生明白"人老死"就是任老师。原来这是一群来迎接他的学生，而为了记住他的姓氏，反反复复地轻声默记着他的名字，这一刻他被感动了，是骨头和灵魂里的感动。我有过这方面的经验，所以我完全理解和明白。这个事件表面看是一次滑稽的师生首次接触，实质则是两个不同民族的第一次友好互动，深刻认识。这是任冬生爱上这片异族的土地和异族的族群的序幕。之后他跟这个民族生活在一起，被这个跟自己完全不同的民族一次又一次地感动。在任冬生的这本分为三个小辑的散文集里，第一章和第二章全是书写藏地的文章，第三章也只有寥寥三四篇文章写自己的家乡和父母，而且写自己母亲的文章还是母亲在阿坝县的事情。我可以坚定地判断，任冬生热爱藏地，热爱藏族一点也不逊色于自己的母族，甚至更胜一筹。我们知道，自己写自己的民族不容易，写别的民族更不容易，要用一颗赤诚的爱心去写别的民族那就是难上加难。

我在藏地工作生活了二十多年，我熟悉那里的人和许多事物，任冬生的散文真实地书写了他眼里和心里的藏地山水，藏族人和他的藏族学生，可以说篇篇都是满含深情，没有一篇是怨恨的或带有怨恨的情绪。第一小节中《缩水的谎言》，看似埋怨同车而行的阿坝人欺骗了他，谎称阿坝没有车站，公交车要停靠在临县的久治汽车站。当他第二天早餐时意外地发现自己已经在阿坝县时，他心里升起的不是埋怨，而是意外惊喜，庆贺自己经过跋山涉水终于到达了阿坝县，不用再在旅途行走了，而对于那个昨晚欺骗他说公交车停靠在久治县的阿坝人，他却说他是出于旅途苦闷的消遣，或者有意开的一个玩笑，谎言把他推向了绝望，当发现眼前比料想好许多倍的事实时，迎来的却是万分欣喜与满足。他说因为缩水的谎言，他却获得了放大的满足。这就是任冬生对待藏地生活的态度，这些被欺骗、被呵护、被感动的形形色色的情绪，他都用一个爱心接纳了。

异族之间的爱是非常可贵的，这是指的和平时期民族之间平等交流理解并相互欣赏与学习的崇高精神，这不同于强势与弱势强权下的对母体民族的背叛。民族平等条件下的相互欣赏与学习的确不是一件容易的事情，之所以不容易，就是因为我们前面说到的游牧文化与农耕文化之间的巨大反差，以及在这个反差下形成的很难调和的文化认同和迥异的行为习惯。但是，任冬生做到了，他愉快地融入了另一个民族中并乐在其中，并享受着这个民族的友情和文化，他做到的根本原因只有一个，那就是真实的出于内心的爱！

任冬生的散文就其文本而言，最大的优点是言之有物，感情饱满。他们这个年龄段的作家写散文，因为阅历不足，很容易写得空洞，写成所谓美文，但冬生的散文没有这种毛病，这是非常好的，值得充分肯定。但还有些许地方值得注意。比如语言的精炼程度，语言的张力、弹性，谋篇时立意的高度；又譬如一些文章的最后部分，喜欢拖上一条光明的尾巴，虽然也藏有一些技巧予以掩盖，总也免不了蛇足之嫌。用文学评论家罗勇先生的话说，结尾的总结提升好比是水中的盐巴，只需要饮水时感觉得到水是咸的就行了，而不是要看见盐巴。但这些都无伤大雅，都属于技术问题，略加注意便能迎刃而解。

（原载于《羌族文学》2017年第2期，总第97期）

在孤独中打开的生命空间
——评王庆九散文集《独唳无声》

四川汶川　张宗福

　　王庆九先生的散文集《独唳无声》，属于文人的案头作品，它是需要耐心品味的，只有慢慢地咀嚼品味，才能了解生命隐秘之处的诗意。散文集以他的散文《独唳无声》命名，这是对读者的一种暗示——作者喜欢独处，在独处中思考，在独处中写作，在独处中无声地叙述。在喧嚣非凡的世界里，人们已经惯于追名逐利了，那种静下心来理解真实生命的人已经不多了，因此，他的散文集《独唳无声》总让人有一种与久违的孤独重逢的感觉，这是一种"致虚极，守静笃"的孤独，在孤独之中体验生命、感悟生命、思考生命，于是作者在孤独中打开了自己诗意般的生命空间。

一

　　与王庆九先生相遇，实属偶然。诗人羊子与我事先有约，主要是谈阿坝作家研究成果展示的相关问题，因为《阿坝师范学院学报》是一个很好的平台。在青山绿水、诗情画意的水磨镇，我们展开话题，开始漫谈，羊子向我介绍了王庆九先生，说他既画画、又写诗写散文，又是州文联的秘书长，这使我对庆九先生产生了兴趣。我说他的名字很有时代的印记，他说他是 1969 年出生的，彼此的意思便心领神会了。王庆九先生虽不爱说话，但喜欢倾听别人的谈话，并始终保持着微笑，他是一个性格温和的人。羊子说，庆九的散文写得很棒，他的语言别具一格，然后开始阐释"独唳无声"，"独"是孤独，"唳"是指雁、鹤等鸟的高亢的鸣叫,我说,"无声",就是"此时无声胜有声",就是"大音希声",《老子》有云:"大音希声,大象无形。"王弼注:"听之不闻名曰希,不可得闻之音也。有声则有分,有分则不宫而商矣。分则不能统众,故有声者非大音也。"魏源本义引吕惠卿曰:"以至音而希声,象而无形,名与实常若相反者也,然则道之实盖隐于无矣。"意谓最大最美的声音乃是无。坐在我身旁的庆九先生默然无语,第二天,他就将散文集《独唤无声》送给我。

卡西尔在《人论》中的一段话揭示了人类文化发展的一般规律,对于我们探讨一切文化现象都有启示:"人类知识的最初阶段一定是全部都只涉及外部世界的,因为就一切直接需求和实践利益而言,人都是依赖于他的自然环境的……但是在人类的文化进展方面,我们立即就遇见了人类生活的一个相反倾向。从人类意识最初萌发之时起,我们就发现一种对生活的内向观察伴随着并补充着那种外向观察。人类的文化越往后发展,这种内向观察就变得越加显著。人天生的好奇心慢慢地开始改变了它的方向。我们几乎在人的文化生活的一切形式中看到这种过程。"[①] 就当代社会的外部世界而言,可谓纷繁复杂,但它并未遮蔽人类"对生活的内向观察",而且随着文化传播方式的多元化,这种"内向观察"显得更加丰富。

读王庆九先生的散文集《独唤无声》之后,我深深地感受到这种"对生活的内向观察"。王庆九先生在笔墨之间游走三十余年,其散文集《独唤无声》凝聚了他对生命的体验、对生命的感悟、对生命的思考,他"大音希声"的优美文字展开了富有诗意的生命空间,这是他对个体生命的"内向观察"。

就作家与诗人而言,个体生命的一些特殊形式对他们的创作产生重大影响,诸如漫游、漂泊、流亡等,因为这些特殊形式可以极大地满足他们的好奇心,可以无限地拓展他们的生命空间,表达情感的丰富性与复杂性。庆九先生对个体生命的这些特殊形式有独特的认识,在他看来,个体生命的最初与最高意义都是漂泊。《十年蜗居》说的是他居无定所,十年间在同一县城搬了七次家,这是生活上的漂泊,这种漂泊充满了生命的思考与诗意,正如他

---

① [德]恩斯特.卡西尔:《人论》,甘阳译,上海译文出版社,2003年,第6页。

在这篇散文的题记中所说的那样,"其实,很多时候,一个角落就是一个世界"①,一间间的陋室,十年的蜗居,这只是物质意义的空间,当精神意义的空间彻底打开、生命的羽翼丰满之时,所谓的陋室,又何陋之有?对于那间记忆犹新的小木屋,"门对着窗,窗前是堤,堤下是河。喧嚣的河水,一如我躁动的书生意气四季翻流,而对岸那带浅蓝色的沙滩,恰似一笔沉静的冷色抹在丰腴的土地和鼓胀的大山之前,给我做化学实验整天盯着酒精灯的眼睛以难得的清凉。从此,在闲暇之余,不论读书还是思考,我都有一份怡然与平静"②,正是因为这份"怡然与平静",于是,"小屋就这样充满了河水关于存在与流逝的哲学式喧响,而且常常给人这样的错觉:小屋似一叶轻舟,载我漫溯时光之流。但是,不知不觉间,岁月的河流却依然漫过了自己和小屋,径自远去"③。在蜗居中,作者习惯了独处,"两年后,我独上高楼,……搬到了办公大楼上那突兀而出的三楼上。此屋三面临空,相对的两垛墙上均有大窗,敞亮而又清凉,加之室内两根兀然直上的大方柱,颇有别致浪漫之趣。……我便在空间距离上远离了朋友与同事,开始了极有规律的'离群索居'……那时,我不但满怀热情地学习绘画,而且日渐习惯了独处,以至于将独处的爱好保持至今并成为生活的必需。也就在恒久的独处中,我得以从学习和实验中抽身出来,回到自己,开始了与自己的心灵和世界对话"④,没有陋室,没有蜗居,哪有独处,没有独处,哪有自我生命空间的展开。

人生一开始就是一场苦旅,漂泊与流浪是人生的宿命。庆九先生在《月亮情结》所说的"人生像一种寻找家园的流浪",正是此意。在肉体与精神的双重"漂泊"的对比中,作者更倾向于李白式的"举杯邀明月,对影成三人"的精神漂泊,"当生命的火球颤抖着跌入幽谷,面对黄昏的忧郁与肃穆,我们怅惘着又一天的漂泊。尽管你的清冷黯淡不能沸腾我的生命之血,但你如一银樽卓立,满斟深蓝的慰藉邀我独饮,让我在十五夜的天边斜撑一篙期盼,驾一叶情感的

---

① 王庆九:《独喉无声》,中国文联出版社,2015年,第27页。
② 王庆九:《独喉无声》,中国文联出版社,2015年,第27页。
③ 王庆九:《独喉无声》,中国文联出版社,2015年,第27页。
④ 王庆九:《独喉无声》,中国文联出版社,2015年,第28页。

方舟，等待你撩起灯标般的光焰"①（《月亮情结》），这样的漂泊才能追求自由、放飞灵魂，于是，作者以诗一般的语言回应来自心灵深处的声音，"我曾在每一个幽茫的星夜铺成无尽的思绪，静听心灵的屐声轻叩已走过或未曾来的人生旅途。当天际的明月再次摄入眼瞳，苍山无形，天籁有声，顿觉身心清爽，一种无言的抚慰瞬间便让自己的心怀感动"②（《月亮情结》）。

　　无边无际的孤独与寂寞确实是值得细细品味的，庆九先生始终以文字为伴，玩味孤独与寂寞，构筑了关于生命的一道道风景。"对于过惯了群体生活的个人而言，谁能识得寂寞真义？又有几个凡俗之人能最终超越寂寞？于是乎，吐纳带有各种情感与色彩的方块字，让我用自己的灵魂驱遣它们进行各种各样的无声的叙述，便成为我的一种生命形式"③，他也因此而享受到玩味孤独与寂寞这一过程给他带来的奇效与快乐，"这种诗境般的叠合式光阴在我生命的暗盒里不断曝光，成为灵魂的相片上潜隐变换的哲学象征"④。庆九先生是一个喜欢内省的人，喜欢"不合时宜"，而有"更多孤寂"的人，他要真实地面对自己的内心世界，在漫长的生命之旅与精神漂泊之途中，以内省的方式获取踽踽独行的智慧与勇气，抛开世俗，打开自己的生命空间，使生命变得更加厚重，"不管怎样，能够在纷杂与炎凉中坐下来内视自己，如长空孤雁般自由地呼叫几声，而不计较前方是枪口还是回应，便能获得一些抚慰与宁静。如此，也能在艺术世界或梦中完成一次次的独唳之后，更厚重踏实地续走俗世人生"⑤（《独唳无声》）。

二

　　面对喧嚣而纷扰的尘世，心灵需要一方净土，让它与现实拉开一段距离，这样就可以远距离地欣赏我们的内心风景，此时此刻，个体生命的空间才会

---

① 王庆九:《独唳无声》,中国文联出版社,2015年,第5页。
② 王庆九:《独唳无声》,中国文联出版社,2015年,第6页。
③ 王庆九:《独唳无声》,中国文联出版社,2015年,第30页。
④ 王庆九:《独唳无声》,中国文联出版社,2015年,第31页。
⑤ 王庆九:《独唳无声》,中国文联出版社,2015年,第31页。

在我们面前无限展开。庆九先生在这方面的感受很深,或者在夜幕下放飞自己的思绪,或者在斗室之中以文字为伴,游走于笔墨之间,感受生命的律动与想象的快乐。他在《留一个夜晚给自己》一文中描述了这种感受:"月至中天时,置身那道钢索吊桥,便置身于皎洁的月光和闪烁的波影中了。抬头观望明月,俯首察净水,'昊天一泄,千般和谐;尘欲荡尽,宠辱偕忘'。悠然间,自己恍若进入天上人间,唯有远山近岸的寥落灯火与现实牵连。"[①] 置身于月白风清的夜里,远离尘世的喧嚣、人事的纷扰,个体生命与天地万物交汇,精神在无边的空间中漫游。一盏台灯驱散了"白日的繁嚣",卸下了"伪饰与沉重的甲胄",远离人生灯火,一切"还归自然与轻松"。他深刻地体会到,只有"守一方明亮与宁静,便守住了自己的心情与思绪",就可以"放飞缤纷的幻想""梳理难忘的往事",就可以"宠辱不惊,闲看庭前花开花落;去留无意,漫随天外云卷云舒",就可以让自己在"思想的酣处即不拘时空,天地玩于股掌之间,世界容入胸廓之内""任由自己情感的酵母于浩瀚的夜囊里酿发、弥散",从而感受真实的自己。在他看来,留一个夜晚读书作文,可以耕耘自己的所爱,可以毫不停息地自由思想,"翻开书页,你不用出门,芸芸众生自然向你走来""夜是无垠的墨池,任我独蘸独洗独饮独泄,或聆先哲之声,或警世人之行,均在字里行间咀嚼歌吟"[②]。

守住了一方明亮与宁静,也就守住孤独与寂寞,就可以用另一种方式温暖自己的思想,就可以在自我的生命空间中感受着不同的生命形式。庆九先生认为对生命任何形式的探究,都是对生命本身的追求与拷问。在《生命的颜色》一文中,他要找寻生命的原色,这是受到秋的色彩引发的对生命形式的思考,"秋抑不住成熟后丰沛的激情,用潇洒的彩笔在天地间印象派的涂抹;将山麻梨的小叶涂成玫瑰红,又把白杨抹成一柱橙黄;秋迷醉的哨音吹响白桦林素净的排箫,连玉米最后的香绿……那点点簇簇的各色野菊,分明是天空大写意的泼洒"[③],在背负记忆与诗意的行囊,对天地万物的色彩进行

---

① 王庆九:《独喙无声》,中国文联出版社,2015年,第41页。
② 王庆九:《独喙无声》,中国文联出版社,2015年,第42页。
③ 王庆九:《独喙无声》,中国文联出版社,2015年,第33页。

一番寻觅之后,他找到了生命的色彩——绿色、黄色、红色、蓝色。绿色代表生命的活力;黄色代表对光明的追求;红色代表生命的激情;蓝色代表生命的沉思。生命的色彩似乎太单调了,于是,庆九先生用比喻在生活与精神之间架起一道畅达的桥梁,因而,"生命更加美丽","生活更加丰富",用好生活中无处不在的比喻,就可以"自发、自觉、自为地创造浪漫而有诗意的人生""每个人都是一架琴,都会在一定时空中留下作为与思想的琴音,留下灵魂的歌吟"①(《在比喻中生活》)。

梦是生命的一种普遍形式,庆九先生探讨着生命的这一奥秘,他认同林语堂先生"不归沉寂,便是生命,便是长生"(《鲁迅之死》)的观点,在《梦随今生》一文中说,人生的幸事是存有"不归沉寂"的梦想,"因为,无所用心必然无所作为,不思进取必然庸碌沉沦。蛰伏与昏睡,无异于一潭死水,激不起生命的微澜,只有源于梦想的创造与跃动,才似浩宇长风,翻卷着精神的狂飙""今生有梦相随,给忙累若蚁的生存状态保留几许劲松虚竹的理趣,平添一些淡月清风的情味"②。我们的生命应该有各种各样的梦,《梦且随风》展开一个梦的空间,一个男人的梦,一个在人生途中找寻生命意义的梦,生命开始的时候,我们就在途中,因为有梦相伴而随风飞翔,因为有梦相伴,我们的感觉变得异常丰富、敏感,生命的每一个琴键都会发出美妙的琴音。这篇散文为我们描绘了关于梦的一道风景:"目光穿过蓝灰色的玻璃窗,瑟瑟地触痛了那些亮闪闪的绿。男人立即闭上了眼睛,坐直身子,平心静气地聆听树叶们拨弄清风的声音。"③ 文中的"男人"成为风景,而作者则是观风景的人:"男人微微转过头,看见对岸山坡上一片片葱茂的核桃林,宛如岁月的画布被反复涂改的云,日升月落之后就成了梦中一片湿漉漉的痕迹。"④ 作者的笔触逐渐伸入"男人"的内心,洞察他与自然山水建立感应的意图:"穿行在山谷之间,许多葳蕤的作物依然亲切地招展着,让男人再度建起自己与这方山水彼此感应的关系。那一幢幢老屋,尽管历经沧桑、老态龙

---

① 王庆九:《独唳无声》,中国文联出版社,2015年,第38页。
② 王庆九:《独唳无声》,中国文联出版社,2015年,第40页。
③ 王庆九:《独唳无声》,中国文联出版社,2015年,第63—64页。
④ 王庆九:《独唳无声》,中国文联出版社,2015年,第66页。

钟却依然被几棵葱茂的大树搂在怀里"①，发现他生命的隐秘——对自然强烈的依恋和崇拜："囿于生命的恍惚和孤独，男人的内心逐渐积聚起对自然强烈的依恋和崇拜。安静的大山里，日月的起落和草木的枯荣所造成的大地冷暖，直接在男人心中投下深长的影子，与他的生命密码相融互动"②，最后时限与自然万物的融合——个体生命的物化："太阳雨不期而至。男人恍惚站成了一棵树，意识渐渐浮升，弥散成一朵招展的绿云，濡润着足下这片草地，而身体成了时间的容器。"③

　　个体生命极为丰富，同时也极为感性。由于其丰富与感性，我们还来不及感悟、体悟，生命的真谛就从我们的眼前一闪而过，与我们失之交臂。感悟、体悟是生命的重要形式，它可以使我们理解生命的意义，因此，庆九先生认为，写诗作文不是伪饰自己、装扮自己，而是对自己的去粗取精、去伪存真，通过回忆与反思，过滤与锤炼，发现生命的本质："文字不是人的衣冠，只言片语就能一笔带过""而是一种状态，一种关乎生命本质的呈现"④"在文字的海里，如一条流泪的鱼，用生命的汁水洗涤周遭暗流涌动的沙尘。"⑤（《活着》）在他看来，生命的意义被不同的方式演绎着，但最终归结于"活着"二字，"活着是一种状态""不在乎一时的荣耀与显赫，更不在乎任何事后的评说"⑥，关键是要"自然""真诚"地活。

　　生命中存在的许多偶然与必然，庆九先生在他的《浮生四题》中说："或许，人生的深意，就在其间充满了偶然与无常罢！偶然与必然，无常与恒常，如两股潜流，搅动着生命长河中的波澜与漩涡。"⑦ 偶然与必然，无处不在，与我们的生命如影随形，值得我们用心感悟、体悟："时间空间上的偶然，物质实体与意识虚像的偶然；成败荣辱的无常，聚散悲欢的难料仿佛人的苦乐

---

① 王庆九：《独唳无声》，中国文联出版社，2015年，第66页。
② 王庆九：《独唳无声》，中国文联出版社，2015年，第68页。
③ 王庆九：《独唳无声》，中国文联出版社，2015年，第68页。
④ 王庆九：《独唳无声》，中国文联出版社，2015年，第69页。
⑤ 王庆九：《独唳无声》，中国文联出版社，2015年，第71页。
⑥ 王庆九：《独唳无声》，中国文联出版社，2015年，第73页。
⑦ 王庆九：《独唳无声》，中国文联出版社，2015年，第45页。

得失与生老病死,万物的流转迁徙与荣生衰灭,均左右一种偶然与无常的神秘之中。自然与人生颇有相似:一环变异,整体结局就会迥然不同;偶然的原因注定了必然的结果——这似乎能在系统论中找到科学的佐证。"① 偶然与必然似乎不可触摸、难以把握,我们是不是就万念俱灰呢?我们对它的感悟、体悟,"无非是要明心见性、消除杂念,进而倍加敬惜生命。"现代社会竞争越激烈,生活节奏感越快,人们越要学会忙里偷闲,要去领略"明月清风""天籁虫鸣",要去与"本朴的意识取向和怡然的精神憧憬"相遇。庆九先生理解了"闲暇"的真义:"闲暇是一颗酵母,形而上的志趣与形而下的欲望,全都会在一定的空间里酝酿、膨胀""闲暇是一片石磨,碾碎某些人的意志与生命,又使某些人在重压与磨砺中以新的形式增值且呈现出更完美的意义""闲暇是思想者的财富,是勤勉者的土地,是庸碌者的眠床,是沉沦者的末路""或许,闲暇只不过是一张纸的两面,既能为精神位置平添创造的意义结构,又可给生命内容提供不确定性的途径"②,这是作者在感悟、体悟之后,对于生命的片刻停留的深刻理解,闲暇赋予生命丰富而生动的内涵。同样,他对"怀旧"的感悟、体悟也是与众不同的,他认为,"怀旧是一种对过去自觉省思、对未来积极应对的思想运动",在艺术界,"怀旧早已超出了群体无意识,而直接逼近了深刻的文化反思与艺术思考""生命如链,怀旧就是其中的一环;历史如水,怀旧便是意识流域中疏浚的河床",在对怀旧进行深入体察与诗意描述之后,将怀旧上升到社会文化建构的层面加以认识,"不怀旧的社会注定沉闷、堕落。没有文化乡愁的心井注定是一口枯井。"③ (董桥语)"好静"一题,作者贯穿了古人的好静与时人的好静的思考。"好静"可以使古人闲雅从容、卓然独立,其作品更具有生活的纯净,更接近生命的本真,也可以使时人"涤心沐神"。"求得一份怡然与轻松""以宁和的心境与自然、艺术和哲学无拘束地交流""丰盈人之为人的灵性"④。

对生命的感悟、体悟,如同修行,不问修行的结果,但求过程的美丽。

---

① 王庆九:《独喙无声》,中国文联出版社,2015年,第46页。
② 王庆九:《独喙无声》,中国文联出版社,2015年,第47页。
③ 王庆九:《独喙无声》,中国文联出版社,2015年,第48页。
④ 王庆九:《独喙无声》,中国文联出版社,2015年,第49页。

"在平宁的生命中,许多过程是不能省略的,许多仪式是不能简化的,纵然是再艰难复杂,一经省略简化,灵魂就淡释了光环,意志就委顿了坚韧,情感就灰暗了色彩"①(《问禅大慈寺》),修行如此,我们的生命历程又何尝不是如此!尽管我们都在路上,但千万不要对生命的每一道风景视而不见,因为生命的每一个细节都值得细细品味。庆九先生对个体生命中的诸多命题都有深刻的认识与体悟,比如:生存、寂寞、幸福、生命的感动与重量等等。在精神与现实对峙的折磨中,他诗意地触摸到生命的真实:"无数贤胜与高伟者秉烛照亮诗歌,照亮我为抵御饥渴而拼命劳作的手,照亮一切触目的真实。"②(《学会生存》)寂寞,造就了古今中外的贤能之士,造就了庆九笔下现实中的版画家,于是,在他看来,寂寞是"生活的一大领地""人生的一大武器""只有耐得住寂寞,才能采撷成熟的生活之果"③(《耐住寂寞》)。在现实生活中,我们如何认识和把握幸福呢?爱默生说,"幸福与痛苦是一张纸的两面",庆九先生认为,"我们只能选择——直面人生""人的一生,祸福相存相依。幸福与否仅在于自己的心领神会""幸福是一种感觉罢了",在人生的苦旅中,要"舒展心灵的触角,善于把握善于感受,既要在艰苦的跋涉中前行,又要在怡然的休憩里体验,幸福才会莅临"④(《把握幸福》)。当然,也只有像庆九先生那样具有丰富阅历的人,才会对"一张纸的两面"有如此深刻的体验与体悟。庆九先生善于从生活中的细节或片段中体悟有关生命的深层道理,他从一只强健的雄天鹅对雌天鹅至死不渝的守候感受到生命的沉雄与厚重,从生活中"称命"的游戏而对生命的重量进行深度思考,认为"生命的轻重也全在自己后天的选择、把握与创造"⑤。我们不能用一个人的作为的大小与多少来称量生命的重量,而是否有利于社会的发展、是否符合人民的利益,这才是生命的砝码。"当我们的思想从表层切入内核,当我们的生活由浅薄挺进深邃,当我们的生命从自发的淬炼走向自觉的创造时,平凡的生

---

① 王庆九:《独唳无声》,中国文联出版社,2015 年,第 58 页。
② 王庆九:《独唳无声》,中国文联出版社,2015 年,第 125 页。
③ 王庆九:《独唳无声》,中国文联出版社,2015 年,第 128 页。
④ 王庆九:《独唳无声》,中国文联出版社,2015 年,第 132 页。
⑤ 王庆九:《独唳无声》,中国文联出版社,2015 年,第 133 页。

命亦能充盈丰满、高洁美好,并且重似千钧。"①(《生命的重量》)生命的重量实际上就是生命的价值,作者的思考是何等的深刻!《感受生命》一文也摄取了自己生活的几个片段——省城购买化学实验药品、学生的来信等,从中体验到生命的感动。在他看来,生命的感动可以使我们的"人性丰富""道德完善""精神升华","接受生命的感动,会激起一种亲切温柔的感情,使人的心灵从生存的纷攘与势利中摆脱出来,催人反思,使人沉浸于一种神圣的状态之中,形成怡人而美丽的忧郁",从而,"热爱他人,与他人为友"②。

三

庆九先生的散文充满浓浓的诗意,因为他首先是一个诗人,岁月从未磨灭他的诗心,他是带着诗心进行散文创作的,"我诗心依旧""将这颗不泯的诗心转向于大写意的生活,便移目于散淡自然和坦诚放纵的散文。"因此,他的散文总是用诗一般的语言建构生命旅途中的每一道风景,而这每一道风景都与川西北高原的灵山秀水产生深刻的关系,他在《灵蕴山水》一文的题记中说:"山里蓄藏的不是土石,而是祖先的身躯;河里流淌的不是水,而是祖先的血液。"③在他的眼里,山与水都是有生命的、有历史的,是人格化的。川西北高原的山水滋养他清冽与苍朴的心性,孕育他的山水情怀,烙上他生命的印记,"山与林、溪与河,分别以空间和时间的方式嵌入了我的生命,几乎每个脚印中都有山的影子,每一缕思绪里都有水的灵气"④,与山水的相融,是为了触摸"山的风骨与水的神韵",是为了诗意地栖居。"有山的故乡才是沉稳的故乡,有水的家园才是鲜活的家园"⑤,在山水中,"找到一种对应与感悟,进而在灵动的思想里,又回报似的点化山水"⑥,与山水"保持真纯、

---

① 王庆九:《独喉无声》,中国文联出版社,2015年,第134页。
② 王庆九:《独喉无声》,中国文联出版社,2015年,第130页。
③ 王庆九:《独喉无声》,中国文联出版社,2015年,第91页。
④ 王庆九:《独喉无声》,中国文联出版社,2015年,第92页。
⑤ 王庆九:《独喉无声》,中国文联出版社,2015年,第93页。
⑥ 王庆九:《独喉无声》,中国文联出版社,2015年,第94页。

善朴的根性关系",于是,我们就有"山的魂魄与水的神韵,山的劲骨与水的灵性,山的雄伟与水的敏慧"[1]。

在与阿坝山水经年累月、朝夕相处的过程中,作者发现了阿坝山水与个体生命形态之间存在的异性同构关系,因此,体验山水同时,也在体验个体生命,从中感受生命的诗意。他在《怀想鹧鸪山》一文中说:"鹧鸪山作为生命个体的精神映像的一面却是厚重的、不可忽略的"[2],因为每一次的翻越都是一次生死攸关的考验,但是,"在高海拔、低气压中,多少切近了生命的真实感觉,甚至于伸手触及时间的韧性与强度,在逼仄突兀的特殊空间得到了哪怕瞬间的精神颖悟。"[3] 对于鹧鸪山,每一次翻越都是对死亡的超越,在每次超越之后,个体生命因此而变得更加厚重。在《情归梭磨河》一文中,通过"梭磨河"来诠释生命的价值与意义,在作者看来,梭磨河是"一条饱蕴情味与灵性的生命之河""始终以跌宕向前的生命形态和不甘凝滞的精神向度,莹润山川大野,灵动芸芸众生""演绎了一种完整的生命循环"[4],作者以教师、编辑、画家、作家的不同身份、不同形式呈现出丰富的生命形态,我们可以从中感受这种"跌宕向前"与"不甘凝滞"。这篇散文更像一组诗,对于生命象征的梭磨河,作者始终以诗一般的语言进行描绘,在历史的找寻中,提炼生命的邈远与深邃、高贵与圣洁:"远在人类涉足此地之前,它就与苍茫大地上万千河流一样,独自守候着时光,在川西北的崇山峻岭之间,空寂地阅读奔涌的山海,静穆地凝望挺拔的峰林""(它)源自嵯峨高峻的雪山,便吸纳了天空的澄澈与幽深,沉淀了天空高远的眼神与梦境;徜徉在广阔宽坦的草原,便收藏了白云的影子与芳心,荡漾着白云自由的秉性与憧憬。"[5] 同时又在找寻中不停地追问:"在梭磨河流经的这片狭长的高原热土上,是谁从枝繁叶茂的树上摘下第一个鲜硕的野果? 是谁在沟深壑窄的山谷间捕获第一只麋鹿? 又是谁在地势险要的山原垒筑起第一间石屋,

---

[1] 王庆九:《独唳无声》,中国文联出版社,2015年,第95页。
[2] 王庆九:《独唳无声》,中国文联出版社,2015年,第96页。
[3] 王庆九:《独唳无声》,中国文联出版社,2015年,第99页。
[4] 王庆九:《独唳无声》,中国文联出版社,2015年,第114页。
[5] 王庆九:《独唳无声》,中国文联出版社,2015年,第115—116页。

并在舒展向阳的河畔种下第一粒禾粟。"① 这与张若虚"江畔何年初见月,江月何年初照人"对宇宙与生命的追问何其相似!在长时间的精神漫游之后,作者对个体生命突然了悟,"唯诚善、平实才是生命的内核与质量""我是河流的追随者,不奢望中流击水,不屑于随波逐流。我只在生活的风雨中,为生命深处的脉流寻踪踏浪。"②

  阿坝之美,无处不在,对于在阿坝长期生活的庆九先生来说,无疑是一笔巨大的财富,阿坝之美也自然使他的生命充满诗意。他笔下的"翡翠河","静寂而卓然,隐忍而清雅,圣洁而恬淡""翡翠河的美,是一种让人来了不忍趋近、去了却又令你不愿别舍的美,是一种来了让人涤心沐神、去了又使你魂牵梦绕的美。"③(《纵情翡翠河》)而"太阳峡谷",却"只在真理般的沉默和史诗般的深沉中,在极致的平凡里,自然而真实地呈现着高原动人的本色"④(《太阳峡谷》),作者强调的是"自然而真实"的美,太阳峡谷如此,人亦应如此。在著名风景区九寨沟的那段日子,总是让庆九先生不断回味,九寨的水、九寨的云、九寨的鸟、九寨的自然风色等等,都成为他生命中的一道道美丽而诱人的风景,成为他散文表达的重要内容。《长海逸趣》一文叙写了自己在长海看云、听水、观鸟、探奇的感受,感情自然真挚,文字细腻优美:"风云湿润,拂尘般自脸颜掠过,好似仙人驾青龙白鹿倏然飘逝,'转眼风云相会处,平空移步作神仙',云中漫步,不觉飘飘然,恍如隔世"⑤"当高原的阳光用金色将长海尽头的雪山渲染出晴朗的辉煌,风又细又软,从平静的水面翩然而至,轻轻地撩拨着水波,成功地导演出水与岸的细语呢喃"⑥"不论是观赏还是谛听,鸟都用灵巧的点的造型、用柔润的线的韵律,渲染着山水诗画那活的意境,使长海的空阔壮美更多了一种景致,多一份温婉"⑦"那时苍鹰的唳鸣在长海上空一

---

① 王庆九:《独唳无声》,中国文联出版社,2015年,第116页。
② 王庆九:《独唳无声》,中国文联出版社,2015年,第122页。
③ 王庆九:《独唳无声》,中国文联出版社,2015年,第149页。
④ 王庆九:《独唳无声》,中国文联出版社,2015年,第84页。
⑤ 王庆九:《独唳无声》,中国文联出版社,2015年,第154页。
⑥ 王庆九:《独唳无声》,中国文联出版社,2015年,第155页。
⑦ 王庆九:《独唳无声》,中国文联出版社,2015年,第158—159页。

掠而过，我瞬间便失去了表达的语言，失去了想象的欲望，只觉得心中有一种不可言传的声音和画面，弥漫着，恒久不散。"① 类似优美动人的段落还很多，如："九寨沟的黎明是从鸟声里开始的。每一天，清脆的鸟语都是诗意盎然的序言。"②（《胜地屐声》）"一场酣畅淋漓的山雨之后，天空碧蓝如洗，阳光怡然灿烂，山色空蒙，云岚袅绕，溪涧流翠，林木华滋。……温柔的风吹拂经幡，吹拂树梢，吹拂你流水一样自由的心绪。"③（《九寨，曼妙的自然风色》）"满眼都是醉人的绿啊，似乎轻轻一捏就会出汁，心情便一直泅浸在这种弥漫着清香的颜色里，惬意并窃喜，仿佛流汗与喘息都被染了颜色。"④（《扎如——"童话世界"的后花园》）等等。庆九先生既是诗人又是画家，因此，他的散文不仅充满诗情，而且充满画意，"诗中有画，画中有诗"，同时，他对生命的价值与意义又有深度的思考，这样，他的散文往往达到一种哲理升华。

世界向我们纷至沓来，却又从我们面前一闪而过，生命中的美丽风景不断向我们迎面走来，我们应接不暇，却没有片刻的停留，而庆九先生的散文集《独唳无声》将他感受到的世界与生命中的美丽风景都一一定格，为我们呈现了一个十分丰富而又富有诗意的生命空间。在品评庆九先生的散文时，我们是否要追问，我们是不是活得太匆忙而把生命中神圣而美好的东西丢失了？我们是不是在世界的喧嚣中彻底忘掉了孤独的意义？是不是没有在孤独中反躬自省、探寻个体生命的隐秘与幽微并打开自己富有诗意的生命空间？

（原载于《羌族文学》2017 年第 2 期，总第 97 期）

---

① 王庆九:《独唳无声》,中国文联出版社,2015 年,第 161 页。
② 王庆九:《独唳无声》,中国文联出版社,2015 年,第 162 页。
③ 王庆九:《独唳无声》,中国文联出版社,2015 年,第 166—167 页。
④ 王庆九:《独唳无声》,中国文联出版社,2015 年,第 171 页。

同生活场域的身份认证

——评任冬生散文集《记住我的姓氏》

四川汶川　张宗福

前些日子，阿坝州文联的王庆九先生把《阿坝作家书系》八位作家的作品送给我，让我读一读，谈谈自己的想法。手捧这些作品，总有如获至宝的感觉，因为前些年与身边的文学渐行渐远，心中总有一些不舍。近年来，读到阿坝作家的作品总有一种难以言传的亲近感，我仿佛又回到这片我深爱的土地，因为自己毕竟是在岷江边长大的阿坝人，无论身在何处，精神漂泊有多远，自己总被阿坝这片热土无形的力量牵引着。

任何人自降生那天起，先由父母确认他的生物基因，然后由族别与环境确认他的文化基因，紧接着就是身份认证，每个人都有属于自己的身份。任冬生《记住我的姓氏》是《阿坝作家书系》的两部散文集之一，该集子以其散文《记住我的姓氏》命名。初看这本集子，并未引起我的注意，集子的名字再普通不过了，实际上，这一命名饱含作者让人难以察觉的深意。细读这部散文集，"我的姓氏"，从严格意义上说，是作者的身份认证。散文集展现了作者有多重身份：一个游走于藏乡羌寨的、用汉语在阿坝草原从事教学的羌族教师。"记住我的姓氏"，"我"是生于岷山之巅一个叫"立壳"的羌寨；"记住我的姓氏"，"我"是一个接受了现代教育、从羌寨到阿坝草地从事教学的老师——"人—老—死"；"记住我的姓氏"，"我"在藏族地区运用汉语教学，而"我"的教育对象是一群根本不懂汉语的藏族小孩。散文集之中所呈现的不同生活场域的变化，意味着作者的身份、角色的转换与重新认证，作者用一个个鲜活而生动的故事展示着这一过程。

一

钱锺书先生曾经拒绝记者的采访，他很幽默地对记者说，鸡蛋好吃，何必要问是哪只母鸡下的。对于文学批评而言，如果把文学作品比作"蛋"，那么，作家就是下蛋的"鸡"。"蛋"好吃，我们还是要去追问是哪只"鸡"下的。我对那种既没有吃过"蛋"、又不了解"鸡"的文学批评态度持否定观点。

任冬生的散文集《记住我的姓氏》是一个"好吃的蛋"，是值得细细品味的。品读他的散文之后，我还真想了解作者本人。今年4月23日，由四川省作协、阿坝州委宣传部主办，阿坝州文联承办的《阿坝作家书系》发布会在成都如期举行，而在4月22日晚，与任冬生不期而遇，我一眼就认出了他，因为此前看过他的照片。我和他打招呼，他感到很诧异，我作了自我介绍，谈了谈对他的散文集《记住我的姓氏》的看法，而且想见一见他本人，想对他的作品作进一步的了解。这个1978年出生的高大、帅气、阳光的羌族小伙子，被省作协创研室主任马平先生四舍五入为"八〇后"，并幽默地称其为阿坝作家的"小鲜肉"。虽为玩笑，却也突显了小伙子的年轻与活力四射，这使我想起他的《阳光沸腾的雪》里的句子，"看着车窗外阳光沸腾的积雪，我的内心一片敞亮。我突然被一种温暖驱动，精神饱满，一往无前，向西，向西，向着那个有雪的地方奔去"，文如其人，在这里有了很好的诠释。

在阿坝，无论是在藏乡，还是在羌寨，高原的阳光毫不吝啬地抚慰着每一个生命。从这个羌族小伙子的俊美的脸上，我感受到阿坝阳光的浸透以及岁月的沉淀，这是一个有故事的年轻人。这是一个在岷山之巅的"立壳"的羌寨长成，然后，"褪了农皮"，接受现代教育，再到阿坝草地教书的羌族青年。在不同的生活场域，他所扮演的角色也随之转换，但他告诉自己也告诉他人，一定要"记住我的姓氏"。

任冬生的散文集《记住我的姓氏》生动呈现了因生活场域的变化而激活的情感波澜，作者游走于阿坝草地与岷山羌寨，当他离开"立壳"羌寨到阿坝草地，或者从阿坝草地回到"立壳"羌寨，他对自己的生活轨迹总是不断地回望，并在文字中逐渐清晰，成为令人回味的散文作品。《岷山之巅》一文是对"我"

以及所属族群的认识与反思。作者对自己有十分清醒的认识,"我"降生于岷山之巅一个叫"立壳"的羌寨,"我的种族,我的根,我的人生,我的命运,便已命中注定""立壳,它是古羌语的直接音译,还是后人给它安的一个汉名?它是指寨子的高度,岿然耸立于地壳之巅,还是暗藏着某种不可解读的启示?""我"俯瞰漫漫群山与汹涌浩荡的岷江,"很自豪我们的高度",因为没有文字,"我们"靠口传心授延续着民族的语言与传说、古老的酒歌以及传统手艺;"我们"敬仰白石,是因为天神"木比塔"的白石雨帮助"我们"打败了"戈基人";"我们"围着篝火载歌载舞,是为了排遣大山与困顿生活赋予的"空阔寂寞";"我们的人生被黄土淹没,炕角上出生,土地上活命,大地下沉睡。我们的身体与灵魂被柔软的泥土塑造,敦实,憨厚,粗糙,温润,土得掉渣",这是作者对自己以及所属族群的最初的感性描述与理性认识。

"我"因为"路"而改变,"随着身体的转移,我与大山有了距离,有了旁观者的身份……寻找祖源,重新审视岷山及历史背后的我们。"从任乃强先生的《羌族源流探索》到许慎的《说文解字》,从应劭的《风俗通》到贾逵的《周语》注,从《史记》到《太平御览》,以及《西羌传》《秦本纪》等等,都清晰呈现羌人的历史轨迹。"我"似乎在历史中寻找到了自己强大的文化基因,然而,战乱与迁徙几乎成为羌人的宿命,文字的缺席,注定了"我们"被历史淡忘。当"我"在繁华的都市远距离地遥望岷山之巅的"立壳"羌寨以及自己的同胞,"我"感受到大山的孤绝、苍老、封闭,同胞的凄苦、落后、远离。"遥望历史,看到的是一种远古""遥望故土,看到的不也是一种远古",这是作者发出的深刻而沉重的叹息。作者渴望着改变,不是用城市与土语的混合物代替叽里咕噜的羌语,不是用所谓的现代生活方式(打牌、搓麻将等)重塑一个不伦不类的乡村。作者清醒地认识到人们脱"农皮",却无法割掉"泥根",外部世界的冲击,使人们掐断了来自泥土和民族的奶源,他担心的是"民族千年的根基",担心的是成为有名无实的"羌"。于是,作者将自己重新交给那片曾经深爱的土地,但一切回望与找寻,换来的只不过无边的寂寞与悲戚——"立壳,岿然耸立地壳之巅,高处不胜寒,那是多么孤独和绝望的现实和境界!"生活场域的变化,使作者的角色、身份发生转换,而在自我身份认证过程中,一连串的困惑就随之而来。

如何才能"记住我的姓氏"？作者认为，只有守住民族的文化之根，才能真正"记住我的姓氏"，并且意识到民族文化潜藏于民风民俗之中，因而，在散文集《记住我的姓氏》中，作者极力呈现羌族的民风民俗。如：《羌婚》一文就是通过"逮酒""退煞""挂红""吃酒""篝火""铺盖酒""面茶"等场景的生动描写，将"羌婚"的民风民俗完整地呈现出来。该文饶有兴趣地以羌族成亲歌作为题记——"太阳和月亮成亲了，山和水成亲了，路和大河成亲了"，它要传递一个再也朴素不过的信息，男人与女人成了亲，世间万物也就交通成和，从某种程度上体现了原始宗教的"交感"作用。关于"逮酒"，文中这样写道："逮酒，这是我们羌人的老规矩，当迎亲送亲的队伍来到寨子附近时，新大哥的亲戚和家门（同姓的人家），就会端着盖有红布的托盘、两只酒杯和粮食酒，候在离家较近的必经之路上逮酒。""红爷大爷"（联姻人）站在"逮酒"者的立场，用羌语一字一句地喊祝词，劝送亲者喝酒，然后又从女方的立场，将圆圆的象征太阳的齐饼馍馍和弯弯的象征月亮的弯弯馍馍举过头顶，回敬男方。紧接着就是过一道道关卡，所谓的"关卡"，就是"真性情"和"豪爽气"的劝酒，在这种情形之下，又有谁不想豪爽一回！关于"退煞"，羌人认为新媳妇身上带有一股怨毒的邪气，称之为"煞"。这个"煞"，小孩不能冲撞，新媳妇也不能把它带进婆家，否则，就要遭受灾难，因此，就要把这个不干不净的"煞"从新娘子的身体中驱赶出去，这个过程被称为"退煞"。新媳妇的兄弟挥刀将象征"煞"的稻草人砍掉，"退煞"就完成了。"退煞"的仪式性与象征性已经逐渐减弱，而在娱乐性与趣味性方面逐渐增强，使其具有浓厚的生活气息。关于"挂红"，是指在"红爷大爷""唱礼"之后，把红挂在新郎后背斜挎的那道红里，新郎会被这一过程弄得很"狼狈"——这是对幸福的另一种诠释。羌人把赶婚礼直接称为"吃酒"，这一过程呈现的是羌人丰富的饮食文化。其中，最具特色的是流传数千年的多声部祝酒歌（被列入第二批国家级非物质文化遗产）。"篝火"，文中着力描写了篝火晚会上的羌族锅庄、男女对歌、释比或德高望重的老者为咂酒开坛以及"猿人"手持牛尾狂舞的场面。"铺盖酒"，这种意犹未尽的"酒"是专门为熟睡的客人准备的，它延续着他们的甜蜜的梦。客人喝"面茶"，还要被人们用面粉"攻击"成雪人，在空中抛来掷去。深情委婉的离歌是最优美、生动的道别。

与此相类的是《送别我们的亲人》，该文呈现羌族丧葬全过程。它以"释比丧葬词"——"水流来了也会流走/人即有生也有死/水要还流来和流走的债/人要还生和死的债"为题记，表明了羌人面对生死的态度。"把丧事当成喜事来办""将其与婚姻大事统称为'红白喜事'"，表明了羌人"知天遵命、乐观豁达"的人生观。羌人崇尚孝道，祭奠逝者要"戴孝帕"，羌族妇女"盘头帕"的风俗，把孝文化演绎得最为彻底。作者对"下葬"、宴席中的"上礼"（即"上话"）、唱"奠歌""打杆""复山"等一系列场面的描写都十分生动具体，读之有如临其境之感。

由是观之，任冬生的散文是比较注重对羌族民风民俗展示的。羌族的民风民俗独特、复杂，要在散文中完整呈现其过程，是有较大难度的。纵观其文，文章庞而不杂，结构井井有条，构思细密，显示了作者驾驭复杂散文题材的能力。整篇文章行文自由、通脱，对生活场景的捕捉细腻、准确，独具慧眼，这与作者长期生活在羌寨、深入细致地观察、了解民风民俗是分不开的。如果我们把这一问题的探讨引向深入，那么，作者强烈关注、乃至于极力表现羌族的民风民俗的意图是显而易见的，那就是要在民风民俗的呈现中勾画本民族的文化基因谱系。如果这只是个案，我们得出的这一结论就为时尚早。任冬生的第一本散文集《羌风遍野》就是以羌族的民风民俗为背景进行书写的。可以说，他的创作动机就是要勾画本民族的文化基因谱系，他所探讨的是自己与这一文化基因谱系的关系，换言之，这是一种以审美的、感性的方式对民族文化的认同与个人身份的认证。

二

生活场域的变化，可能使自己的"身份"丢失，因而，任冬生反复告诫自己要"记住我的姓氏"。从学校毕业之后，任冬生直接踏上去阿坝草地的西行之路，这是他人生的非凡之旅，他将在阿坝县长期从事教学工作，这意味着他的角色、身份将发生变化。

对于任冬生而言，阿坝的确是一个"陌生"的生活场域，他首先遭遇的是语言交流的屏障，这是他的散文集《记住我的姓氏》着力书写的内容，这方面的系列散文是这部集子最动人的篇章，因为语言的不同、交流的障碍，作者在阿坝草地的一系列遭遇，最终被他演绎成一个个动人心弦的故事。《阳光沸腾的雪》叙写的是"我"与藏族老阿妈的故事，该文开始的叙述就十分耐人寻味："1999年9月，一场突如其来的大雪，降临在我的生命之中。"预示着"这场大雪"与"我"的生命将产生特殊关系。"我"进入的小饭馆，"炉火正旺，满屋温香"，同时，这一叙述又是从屋子的"温暖"向人间温情的自然过渡，小饭馆的另一个人物——藏族老妇人，在"我"的眼里像"棕熊"，"高颧骨，深眼窝，皱纹如刀痕，脸像一张风干的黑牛皮""淬火的鹰眼，在我的脸上火辣辣地烧来烧去""从臃肿的怀里掏出一瓶东西，重重地磕在桌面上""冲着我叽里呱啦地大喊大叫"。"我"误以为她在"骂我""在向我示威"。幸好小饭馆的女老板道出事情的原委，说老妇人请"我"喝酒，暖暖身子。"我"觉得她俩的笑容像"伪善的陷阱"，对老妇人处处设防，而老妇人频频举杯，"我"无法抗拒她的热情，并反客为主劝老妇人喝酒，直到自己人事不省。"我"在第二天醒来的时候感到"恐惧与慌张"，以为"上当受骗"，赶紧翻检行李，财物无一丢失。旅店服务员告诉"我"实情，说是一个藏族老婆婆和一个回族姑娘把"我"送回来的，还开玩笑似地说："嘿嘿，昨晚的酒喝得舒服不，昨晚睡得好吗？""我"羞愧难当。在一路向西去阿坝的路上，虽然车窗外全是积雪，但始终有沸腾的阳光照耀，因此，"我的内心一片敞亮"。在特殊的生活场域，当语言不能成为人们的交流工具的时候，我们可以用人间的真情来进行交流。在阿坝，"酒"就是这种真情交流的媒介，这篇散文道出了这一事实。《阳光沸腾的雪》是一篇真情灌注、意味深长的散文佳作，其文结构精巧，前后照应，行文跌宕起伏，文笔摇曳多姿，作者准确地捕捉到每一个细节，使整篇文章散发着浓郁的生活气息。

任冬生到阿坝县的一个叫"查理"的小地方教书，他的教育对象是一群不懂汉语的藏族小孩，他们之间也存在语言沟通的问题，在"查理"的故事也是围绕"语言"展开的，这些故事因沟通的"误解"而变得格外生动。《记住我的姓氏》叙写的是"我"刚到"查理"小镇的遭遇。荒寒三月，猖獗的冷风，空荡荡的街道，经幡尖锐而诡异的裂响，使"我"万分沮丧，而在此时，几个黑影争抢着东西，嘴里不停地呱啦："格更，尔尕塔！"（老师，辛苦了!)"我"以为遭遇"劫匪",而他们扛起"我"的棉被皮箱,拽"我"的衣袖,扛棉被的"黑影"用生硬的汉话问:"老死的命子的啥子?""我"告诉他叫任冬生,他嘴里不停地念:"人老死、人老死……"像是在念藏经,一直念到学校。灯光下,"我"才看清了这是一群七八岁的孩子,"厚厚的藏装,满身尘土,眉毛粗浓,眼睛雪亮,脸蛋黝黑,两腮挂着紫红色的高原红。"而刚才那个"念藏经"的孩子,又来问:"老死的名字的啥子?""人——老——死、人——老——死……"古怪而响亮的声音,打破了山野的冷寂和"我"内心的僵结。可以说,这是"查理"给作者上的第一堂课,因为语言的障碍,使这堂课格外鲜活、生动,又让人忍俊不禁。《第一堂课》叙写的是"我"在"查理"给学生上第一堂课的过程,"我"熬夜备了一份满意的教案,"我"领读课文,学生非常认真,"他们摇头晃脑一本正经地跟着我念""只是声调和韵味完全变了,满口吐出稀奇古怪的句子"……让他们集体朗读,很快就变成自由诵读,甚至用藏语来搪塞我的耳朵。汉字一旦落入他们的手中,就会骨头散架,扭曲变形,组词造句更是五花八门。我十分真切地感受到:"语言的隔膜,犹若一座雄伟的大山,硬邦邦地横在我们中间。我们虽然共处一室,近在咫尺,但感觉上我们却相距遥远,不可企及,始终保持一种近乎荒诞的距离。"

置身于"查理"这一特殊的生活场域,语言的隔膜以及对高原气候与藏乡生活的不适应,"我"的身份几乎丢失,"我就像被掏空了灵魂的行尸走肉",面对查理寺院庄严肃穆的经堂和错落有致的僧房,藏族老师的嘻哈打笑,学生的疯来疯去,而"我"却是一个孤独的"看客",最终,"我"被学生们的一封信深深打动。"我"视他们为无法沟通的"另类",而他们视"我"为最亲的人,细心地关心"我",洞察"我"的内心,这是《你为什么不笑》所展示的"我"的心路历程。《我是他们的秘密》叙写的是在"查理"这一"奇风异俗""奇装异服""叽里呱啦"的环境里,"我"像蝙蝠一样依靠回声来辨别鸟群的动向,而"我"这只蝙蝠也很容易激发他们的好奇心,"我成了他们的秘密"。他们贴着窗户"偷窥",打听"我"是哪里的人,面对学生们一个接一个的追问,"我"慢慢地为他们打开一扇看世界的窗口,这说明语言的隔膜并不能妨碍真正的沟通与交流。《素椒面,胡椒面》叙述了藏族小孩为"我"买"素椒面"的故事。因"素椒面"与"胡椒面"只有一字之差,小孩误以为买胡椒面而跑遍了"查理"镇的小卖部,"我"又在风雪中去找小孩。这也是因语言问题而发生的有趣滑稽的故事,它表现的是藏族小孩的善良带给"我"的温暖,在这里,情感的交流远远超过语言的交流。《她一句话不说》讲述的是藏族女孩"昂修姐"的故事。作者的笔下"昂修姐","又小又瘦,穿一件干干净净的天蓝色藏袍,整个人就好像塞进一团棉花",每次都站在队伍的最后,"远远地望着我,生怕我发现她似的"。同伴们交头接耳,叽叽喳喳,"她便抿着嘴偷偷地笑,眼睛眯成两条优美的曲线""她渴望与我这个陌生人亲近,但又不敢轻易靠近""观望成了她寻求爱的最初形式",她试着向"我"靠近,到最后"她的小手就像一只温柔的小鸟,完完全全地落在我宽大的掌心里"。文中几乎没有语言交流,"昂修姐"与"我"更多的是无声的情感交流。

"查理"这个特殊的生活场域,对于任冬生而言,已逐渐变得不再陌生,他开始慢慢适应这里的生活。他在《填鸭式对话》一文中叙述了用"填鸭式"的对话学习藏语过程,他要力图凿穿语言的"厚厚的坚冰",打破语言交流的屏障。而《从说话开始》一文则叙写自己改变"满堂灌"的汉语教学模式,从说话开始,实现他与藏族学生的有效互动,教学生唱汉语歌曲,营造倾听和表达汉语的环境。

三

在"查理"这个特殊的生活场域中,任冬生完成了自己的身份认证,即确认自己作为藏乡的语文老师的身份,但他还没有实现一个完全的阿坝草地人身份的转变,散文集《记住我的姓氏》真实记录了这一转变。在任冬生看来,要实现这一转变,他就要从"查理"这个小圈子走出来,融入阿坝草地的整个生活,对他而言,阿坝草地需要了解的东西实在是太多了,要深入这块土地的内部,他需要足够的时间与耐心。

阿坝草地独特的风景是大手笔、粗线条勾勒的。到了阿坝草地,自然想去与牧民一起骑马放牛,感受他们自由自在的生活,感受那里的天高云淡。

任冬生的《情系远牧场》叙写了自己置身于"远牧场"见闻与感受。在"远牧场",作者首先感受到的是牧民的热情好客:在离"远牧场"还有二十多公里的山脚下,就受到牧民的热情接待,"热情凑上前""紧握我们的双手""硬塞给我们一大堆饮料和饼干""好几盘豇豆炒牛肉""不停地催促我们吃喝,热情得真让人有些受不了"。作者笔下的牧场,道路极为艰险,而过去连这样的路都没有,牧民因一些常见病得不到及时医治便失去生命。他体验到牧场生活的艰难:"被寒冷的风雪包围,被天地的广阔所限制,被人间的疼痛折磨,苦难是他们生活的一部分,甚至是最重要的部分。"真实的牧场,不是想象中的"理想的天堂",也没有"诗歌的优美意象"。"远牧场"给作者留下最深印象的应该是牦牛群,牦牛群成为"远牧场"最美的风景:"站在已经微微泛黄的草地上,放眼望去,庞大的牛群赫然出现在我们眼前,像一团黑色的云雾,缓缓地在山坡上游离,与天上洁白的云团形成了鲜明的对比",牧人大声的呼唤,悠闲吃草的牦牛,"像是受到了重大的刺激,全都噌地抬起坚硬的头角,鼓起铜铃大眼,齐刷刷地盯着我们,一股海潮般威严的气息扑面而来""在我们头顶的山坡上,突然冒出一头罕见的白色牦牛,撒开四蹄,疯狂地向我们俯冲下来,全身的白毛长毛,忽地腾飞起来""紧接着,满山坡的牦牛也跟着狂奔起来,如泛滥的江河,轰隆隆地,向我们猛扑而来"。"我们一时搞不清楚出了什么情况,全身的血液唰地奔跑起来,内心的恐惧轰地达到高潮,双腿不由自主地逃向牧人身后",而"那些牧人倒像是迎接亲人的到来,面带微笑,张开双臂,摆出拥抱的姿势"。零距离地接触牦牛,就是零距离地接触阿坝,因为牦牛最能展示阿坝的强健而鲜活的生命力。

要融入阿坝的生活,成为一个真正的阿坝人,就要深入了解阿坝的独特文化。进入阿坝,映入眼帘的是无处不在的经幡,可以说,经幡是阿坝的一个特殊文化符号。经幡,藏语叫隆达,因为"隆"在藏语中是风的意思,"达"是马的意思,人们习惯称它为风马旗,它传递着释迦牟尼的福音。散文《风语者》言说的就是风马旗的独特文化内涵。在作者的笔下,风马旗是"迎风生长起一种独特的风物,牵起生命的绳索,张开心灵的翅膀,站在风口浪尖,向着风的方向,如上天的阶梯,似灵魂的旗帜""五种颜色的幡条串在一起,最顶端的蓝色幡条象征蓝天,蓝天下的白色幡条象征白云,白云下的红色幡条象征火焰，火焰下的绿色幡条象征绿水，绿水下的黄色幡条象征土地""五种颜色不容错位""揭示了人与自然水乳交融的关系""创造了一个与灵魂对应的心灵自然"。关于风马旗的图案，"风马旗中心有一匹矫健的骏马，驮着燃烧火焰的佛法僧三宝，四周分别是四头神兽：老虎、狮子、鹏鸟、龙""老虎象征着木和风""狮子象征着土""鹏鸟象征着火""龙象征着水""风马旗完全是融情感与理性为一体"，它是由天地人心构筑的精神空间，风马旗上的文字，"是佛陀大慈大悲的指引，是生命解脱轮回之苦的法门，是谋求幸福从天而降的凭信"。由于"大自然的善变面孔，人生的种种苦难，深深根植于他们的生命之中，并升华为一种哲学，即：苦谛。他们相信众生皆苦"，人便是一切苦难结下的苦果，因此，他们祈求平安如意、时来运转的心愿非常迫切，而承载这一心愿的就是风马旗。

只要置身于阿坝草原，就必须要承受变化无常的气候。在多年以前，我被阿来的小说《六月雪》中的描写深深震撼，六月的一场雪灾，让阿坝草原上的所有生命都难以承受，同时又不得不承受。这些看似不正常的气候突变，在阿坝草原实在是太平常不过了。任冬生的这种切身体验在他的《雪落大地》一文中有极为细致的描写："九月的草原，正是秋老虎发威的时候，天梦魇般的蓝，太阳泼下热辣辣的火，烤得人虚火上旺，枯草吱吱作响，大地直冒青烟。这是一年中最焦灼也最享受的时光，让人以为冬天还很遥远。谁料，月底突如其来的雪，猛将我们从阳台摔下了冰窖。"草原天气的善变面孔肆意摆弄着人们，在作者的眼中，既有"天幕的铅灰一色，细风速流，尘沙浮动"，又有"铺天盖地，纷扬而下"的大片雪花，同时，"让我的睡眠也染上了淡雅的气息"。遮蔽是为了更好地呈现，"雪遮蔽了大地上一切芜杂得让人眼花缭乱的事物和色彩，趋于单一纯净，而在净化的大背景里，一些活跃的生命，和不敢落寞的事物，便活脱脱地呈现出朝气蓬勃的生命力"，在这里，作者选择的是对"雪落大地"的静观与思索。文中既写化雪时的极度寒冷，又写太阳带来的热辣辣的问候。太阳出来之前，"空气澄明，无风，却冷得出奇，空气里悬浮的冰离子，一与皮肤接触，便冰沁沁地刺进心窝和骨头里去""戴上棉手套，用围巾包了头脸，只留出一双探路的眼睛""包裹得像粽子，更像臃肿的布娃娃"，到了中午，在玻璃窗后的沙发上晒太阳，又是另一番景象。

"玻璃将胶合于阳光中的风和冰冷全部过滤,只透进热辣辣的火,晒得我们油汗直冒""窗户正对不远处的雪山,湛蓝的天空,棉花似的絮云,泛着天光的雪,以及逐渐显露原形的褐色山体……成为天然的活的画卷"。

可以说,我们已经看到任冬生已逐渐融入阿坝草原的生活,在他的眼里,这块神奇的土地呈现给人们的更多的是诗情画意,他在《查理之秋》中这样写道:"查理之秋,只是茫茫草原之秋的一个小舞台。在它的生命里流淌着的是大草原的血,呼吸的是大草原赖以生存的空气""天空却升得格外高远,蓝得也清丽诗意的多了,云飘得也轻了,太阳照在身上,似吃了芝麻饼般酥脆""幽幽的青草里,慢慢多了泥土干燥的气息""黄色从翠绿的草叶细尖上爬下去,今晨到了叶腰,明晨便爬到根部。……在无边的青绿里便有了嫩黄的密密麻麻的疤痕……渐渐侵占了草地的大半空间,发展到黄绿相间如青蛙背般的怪异模样""站在高荒的阿依拉山上,遥望起伏万千的山原,金沙翻滚,红潮涌动,紫烟缭绕,白云偎依,松林绿陈,各种植物各种色彩,孤守又相互融合出极富丽极有层次感的大草地气度恢宏的金秋风情。"从这些描写里,我们可以发现作者已经真正融入这片土地,"在不知不觉中,已化作其中的一分子,只懂热情和忘我的自由了。"作者的这种涌动的诗情在《郎依晨光》也有类似的表现:"头顶苍阔的天空,清润的蓝色已逐渐从灰色的宣纸中渗漏出来,像无数条蓝色的河,流水漫出河道,随意流淌,四处蔓延。屏息聆听,似乎,还能听见水流的声响。四围起伏的山塬,把头埋进黝黯的大地,任远赴而来的薄光,在弓起的脊背上落脚歇息,勾勒出一条条弯弯曲曲深深浅浅的光带。"

任冬生有时透过阿坝草原的一些平常小事观察生活,可以说,这是对阿坝草原生活的另一种介入,一件件平常小事构成阿坝草原的大生活、大世界。在内地,一见到牛粪,你就会绕道走开,而在草原上,牛粪却被视为宝贝。无论是谁,都会有诸多疑问,而他的《温暖的牛粪》一文将这些疑问一一揭开,因为草原上烧的是经过加工的干牛粪。"干牛粪,易燃,旺火,热量高,几乎没有什么臭味。只要在炉底垫一束引火的细柴,在上面铺几片干牛粪,引上火,它们便疯狂地燃烧起来,长长的火苗,膨胀的热气,猛烈冲击炉壁和烟囱,散发出一种干草发酵的温香。……在冷酷异常的大冬天,只要烧上一炉牛粪火，便满屋温热，大有春暖花开的滋味了。"藏族女人捡来牛粪，还要进行加工，"在稀牛粪里拌些麦秆草屑，调匀后，徒手将牛粪揉捏成圆圆的薄饼，摊在门前的草坝上，或用力拍打在土墙根和篱笆上，接受阳光的暴晒""经过几天的烈日暴晒，牛粪失去了水分，臭味亦被阳光驱散"，揭下的牛粪被码成牛粪垛。由于牛粪与藏族女人的勤劳有关，与阿坝草原的"温暖"有关，因此，作者始终以审美的方式进行诗意描绘："土墙和篱笆上，便开满黑色的玫瑰花，每一朵花心里，都清晰可见女人的手掌和五指印，似花的经脉。金色的阳光，落在牛粪深深浅浅的褶皱里，溅起琐碎而精致的光芒。……细心的女人还会精心码出各式花样：标致的金字塔，封套的夹心饼干，椭圆的鸡蛋，宽厚的围墙。……远远望去，像一座座精心塑造的艺术品……勤劳智慧的藏族女人，在集聚温暖的同时，也孵化了民间最朴实的生活艺术。"这是阿坝草原最为真实的生活版的化腐朽为神奇。

　　阿坝有许多不为人知的东西，阿坝的高远与空旷，赋予阿坝人粗犷豪爽以及幽默滑稽的性格特征。任冬生在他的散文《缩水的谎言》展示了阿坝人幽默滑稽的一面，文中的"我"在漫长的旅途中疲惫不堪，急切地想知道什么时候才能到达阿坝，而那个中年人对涉世未深的"我"十分了解，一路编织谎言，故意卖关子，使"我"进入谎言的"圈套"。文中的"我"与中年男子的对话很有意味："我急切地问：'这位大哥，你是阿坝人吧，阿坝是什么样子的，我们好久才能到那里啊？'……（他）长长地吐了一口气，漫不经心地对我说：'不急，不急，兄弟，总会到的，到了你就知道了！'……熬到半夜一点过，正要厚着脸皮再问。哪想，那个中年汉子却像换了个人，激动地对我说：'到了，到了，你看，你看，那就是阿坝，那就是阿坝！'……我有气无力地问：'汽车怎么不进站，还要往前走？''阿坝县又小又穷，修不起车站，只有借靠青海省久治县车站停车。'……我的天，已经出了四川。"中年人对"我"的心理了如指掌，而"我"乖乖地进入他的圈套。在阿坝住了一晚，直到第二天早上才真相大白，"因为缩水的谎言，我获得放大的满足"。在阿坝，当你遇到类似的谎言、类似的幽默，它也会给你疲惫的旅途增添无穷的乐趣。而在《心灵的乘客》一文中，作者揭露的是一个"真实的谎言"，此文叙写的是客车司机与他的母亲合伙欺骗乘客、最后被揭穿的故事。

阿坝草原的牧民逐水草而居，处处是家，也处处无家，人们习惯用石头镇住水一样漂流的日子，石头是房子的根，是家的基础。任冬生散文《石头里的鱼》叙写了这样一个石头的故事。对黄河源头捡来的丑石，扎西的阿咪（爷爷）充满敬畏，由于这个"两尺来长的鹅卵石，肚子大，两头尖，像一个怀胎十月的孕妇。它的表皮坑坑包包的，和癞蛤蟆丑陋、吓人的背部没什么两样。更可恶的是，潮湿的青苔，暗疮一般，布满全身"，因此，扎西根本不当一回事，将它随处乱扔。直到过路人敬之若神灵，视之如珍宝，扎西才用哈达里三层外三层包裹起来置于神龛之上……过路人再次造访，发现这块"丑石"一钱不值。原来，它外表丑陋无比，"它的内瓤却是孕育生命的暖床，它臃肿的肚皮包孕的不是黄金白银，不是珍珠玛瑙，而是一条活蹦乱跳的鱼。它癞蛤蟆一样的肌体，是为了更有利于和泥土紧密相生，吸收更多的水分；它遍体密生的青苔，是为了保持石头的温度和湿度，给鱼儿生氧气。可你却因一时的愚昧和贪念，妄意剪断了鱼儿的生存的链条，将石头装进封闭的箱子里，鱼儿失去了水分和氧气，给活活干死了。"作者意在告诫人们，对世间万物要充满敬畏，要守住做人的根本，一味的"愚昧和贪念"，只会使生命丧失本身的意义。

四

《记住我的姓氏》是任冬生的一部真情弥漫的散文集。无论置身于哪一种生活场域，任冬生都以饱满的热情与阿坝藏乡羌寨的生活亲密接触，其散文书写的是他在阿坝独特的自然风景、季候变换、风土人情之中的真情实感，始终以真情感染人，以真情打动人，在真情之中，实现自己的身份认证。他对"立壳"羌寨生活、羌民族历史文化的回望以及现代社会对传统羌寨的重塑，他对羌族的风土人情的展示，都无不充满真情，这是对自己族别身份的直面。在"查理"，在阿坝草原，在另一个生活场域，他打破了语言的屏障，实现了与藏族同胞的沟通、交流和互动，他靠的是什么？不是自怨自艾，不是怨天尤人，而是对这片土地的真情，他实现了作为一个阿坝草原人的身份转化，他在这方面的系列散文都是真情灌注的结果。著名诗人、《四川文学》主编牛放先生认为，任冬生的散文具有爱的穿透力。

在任冬生书写父子情深的系列散文中，这种真情、这种爱的穿透力又一次得到充分的表现，作者在确认他的一个再普通不过的身份——他是父亲的儿子，父爱在他的生命历程中以一种特殊的方式演绎着。《带着父亲的棉袄上路》一文叙写了自己将远赴阿坝工作，在临行前，父亲强行让他带上一件羊绒棉袄，以备御寒之需，而在若尔盖果然遭遇一场大雪，羊绒棉袄及时派上用场。从父亲的忙前忙后，到"我"的行囊一再膨胀；从父亲翻身下床，到"我"面前出现的羊绒棉被；从父亲的絮絮叨叨，到"我"的埋怨、不满，再到最后的"投降"，无不表现父亲对"我"的爱。在"我"的眼里，羊绒棉袄已不屑一顾，"深蓝色的布面已经褪变成了浅蓝色，袖口和领子已经磨得油光水亮，里面的羊绒倒是柔软、暖和，但看上去不像是羊绒，倒像是里面藏了一条旧毛脱不下来、新毛长不出来的邋里邋遢的老狗"，而在若尔盖突然遭遇的一场大雪，"我"像是掉进了冰窟窿，钻进"那毛茸茸的柔软的羊绒里""被一种饱满的力量温暖过来""父亲那张写满忧愁的消瘦的脸，站在路边离我越来越远的枯瘦身影，以及那些没完没了、零零碎碎的唠叨，从我的眼角纷纷跌落下来，和父亲的体温融合在一起"，这些描写，让人不禁想起朱自清《背影》中的父亲的形象。《父爱如此悲伤》叙写了父亲的不幸婚姻，母亲的不辞而别，父亲对儿女承担的双重责任，好不容易再婚，而继母又遭遇车祸，父亲又孤身一人，但父亲心中装着的却始终是对儿女的歉疚，这种特殊的父爱具有浓厚而沉重的悲情。《破洞》表现的是慈父的严厉的一面，那是教"我"如何诚实做人的生动的一课。

任冬生在《身体里的神》一文中说，"我们的身体里一直住着一个鬼和一个神，要是我们击垮了那个鬼，我们身体里的神就会获得解放，释放出难以想象的能量"，要喂饱这个身体里的"神"，需要勇气、力量、坚韧。假如散文里也有一个这样的"神"，我们应该拿什么去"喂饱"它，任冬生给出了一个明确的答案，那就是用我们的真情实感。当散文的真情弥漫、真情充溢的时候，它内部的"艺术之神"的能量和魅力就会自然释放出来，这是我读任冬生散文集《记住我的姓氏》的总体感受。

（原载于《羌族文学》2017年第4期，总第99期）

如入无人之境

——龚学敏诗歌谈片

四川成都　杨献平

"世上万般之美，皆不及不存在之物。"这句话转引自法国诗人保罗·瓦莱里《关于阿多尼斯》一文。读的时候，仿佛有被击中的感觉。当我们谈论诗歌，尤其在当下这个有趣但又十分寡淡的语境里，诗歌——这个称谓或者说最古老的文学体裁已经被"异化"或者"妖魔化"了。其中乖谬和庸俗的说法多多，甚至有鄙夷和不屑的情绪，汹汹然，来自公众或者相邻的某些文学体裁从业者之口。但可以肯定的是，诗歌之所以有如此的处境，不是诗歌本身出了偏差，而是我们的诗人和诗歌阅读、鉴赏者，惯于不察、从众、趋利的自身的诸多问题，导致了诗歌由来已久的尴尬。

世上的一切，都是在未完成的状态当中，逐渐消解和增长。在当前汉语诗界，诸多的诗人，各异的姿态和诗歌主张，尤其是文本的呈现，至少传达的一个确切的信息：无论哪一路的主张和实践，诗人们都在努力。就像在出土甚久的大理石正面镌刻不朽铭文，于水上建旷世宫殿一样，诗歌写作的本身，就含有一定的不确定乃至虚妄感。由这个层面出发，我们会发现，在我们所在的这个时空，以汉语写作的诗人们，其写作的本身遇到的真正问题不是如何去发表，当然，引人注目也不存在怎么样的难度。摆在每个诗人面前的真正的严峻现实是：如何在庞大无序但又万象陈列的诗歌丛林中，找到一条属于自己的向上的路径，以及如何在坚守与冒险的双翼之间，积攒最优良的"材料"与"黏结剂"，于绝顶和峰峦……至少无人处，建立自己的诗歌之塔。

汉语诗歌的最伟大之处，不在于它所揭示和呈现的那一些具体而微妙的经验，如"春江水暖鸭先知""僧敲月下门""横看成岭侧成峰，远近高低各不同"之类，而是，最能以笼统和抽象、词语精妙错列的方式，为诗歌提供和创造最微妙甚至亘古的"镜像""神会"和具有专属性的"境界"和"气象"，如"峰回路转不见君，雪上空留马行处""呼儿将出换美酒，与尔同销万古愁""念天地之悠悠，独怆然而涕下"等。可以说，我们汉语诗歌的传统，是建立在类似天籁般的"空灵"和"无解的抽象"基础上的。凡是雄浑博大与传世之作，都是凝聚和提炼一种乌有的，但却又深入人心的"虚无与实在之境"的气韵、气质和气象，进而形成的臻品。

诗歌绝对不是直接来源于现实物象乃至普凡的情感和意绪的产物，至少不是用客观存在的"砖头"和"泥土"等"现场"和"现象"当中的"人事物"随便搭建起来的。恰恰相反，而是在具体事物之上，用一种只可意会不可言传的方式，精妙地构筑起来的。由此来谈论龚学敏的诗歌及其写作的"姿态"，特别是目前所到达的"点位"，我觉得才有一个可靠的"背景"。我相信这也是客观公允的。熟悉龚学敏的人都知道，他在九寨沟的漫长年代属于青春和成熟时期，前者主要以《九寨蓝》为代表，后者则以《长征》为阶梯。

毋庸讳言，带有明显地理气质的诗歌写作，是诗歌的一种久远的传统。而龚学敏以九寨沟为自然背景的诗歌写作，最初的姿态有些懵懂和自由，也不乏拘谨和慌乱。这种独特的地理"专属""享有"，使得他这一时间段的诗歌写作，还有些莽撞与羞涩。这和前面所说的"拘谨"和"慌乱"意思雷同。我觉得，这里面的原因是：诗人在整个新诗，即这一座庞杂而又高渺的"精神之塔"面前，不自觉地感到了茫然，还有无所适从。这种情况，几乎每个写作者从业之初，都会如此这般。但龚学敏的这种"自觉的慌乱"则显得纯粹。

而正是这种带有敬畏感的"拘谨"，反而成就了龚学敏诗歌的纯粹性与原生性。正如我们所看到的，几乎从一开始，龚学敏的诗歌写作就是排他性的，他和谁都不同。即，在本该效仿的年代，他选择了扬弃，在众口一词的合唱局面当中，龚学敏决然地选择了单声部的歌吟。如他《九寨蓝》一诗："所有至纯的水,都朝着纯洁的方向,草一样地/发芽了。蓝色中的蓝,如同冬天童话中恋爱着的鱼/轻轻地从一首藏歌孤独的身旁滑过……//九寨沟,就让她们的声音,如此放肆地/蓝吧。远处的远方/还是那棵流浪着的草,和一个典雅而别致/的故事。用水草的蓝腰舞蹈的鱼/朝着天空的方向飘走了。//朝着爱情和蓝色的源头去了。//临风的树,被风把玉的声音渲染成一抹/水一样的蓝。倚着树诗一般模样的女子/在冬天,用伤感过歌声的泪/引来了遍野的雪花和水草无数的哀歌,然后/天,只剩下蓝了。"

刘勰《文心雕龙》说:"人禀七情,应物斯感;感物吟志,莫非自然。"这首诗,与其说深谙自然之道,自然与他的呼应,倒不如说,是他的出生地九寨沟,对龚学敏肉身成长的"灌注"与心灵上的塑造。他诗歌中的"蓝",可以看作是"天人感应"的结果。即便现在,当代写九寨沟的诗歌作品当中,还真的无法找出一首堪与之媲美的。可以说,龚学敏的《九寨蓝》与杨炼同写九寨沟景点——诺日朗瀑布的诗作《诺日朗》,都具有不可复制和再生的经典性。

诗歌的本质是将人的庸常生活典型化、艺术化。我一直觉得,文学艺术的本质一方面在于超度和神化万千凡尘,另一方面,则是将被神化、固化和偶像化的事物进行再一次地审视和拆解,让它们回到更多的可能当中去。龚学敏深谙其道。他后来的写作,具体说,从《长征》之后,龚学敏的诗歌写作才有了真正的"建构"黄钟大吕的勇气与资质。《长征》是一个人所共知的大众化题材,但人所共知恰恰又是最容易被忽略和轻慢的。去掉这部长诗的政治色彩,我个人感受到的,是一个诗人已然扩张的雄心,以及龚学敏面对大题材的必要的才学准备与"思想上的自我砥砺"。及至《紫禁城》问世,龚学敏由此实现了从"散兵游勇"到诗歌的先锋精锐部队的高难度转换。

吊诡的是,在这个年代,诸多诗人祭起"先锋""实验"的旗帜,但真正做得彻底又令人钦佩的却寥寥无几。龚学敏的诗歌写作从起初到现在,漫长的三十年,都是孤身一人。没有相邻的援手,也没有与之对垒的敌人。用"无人之境"或者"从没有人这样操持过汉语新诗及其写作"都是恰当的。对于我个人,读了他的《紫禁城》后,才真的被这个看起来文绉绉的中年人的诗歌"尺度"和所达至的"境界"感到震惊。在《紫禁城》中,龚学敏完成了一个人的王朝旅行。深深的宫阙，寂寥的历史片隅，龚学敏就像佩剑的武士和信马由缰的书生，不断变换角色和位置，对紫禁城这一个庞大驳杂的"文明形体"进行了由皮及骨的想象与解剖，探视与呈现。"门，一旦洞开。铺天而来的是朝霞们景象中红色的极致。/其实，城墙上那些冰凉的红，正在浸透，广场的脚印中/那些隐姓埋名的血液。让他们天色一样寂静下来。/让他们仰望那只透明的鸡，并且，用祖传的鸣叫走动，/步履们，慢且轻地滞留在黄金的钟声里。然后，/一味地消失。/然后，用仅存的一袭身影，一袭来自天际，已经无法分清/天和水的那一抹红，/ 动不动，成为影子自己的影子。/直到广场上铺张的石头，从中可以长出的草，伸进/已是纸一样恍惚和泛白的念想。"（《紫禁城·颂朔》）

博尔赫斯说："身为一位作家对我究竟有什么意义呢？这个身份对我而言很简单，就是要忠于我的想象。我在写东西的时候，不愿只是忠于外表的真相，而是忠于一些更为深层的东西。"（《博尔赫斯谈艺录》）其实，龚学敏的诗歌写作，似乎与博尔赫斯的以上说法不谋而合。尽管我从不以为想象可以凭空建立，它必须与既往和现在有着鱼水的联系。但在龚学敏的诗歌面前，他的每一句诗歌都是打碎了的现实之后的生成物，也可以称之为想象力对现实的掠夺性"拆解"与"组装"，以至于有些苛刻和残酷。几乎从《紫禁城》开始，龚学敏的长诗写作愈发体现出如入无人之境的自在（甚至有些飞扬跋扈的霸道气势），他近年创作并且已经面世的《三星堆》《金沙》两部长诗，以其自由的方向感、深入历史"能解"与"无解"之往事的精到与幽微，以及愈发具备"气度"的词语推演，使得他的诗歌写作向着更开阔和更高的精神向度挺进。

龚学敏身上，携带了汉藏之地的诸多自然因子，两种文化乃至崎岖山地、奇异草木天性般的影响，使得他的骨子里乃至灵魂里，既有灵性的自然的顺应能力，也暗含了自我别致迥然于他的倔强与独立。他近些年于大地漫游而书写的诸多诗篇，仍可以看作是早期以《九寨蓝》为代表的山水地理诗歌的延续与加强（如《在米易撒莲的山岗上》）。但根本在于，类似的闲散书写，大致是龚学敏在长诗之余的"押腰运动"与"信手拈来"。这一次，由《诗歌月刊》集中刊发的这一组《在人间》也大抵如此。他写张献忠沉银处，如此宏大的历史，诗人如何从其中发现事件的端倪，尤其是对川地的影响，自然是非常考验功力、识见、判断能力的。好在，龚学敏以自己的学识，特别是以一个四川诗人的身份，对那段"非常历史"进行了形而上的思考与表达。《在鄂尔多斯草原谒成吉思汗陵》则避重就轻，侧面书写，不写一代天骄之征服世界的铁血与雄略，只写诗人至此的内心感觉与现场观察，前后钩沉，左右拾遗，意象的起落与思绪的衔接，自然而沉重，使得这首诗传达的味道，恍然有李白"夕阳残照，汉家宫阙"的气质。

大地的每一处，人迹爆满，往事累累。无论是自然本身的状态，还是人文遗迹，都很容易令诗人心弦鸣响，不能自已。而山水地理诗歌的写作，极容易坠入伤春悲秋、借此映照的窠臼。诗歌乃至艺术的本质是发展的、创新的，山水地理诗歌更是如此。龚学敏这一组诗歌所体现的独特与新鲜在于，无论是异乡他地，还是近身景致，不管是独在旅途，还是众人同行，龚学敏都能够于众声喧哗之地读出自我的"经书"，也总是以恰切的角度，打开自己探寻与发现的视野，并借其中最幽秘的那一部分，传达出自我的经验。尤其他发达的想象力的敏锐、空阔与辽远，使得他的这一类的诗歌显示出具体而又幽微，具象而又阔大的韵味与气象。如《在河南原阳高速公路服务区》《在西安雁塔南路吃油泼辣子面》《在武汉东湖读毛泽东〈水调歌头·游泳〉》等等，皆是如此。

法国文艺批评家丹纳说，考察一个作家的作品，必须要注意他所处的时代及其文化传统背景。可以说，龚学敏的山水地理或者说自然诗歌的写作，其根基或者说起主导作用的，还是他和他的出生地九寨沟。再者，我们也可以看到，龚学敏的这一类的诗歌写作，在草木扶疏之间，于烟尘往事和遗迹当中，他始终以一个"当代人"的身份伫立其中，并以当代的眼光去感觉与触碰，继而进行有效的想象与确立，使得他的这一类诗歌的写作，从来不是空泛的，时时处处都紧扣具体场景和物象的脉搏，且能够自觉而轻松地生发出别致的意象，以刚韧而又极富感染力的诗句，进行自我的形而上创造与呈示。在这里，尤其要注意的是龚学敏惯常而独操的诗句，绵密、多维、自由，极具扩张力和辐射性。读他的诗歌，考验的不只是语言的识别能力，更重要的是思维、意趣、思想与想象力超群与否。如《在昆明闻一多殉难处读〈死水〉》中"种植的诗句，潜入年龄。/淹没头发，直到醮过枪声，便黑白分明。/春天一边绽开，/一边死去"，再如《在都江堰去向峨的路上》："在都江堰去向峨的路上，水做的/教科书，依着月光的顺序，/晾晒神仙。"

陌生感是创新的必要因素，尤其在诗歌创作中，陈词滥调是对诗歌乃至艺术的不尊重甚至亵渎。每一个诗人，必须保持"与时俱进"的思维和状态，必须时刻对自己的写作有一种自省，推倒重来的勇气。任何孤芳自赏都是故步自封，任何骄矜都是自我灭绝。好在，我们这时代，很多诗人是清醒的，龚学敏即是其中之一。上述的这类诗作，对于龚学敏整个诗歌写作，是一种相辅相成的关系。一个诗人，黄钟大吕当然体现高度，短章小制也最能显示才情。关注他，甚至将来研究他的诗歌写作，不仅在于他那些如入无人之境，宛如稀世之音的长篇之作，还有这些铿锵婉约的即兴之作。

（原载于《羌族文学》2018年第1期，总第100期）

历史阵痛中的"灿烂桃花"
——感悟谷运龙先生长篇小说《灿若桃花》

四川汶川　周小婧（羌族）

第一次见到谷运龙先生是在 2016 年 10 月一次中学"名家讲堂"上。他亲切儒雅，文质彬彬；娓娓道来，循循善诱。在听众面前他俨然一本内容丰富的书，充满了吸引力。也是从那时开始，我对这位肩负历史民族使命的作家充满好感。

《灿若桃花》是出版于 2013 年的一部长篇小说。书的扉页上是这样介绍的："作品讲述羌族乡村天宝一家几代人的爱恨纠葛。浓烈纯美的羌族民俗，迷离魅人的文化情愫，疯狂别致的乡村爱情，偏远乡村难为人知的细水微澜，跃然篇中。"小说在那个风起云涌的年代中，展现了胡三爷、二先生、九花（"干猴子"母亲）、春水爸妈等人在生活困境中的挣扎和他们身上挥散不去的淳朴善良，也体现了以天宝、阿姝、玉凤、巧珍等为代表的这一辈人在时代变迁中的苟且、无奈和迷茫，还将地宝、小姝、武生、"干猴子"（贫下中农）、多吉等这一辈的艰苦奋斗展现在读者眼前。最让我关注的是宝姝、文星、小地等年轻一代人在社会历史急剧变动中的命运变化和人生迷茫。作者通过对小人物平凡生活和平凡生活中的烦恼欲望的展现，写出人在大环境中的存在艰难、孤绝和无奈。因此，在人物命运不断的交割中，每个人物身上都烙上了复杂"人性"的烙印。

本文将从文本入手，感受小说浓烈纯美的羌族民俗，鉴赏小说复杂的人物性格，品鉴小说中生动贴切的方言，并在此基础上感受小说带给我们的生命思考。

一、展现火红热烈的诗意桃花和浓烈纯美的羌族民俗

"桃花"在小说中似乎不着一处,却又在每一个角落晕染开来,灿如烈火,艳如鲜血。桃花寨的桃花繁茂丰腴,烈烈艳艳,浓烈成每一个女人身上那原初诱惑的美;桃花寨的桃花火爆热烈,星星点点,成熟成每一个男人身上那野性狂热的孤独。天宝初见阿姝,阿姝的美就是浓烈的桃花寨,"桃花带雨的美艳,让哑酒清洗过的眼睛显得更加明亮,一江兴奋的湖水映出欲火中烧的晚霞,霞光又燃烧了这一湖精灵似的湖水,湖水从湖里散漫地溢出,带着些许的霞光。漫过那片刚荡漾起的红晕的桃林,所有的桃花都陡然开放,开放在波光粼粼之中。"在火爆热烈的美当中,注定孕育一个浓烈的故事,桃花寨的"桃花债"由此开始。环境与人物的相得益彰在文中比比皆是。经历丈夫亡去的小姝在西风寨众人的调情和老人婆的刻薄下,喊出"我同意嫁给地宝"时,那浓烈的桃花又开了,"从未有过的自由把桃花寨的桃花都吹开了,满屋子的艳丽和芬芳让她陶醉其间。"在地宝和小姝的婚礼上,面对眼前这个经历千辛万苦的心爱的女人,地宝在那"桃花沐雨,梨花染露"的脸上,闻到了"纯然淡雅又翻天覆地的芬芳"。桃花寨的桃花就是那人浓烈情感的氤氲与渲染,浓烈得几乎淹没天宝、阿姝的生活,血红得几乎毁掉地宝、小姝的当下,最后又黯淡成了宝姝、文星中间那不曾拆穿表白过的心意,文星去了新加坡,"桃花寨的那些桃花再也没有了一点色彩。"

在桃花寨,一切都"灿若桃花",但又因为灿烂,灼伤了每一个人,灼痛了一代人。"文化大革命"开始了,批斗开始了,"岷江河畔的桃花因了流水的滋润开得更加张狂和放肆,完全没有把料峭的春寒放在眼里。"在桃花寨与火爆浓烈桃花交相辉映的还有那浓烈纯美的羌族民俗。这一系列羌族风俗习惯,让整部小说更加具有民族历史的厚重感。

小说以阿姝与老地主的婚礼开篇,奠定了小说浓厚纯美的民族特色基调。浩浩荡荡的送亲队伍,从几百里以外的荷叶寨高头大马跨入桃花寨。羌族本居住在巍峨岷山的高半山,交通不便的村寨之间,婚礼仪仗队只能是骏马驮着娇羞新娘,从一个寨子到另一个寨子。在地宝娶小姝的时候,仍然是由三

姑到熊儿山，帮地宝物色了九匹清一色的高头大马，风光排场地接小妹回桃花寨。阿姝婚礼的花夜，人民聚集在官寨唱《吉祥谣》《姐然然擦》等，老释比和主家以及送亲三方《尕姆莱嫚》对唱，都从某一侧面展现了羌族的结婚习俗。与欢庆的婚礼相比，小说中对武生妈离世和丧葬仪式也进行了浓墨重彩的叙述。从释比的"扯鸡蛋卦"，到武生舅舅牵来的那只纯白羊子"拉她萨玛泽"（引路羊子），再到释比从翻着血沫的锅里取出"拉她萨玛泽"的脾骨，通过骨像，确认病根，都是羌族释比文化的重要内容。在浓重的丧葬仪式中，释比组织刮达舞（仪式中最重要祈祷队），到丧家驱邪，唱丧歌，发孝布（又称"孝帕子"），跳"纳桑"等，细致展现着羌族的特色民风民俗。

这一切风俗带有浓厚的羌族特色和浓厚的历史感，为整部小说奠定特色鲜明的基调，使小说文本魅力无穷。

二、呈现现实世界里的孤独感和年代变化中的悲凉感

小说塑造了一系列悲苦无奈的凄苦之人。他们有着共同的苦恼，却又活出不同的个性。每一个人的命运走向又是牵系着读者的心弦。弗洛姆在《人的境界》中有这样一个观点："人是唯一意识到自己生存问题的动物，对他来说，自己的生存是无法躲避而必须加以解决的大事。"所以，在解决生存的时候，在"文化大革命"这段特殊的历史时期，那么多的人承受着折磨，被现实击打得粉碎。在众多人物中地宝是一个鲜明、孤独的存在。他人生的纵贯线上的波澜壮阔，大起大落，构成了一代人在历史横截面上的牺牲与孤独。地宝由于自己爱情上遭拒，一时让他的心死去。加入井冈山"造反队"的地宝便变得疯狂了，由最初的保卫毛主席、保卫贫下中农演变成后来的两天不打人就手痒，打得越狠心里越爽的疯狂，最终坐上桃花寨井冈山"造反队"司令的位置，创造出"斗尸"的创举。直到奶奶水秀的死，让他深切感受到了父母的指责和寨子里那么多人的怨恨，第一次开始反思。曾经不可一世的地宝被孤立于世间，他成了一个真正孤独的人。以至于在"文化大革命"过去后的很多年，他都是怀着一种赎罪的心理全力倾献着自己。小说第二十章第五节中小地就这样想过他的父亲："爸爸这大半辈子都生活在'文化大革命'的阴影中，生活在忏悔和赎罪

中，他所做的一切都是为别人着想，只要别人高兴了他心里就舒坦。'文化大革命'将他的胆撑破了，从此以后他再也没有胆了。"

历史风云的变幻成就了地宝，又摧毁了地宝。历史发展演变总是这样，让人渺小到微不足道。阿姝、小姝、宝姝三代人的绚烂和悲苦，道出历史变化里的辛酸和悲凉。桃花寨解放以前，年轻貌美的阿姝被阿爸作为土地和牛羊交换的筹码，嫁给老地主。女性难言的心酸和命运的无法自控是阿姝这一代女人共有的悲哀。"文化大革命"中的小姝，因为成分不好没人敢娶，成了桃花寨那朵艳烈如火的桃花，没有人愿意引火上身，即使小姝很美。而地宝与她之间又横着阿姝和天宝这道无法逾越的阻碍。究竟是什么让这个如花女子，悲凉得无法得到爱情，悲凉得承受亡夫之痛，悲凉到承担一个痊愈不了的伤口。当面对到处密密麻麻的"水泥森林"，满眼闪亮的"玻璃海洋"，花花绿绿的霓虹灯、广告牌，宝姝内心的狂躁一下子侵蚀了她。繁华的一切让她迷失了自我，变得虚荣浮华、嗜钱如命、获财无道，最终演变成了玉凤复仇的工具。正如在帮扶站等待家人的她内心所想，"她不明白是社会抛弃了她还是她把社会抛弃了，是家庭把她抛弃了还是她把家庭抛弃了。"宝珠在不断地突围，在爱与生存的困顿中寻求突围，在怂恿与怨恨中奋力报复。她或热情，或病态，透出她对于生的挣扎，挣扎中寻求突围。

小说没有回避社会发展、新旧交替中出现的错综复杂的矛盾与冲突，而是通过矛盾冲突揭示中国边地农村在特定历史时期的曲折向上发展的过程。小说中的每个复杂的人都是人性的一个侧面，他们共同构成了一个"人"的整体。他们是人性之花的一片花瓣，善恶美丑既独立于每一花瓣又交织成一朵花的整体，错综复杂，贯穿着挣扎与奋斗。

三、生动贴切的地区方言激活作品的艺术魅力

《灿若桃花》不仅环境意蕴淳厚，人物形象个性鲜明，在小说语言上也独具特色，最突出的表现为小说中运用了许多有地域特色的鲜明方言。如果说小说的环境、情节、人物和思想是一袭华美的袍的话，那么语言一定是这一袭华袍上的珍珠玛瑙，它让华服耀眼而出。下面我将罗列小说中出现的特色

鲜明的部分用语，一起感知羌族的鲜活语言和小说《灿若桃花》的魅力。作者不使用标准官方语言，而是原汁原味地展现当地特色。例如，"老子看你东选西选，最后选个漏油的灯盏"（第四章第一节），意为太过挑剔；"水很深，堂子也很野"（第四章第五节），意为情况很复杂；"屁眼黑""搭白冲壳子"（第五章第一节），分别意为心狠手辣和搭讪；"天麻沙沙"（第五章第三节），意为天刚亮或者刚黑；"砍脑壳的塞炮眼的"（第七章第三节），意为人在情绪激动时候的骂人的话；"私娃子""拉屎不生蛆"（第八章第六节），分别意为私生子和寸草不生；"啥子都不做"（第十章第一节），典型的四川方言；"青沟子疙瘩"（第十二章第二节），类似于四川方言中的"轻脑壳"；"莫名堂"（第二十一章第三节），意为没出息。在整个小说中，类似的具有羌山村寨的典型特点的用词很多。这些特色鲜明的词语让整个小说区别于其他小说，散发出浓郁的艺术魅力。

四、结　语

《灿若桃花》让我感受到深刻思想的冲击，感受到生命原始冲动与激情，还感受到了生动贴切方言的滋润；让我去重新认识一段历史，深入解剖人性，由此，我又惊讶，又惊奇，又敬佩。惊讶的是，那一段我排斥拒绝的如样板戏般生硬的伤痛历史，原来也可以是激情四射的；惊奇的是，作者通过羌山村寨的那一代代人，将当地方言激活了起来，赋予了文学新的生命力和感染力。敬佩的是，作者通过桃花寨天宝一家几代人的爱恨情仇，从人性人情变化深刻展现出了社会纵向发展变化过程。在这当中，人性的善恶美丑又是如此的真切。"文化大革命"，"革"的又岂止是"文化"的命？它也在"革"着人性之命，叩问拷打着我们每一个人的灵魂。作者给了我们一片桃源去沉淀历史，反思人性。

读完小说，最后，我们懂得的又岂止是"文革"从来就不仅仅是用来揶揄或毫无头绪地猛批乱判的，还应该反思更多，关于生命，关于人性。

（原载于《羌族文学》2018年第3期，总第102期）

记住乡愁、回眸历史、呈现未来
——羌族文学创作浅谈

四川汶川　白羊子（羌族）

阅读羌族作家作品的过程是一个触摸我们这个民族文化脉搏的过程。在羌族作家的文本中，不同身份和不同职业的书写者倾诉着对于当下我们这个民族生存的体验，这些体验具有非常宝贵的羌族文化特性，同时又带有如此相同的对于当下羌族历史情境的困扰与焦灼。我们带着相同的文化背景抑或是不同方言的母语文化背景，叙述各自对于我们这个民族生存的认知和感悟。在文学性的叙述中，羌族作家们的文本呈现出了色彩斑斓的差异性，这种差异表现在远离当下文坛烂熟的题材与主题，天然地与情感欲望的过度表达保持着相当的距离；同时，羌族作家们的文本又在不同程度上呈现出文化思维的异质性。这些年来，羌族作家们创作的小说、散文与诗歌中，对于乡土的记忆、呈现与深情回眸，像怅惋的牧歌，吟唱出新时代文明给羌区、羌民和羌文化带来的冲击与影响。

一

全球性的城市化过程中，人日益成为痴呆麻木的城市动物，逐渐丧失对于大自然的敬畏和神秘感。作为命中注定无法超越自然的人本身来说，丧失自然之子的感受无疑是一种荒谬的悲剧。在远离自然的现代性情境中，对于自然的回归应该是后现代文化情境中应有的文学呼应。生存在莽莽群山与湍急河流之地的羌族，往往因为身在自然的威慑之中，摆脱不了自然所带来的贫穷与闭塞，大自然的鬼斧神工与穷山恶水同义。但是，正是在这种情境中，人才能真正从内心为自然伟力发出赞叹。作为羌族，我们大多身处贫穷匮乏又丰满瑰丽的大自然，我们对于自然的体验不是一般意义的游记和叙述，而是一种出自灵魂深处的感动和倾诉。在羌族作家群里，谷运龙无疑是这个群体的领军人物。他自20世纪80年代初开始发表作品，应该是我们羌族的第一代书面文学作家代表。其小说《飘逝的花瓣》曾获全国少数民族文学创作优秀作品奖；散文《满金》收入《中国少数民族五十年经典文库·散文卷》并获《民族文学》山丹奖；散文《家有半坑破烂鞋》《岷江河，母亲的河》等作品获省级奖项。近年来，谷运龙先生出版有小说《灿若桃花》、散文集《谷运龙散文选》《平凡："5·12"汶川大地震百日记》《我的岷江》《天堂九寨》《花开汶川》等作品。

　　谷运龙不仅是一位羌族散文家，更是一位羌族小说家。可以这样说，无论哪种"家"，谷运龙先生的作品大多以生长于斯的羌族地区为根基，以文学的方式为我们这个民族和我们的家乡作传。羌区的美好与灾难，我们这个民族的文明与毁灭，人心的纯美与复杂，都深深地投射在他的笔下，成为我们这个民族生活的歌哭。尤其是汶川特大地震发生之后，无论是以他个人行动的方式，还是以文学书写的方式，谷运龙先生都始终投入其中，建设、记录、思考、呼吁，表现出其对我们这个民族文明、对羌族人民安康、羌族未来的深重责任担当。著名藏族作家阿来曾经这样评价谷运龙先生："在这样一个颇具规模的少数民族自我书写与表达的潮流中，谷运龙的写作，因为他的身份，而且把这个身份所经历与关涉的东西，带入写作，从而使作品有了一种特别的角度。"从民族志的角度来说，谷运龙先生的写作为我们提供了一些更具有认识价值的羌族文本书写。比如，谷运龙先生前几年出版的《灿若桃花》讲述了羌族乡村天宝一家几代的爱恨纠葛。浓烈纯美的羌族民俗，迷离魅人的文化情愫，疯狂别致的乡村爱情，偏远乡村难为人知的细水微澜，跃然篇中。小人物的命运镌刻于风起云涌的时代大背景上，定格于官寨幽怨、造反批斗、生产劳动等社会场景中，折射出中国边地农村（羌族地区）曲折向上的发展历程。小说这样写道："今年的桃花开得特别火爆、热烈，野桃花在半山坡上清雅而舒逸，家桃老树含苞，星星点点，新桃色飞怒放，浓艳透射，更有一些幼树，不紧不慢地把一朵两朵花开成一种欢悦的孤独……"又如，他在长篇小说《又见桃花》（待出版）中这样写道："在族人之中，奶奶是我最最亲近的人，我在她的怀抱中成长到快十岁。母亲虽给了我甜美的乳汁，但是奶奶的怀抱始终温暖着我。如今想来，奶奶的一脉脉体香都时时萦绕着我……奶奶成长于距桃花寨很远的深山老林之中，她的故乡有一个很诱人的名字——梨花坪。春末之时，梨花次第开放，洁白素雅，清香宜人。深秋时节，梨子成熟于枝，黄澄澄地悬垂于红叶之间。奶奶的石屋就坐落在那一棵棵深浅不一的梨树中。她是吸梨花之蜜，饮梨花之露，食梨之玉液长大的精灵，让大自然的碧水蓝天，姹紫嫣红浸泡成一个山野美女。她姣若皓月，容胜秋菊，玉肌润泽，芳香清远。特别是她那双永远都澄彻清明漾漾波动的明眸时刻都在秋波流盼中闪耀光辉。自然界的色彩让它充满恒久的活力，终年的雪山让它永远都闪烁着圣洁的光芒。一旦失去森林、草甸、河流、鲜花的色彩，一旦看不见雪山那高傲的圣洁之光眼睛就会无故的生涩，粼粼的波光顿时消隐，成为两眼深不见底的枯井。每每这时，奶奶都会双手蒙住她心爱的眼睛，哀嚎着遍地打滚……在桃花寨，很多人都以为奶奶不是人，是狐狸妖精。劳动时她的力气胜过男人；说话时，她的柔情胜过女人。自她来到桃花寨以后，几乎每天晚上寨子都浸泡在花香之中，奶奶曼妙的歌声几乎让所有的人难以入眠……"这样的文本，让人感觉到一种不属于孤独的孤独感沿着高峻的羌山的风袭来，山的影子成了作者的影子。

　　说实话，众观羌族作家群，写小说的作家似乎并不多，除谷运龙先生外，好像我读到过的就只有叶星光、梦非、蒋宗贵的小说了。特别是梦非，一个长期沉湎于散文和诗歌创作中的羌族作家，前不久出版了长篇小说《山神谷》。作品以羌族地区的圣山雪隆包下的一条神秘峡谷——山神谷发生的传说与现实故事为题材，以羌族宗教信仰中的"原始崇拜"，相信"万物有灵"，"人是有灵魂的"和羌族历史文化宗教传承人释比传奇等为文化背景，通过朝圣雪隆包的木心及相关人士的经历为线索，讲述的是一个久远而意味深长的故事。小说近30万字，通过对释比法事、羌区民俗风情、战争、自然灾害等的叙述，构成了完整故事，文笔轻松自然和充满诗意。作品体现了羌文化中亲近自然、注重环保的核心价值观。读罢梦非的《山神谷》，总觉得羌山的魂魄已经成了作者的魂魄。

又如蒋宗贵在长篇小说《静静岷江水》的后记中说："古羌人的路是双脚走出来的，一路血印，一路泪痕。西方大河边来到这岷江岸边、涪江山岭，杂谷脑河与黑水河热情地接纳他们使得生存，与土著戈基人一体融合，汉羌千百年的兄弟姐妹情，几句言语诉不尽矣……"

不难看出，羌族作家在自己的文本书写中始终带着一种对故乡的依恋情绪。带着这种情绪，羌族作家们笔下的羌区保留的是一种自然风物孕育下的精神，在这种精神的滋养下，羌区的万物，羌族的坚韧勇敢，对于苦难平静超然的态度，这些纷纷呈现在文本中，让读者读到的是对于这片土地真正的敬意。

二

对于灯火通明的都市来说，月亮和星星失去了自然之光，已经不是自然意义上的月亮和星星。而在羌族作家的文本中，我们又重新找到了对于月亮、星星、夜晚、牛羊和树的歌唱。这主要体现在羌族作家抑或羌族诗人们的作品中。

诗歌，可以说是羌族文学里一颗璀璨的明珠。品读羌族诗人的诗歌作品，品读他们苦心琢磨出来的文字，你会发现那些汉字不再是纸张上的简单排列，更多的是羌族诗人发自肺腑的颤抖，更是羌族诗人与羌山以及生活对话的心声，品读一首诗歌佳作，就能够领悟一段不凡的心境。

其实，相对小说而言，诗歌对于羌族作家来说似乎更受青睐。这些年来涌现出了不少羌族诗人，诸如杨国庆（羊子）、雷耀群（雷子）、曾小平、王明军等等。杨国庆可以说是羌族诗人中的佼佼者。他的诗歌大气、豪放，他的文字有厚度、有温度、有深度，具有很强的穿透力。读诗如读人，读诗学做人。我想，这可能是大多数人喜欢读诗歌的缘由。我曾经认真拜读过杨国庆先生的诗集《一只凤凰飞起来》，感受颇多。

有人说《神奇的九寨》因九寨沟而被著名藏族歌手容中尔甲唱红大江南北，词作者杨国庆也因此而出名；也有人说九寨沟因《神奇的九寨》被传播到大洋彼岸。但不管怎样说，只要我一听到《神奇的九寨》这首曲子，眼前就会立刻浮现出杨国庆那戴着眼镜以及镜框下那双睿智的眼睛，仿佛一位生活在童话般理想国度里的人。是的，杨国庆的确是一位生活在童话般理想国度里的诗人，天堂的意象在他的脑海中深深扎根。杨国庆的诗，总会给人一种美丽中饱含凄凉，温雅中更显心酸之感，不由地会觉得诗歌离生活很近，有时又觉得诗歌离生活很远。读杨国庆的诗可以读出他对生命的追寻。杨国庆先生的诗歌如梦，真实存在又似泡沫般给人以幻觉。看得到的文字，琢磨不透的情怀，欲分辨却又分辨不清的词汇，成为杨国庆先生诗歌的灵魂。

其实，除杨国庆以外，诸如梦非、雷耀群、曾小平、王明军等羌族诗人的大多数作品中的每一首诗歌，都是一段对生命意义的追寻，寻到的是文字，体会到的是文字背后的精神，只要我们认真品读这些羌族诗人的诗歌，我们就会真正读懂他们诗歌甚至读懂他们的人生。

我始终认为，写作是一种个性化的精神活动，受主体的思想情感所支配。写作活动从感知阶段，到审美阶段，再到表现阶段，都带着作家个体性的特点。当作家感知对象时，总是用自己独特的眼睛与独具灵性的心去感受的。罗丹说："艺术家只相信自己的眼睛。"羌族作家也一样，由于他们对羌区独特的感受、独特的发现、独特的表现方式，其作品必然会烙上羌族作家个性化的特殊色彩。如杨国庆的诗就颇有个体性特色。他在《岷江的高度》里这样写道："一泻千里的岷江，轰然南下/族群的节奏，被心跳的速度提升/南方飘来的云，总是那么细腻/柔和，艳丽得叫人心神不定/就走下群山，来到一望无垠的平原/多肥沃的一片土壤，攥紧在手/多平坦的一片辽阔，行走在脚下/驱散雾瘴，将多年的噩梦斩尽杀绝/在岷江边上，筑起一个叫宝墩的城堡/水来了，很野的水，又来了/比手中的武器，城堡的抵御强大多了/呼吸中，冉冉升起疏通的信念。"这些文字是作为羌族作家的杨国庆多年生活在岷江河畔、对岷江的感觉以及对岷江的尊崇所提炼出来的。又如他在《汶川的门》中这样叙述："风还在吹，像纠葛的情感/复杂地，扯动着爱人的神经/在耳畔，在腰际，摇曳的手指/轻轻滑过每一张年轻的脸/推开门，四面全是山""倔强的山，慷慨的山/敞开衣襟，裸着雄性的胸膛/羊龙山，玉垒山，布瓦山/芤山，龙山，石纽山，马岭山/山山相应，山山相连/吆喝岷江峡谷古远的清风/品味垂天而降的日月/痴情的目光，悍气冲天""狗在叫，仿佛暗夜的灯盏/手牵着手，滑进玉米地的中央/阳光味的玉米秆，好柔好软/满地里飘动满天的心跳，我愿意/烟头的火光，仿佛天上星辰/享着，受着，与夜交织着/天，居然亮了/呼啦一声，汶川的门/开启在世人面前……"这些语言和文字，以阳光洞悉现实生活般，以天然风韵展现宽广画面般，对羌区日常的、机械的世界进行了审美升华。可以这样理解，这些语言和文字有着洞若观火的惊人感受力，通过修辞性的话语，传达自己生活里的体验，寄寓着生命的思考。又如《心遁萝卜寨》中有这样的句子："在生活的旁边，不足二十公里/悬崖峭壁之上的另类/萝卜寨被一种游戏牵引着/进入二十一世纪的眼睛/土一样纯净，玉米一样金黄/拉开窗帘现出异域的风情/滚滚车轮，仰头而上/穿过牛乳的云层，奶酪的梯田/小说正在进入开篇的章节""泥巴墙一面面升起来了，炊烟一样/张家，王家，马家，家家相连/踩过一张石板，你在邀我/嫩嫩的朝霞飘动在柴垛之间/走进一道门槛，我来请你/灿灿的晚霞甜蜜在唇齿之间/村中巷道，网一样撒开/一座高碉挺立在星辰之畔/擦亮水灵的萝卜/雄鹰飞过，骏马奔过""神秘的火塘，被酒香诱惑出来/羊皮鼓动地而起，和着醉影/长发在飞，白帕子在旋转/古老神经和血脉在月色之下/繁衍一群一群蓬勃的手足/野花好香，大地好空旷/十月，最好的庆典与借口/男男女女把寨子舞得心慌意乱/唯有田野的草垛，干爽爽的/平息着一天的眼波和对歌。"作为羌族诗人的杨国庆，他能够把诗歌和羌族的生活和谐地统一为一体，在羌族人本色的语言流动里，古老羌山羌民们的生活向世界敞开，诗歌也因此体现出了艺术的真诚。作为羌族诗人的杨国庆，曾经在美丽的若尔盖大草原上工作过多年，和我当年一样，对异域，对异族，有深切的体验和感受，但他性好山水，履痕处处，东西南北，域内域外，用身心细细阅读过川西高原的风景，意动神摇之际，化而为文，遂有诸多感慨出现在他的诗作里。天边的若尔盖的四时春光，安多藏乡的花红草绿，藏传佛教寺庙的寺影梵音，川西高原的奇山异水，以及九寨沟诺日朗瀑布的雄奇壮美，岷江源头的激情漂流，松潘古城的神秘之旅，一一奔赴笔端。如他在《飞升在若尔盖防风林》中说："太空般寂静，仲夏若尔盖/星光隐隐，大地沉沉，夜色飘飘/碉堡山的树丛酝酿我们颤颤的上升/上升，上升，避开弥天的眼眸/我们是那枚清光四溢的恒星""敞开心扉/接纳世间所有的光芒/喜怒哀乐静如处子/柔顺如绸/深不可测的蓝啊/以苍天的高度/超度朝觐的人群"（杨国庆《树正群海》）；"一曲惊天动地的乐章/看吧，听吧/天就蓝了/树就绿了，花就香了/一切尘埃干干净净/你就笑了"（杨国庆《诺日朗瀑布》）；"一不留神/又绕了回来/千回百转的草原流水/把轮回的子民/种植在大地每一个角落/一任苍天/永恒在头顶之上"（杨国庆《草原流水》）这些流淌着心灵与大自然对话的语言和文字，往往于美丽的自然山水之外，融汇丰富的人文内蕴，诸如典故、传说、名人逸事、佳词丽句之类，信手拈来，彰显了山水的文化内涵。

歌德曾经这样说过："写作不是用白发而是用识见；写作如春蚕吐丝，呕心沥血。作家的风格应该是他内心生活的准确标志。一个人若想写出明白的风格，他首先就要心里明白；若想写出雄伟的风格，他首先就要有雄伟的人格。"按照歌德的说法，我们从事写作的人在创作中，就是应该通过我手写我心，书写真情文字，贴近大地吟唱，从而形成自身的个性化风格。羌族诗人雷耀群（雷子）在这方面应该说是很成功的。我们虽然常常说诗歌有相同性，这应该是由诗歌的本质所决定的，但诗歌毕竟是个人化的一种艺术，诗人更主要的是需要找到一条属于自己的路，雷耀群（雷子）的诗歌有着羌族文人自身的突出特点。她常常近距离介入现实生活，善于在时代和个人之间找到某个恰当的契合点，将自己的情感力量植入到随时震颤了自己的那些现实意象中，雪舞高原、大雁南飞、高原落日、岷江潮涨潮落、黄河逶迤、大漠飞烟等等，仿佛都会拨动雷耀群敏感的灵魂的琴弦，她会及时地让它们发出内心期待的那种真实的有着鲜明个人音色的回声……

当下的羌族诗歌在对于乡土的深情回眸中，依然呈现出困惑与焦虑。无论是羌山玉米疯长的欲望还是阳光谷底村庄里的鸡犬之声，羌族诗人们对于故乡事物的回忆、思念最后转化成内心的疼痛，这种发自内心直至最终喊出的疼痛是对乡土的一种唱挽，民族性中所蕴含的牧歌诗意与当下生存的功利性物化是一对无法协调的矛盾。面对诗意而又式微的乡土，忧郁深沉的歌吟回荡在羌族歌手的诗歌里……这些遥远的意象在历史的时空中纯净明艳，拨开现代性狂躁的迷雾，我们的心在回归乡土的同时，开始安静和淡然。

诗是不可解读的，但是羌族诗人们所歌吟的故乡事物的确让读者回到一种悠远宁静又充满忧伤的审美意境中，引发纯净的美感体验。

三

　　一方自然风物养育一方民众，而给予这方水土精神气息的是一个民族一个地域的文化与历史。羌族作家中不少同仁其实都是从写散文开始走上文学创作之路的。

　　在羌族作家群中，谷运龙、梦非、任冬生等都是写散文的高手。散文不仅需要文字和语言的功夫，文本更需要对本民族文化的记忆与缅怀。可以这样说，在目前文坛泥沙俱下的情况下，谷运龙先生在散文创作方面独树一帜的写作风格，开辟了羌族地区散文创作的新文风。一方面，他的散文作品气势磅礴，潇洒自然，一气呵成，让读者也随着他的情绪时而崇拜、向往自然，时而对羌文化历史深沉愤慨；另一方面，他一唱三叹，一步一回首，低沉的调子，悲怆的氛围，一次次让我们去思考羌族历史及我们生活的环境和人生。作为一个本土文化意识较强，颇具民族历史责任感的羌族作家，特别是一个从事着繁忙工作的党政工作者，尽管行走匆匆，却常能俯仰古今，见微知著，从羌族尘封的史料和故乡那平淡无奇的山水中挖掘出深厚的内涵，进而做到历史与现实相沟通，哲理与形象相交融。这的确不容易。谷运龙先生的散文作品中始终贯穿着一条鲜明的主线，那就是对羌族历史、文化的追溯、思索和反问，与其他一些所谓文化散文家相比，谷运龙先生的作品更透着几丝灵性与活泼，尽管表达的内容是浓重的。

　　谷运龙先生利用他渊博的历史知识、丰厚的羌文化功底，将羌族的历史与文化契合，将羌族的历史写活、展现，引起我们反思、追问，作为一个在民族地区成长起来的作家，他的作品已渗透了文人的忧患意识和良知，这点也许是最重要的。

　　在阅读谷运龙先生的散文时，我始终有这样一个感觉，那就是典雅、灵动如诗般的语言是谷运龙先生散文的特色。谷运龙先生对语言有一种超强的领悟力和驾驭能力，他的散文追求一种情理交融的雅致语言，并且"语言在抒情中融着历史理性，在历史叙述中也透露着生命哲理"。也许，这应该是一个诗歌创作提得很多的话题，作为诗歌写作者，几乎每一个人都很注意诗的语言，但是，很少有人提起散文的语言问题。目前对散文这一体裁来讲，因为散文创作延伸的空间相对要比小说和诗歌要大，再加上散文在创作形式上的随意性，使得许多散文创作者并不是很在意行文中的语言，但是，应该说，散文其实是一种很注意语言的文体。谷运龙先生的作品就是这样，每一个阅读者，当他记住谷运龙先生的一篇好散文的时候，往往会构成多方面的阅读乐趣或者思考碰撞。其中就包括这篇散文的语言特色。至少我是这样的感觉。比如他在《家有半坑破烂鞋》的结尾中这样写道："从那堆不同年代不同质地的破鞋中，我听见历史长河的哭泣浅唱。那条路，那条故乡生活的路时而伸直入云时而弯曲入渊。那堆破鞋聚积着父母夏日的酷暑冬日的严寒。结晶着他们在那地头山林迈着万古单调而繁杂的步履的坚韧和刚毅……"这些文字始终给人以思考，给人以遐想，令人回味无穷。

阿·托尔斯泰说过："在艺术语言中最重要的是动词""要是你找到了准确的动词，那你就可以安心地继续写你的句子。"作家巧用一个动词往往会使整个句子一下活跃起来，给读者传递的语言信息量也为之增大。运用动词精彩的例子，在谷运龙先生的散文中屡见不鲜。例如他在《庄稼人的感觉》中描写酸菜面块的制作过程时是这样写的："……在火圈上先烧开汤，将洗净切成条状的洋芋（最好是去皮）煮成九分熟（不能太熟，太熟后洋芋会烂成一锅淀粉，亦不能太硬，太硬去不了洋芋的山味儿），尔后将洋芋打捞起来，把面块儿（面要和得好，皮要擀得匀，不能太薄，太薄易煮化，不能太厚，太厚不入味儿，以香棍厚薄为宜）倒下后，待煮开将酸菜和捞起的洋芋倒入，用瓢将腊猪膘化成油后倾入，整道工序便完成了……"其中的"洗""切""捞""化""倒""倾"等动词，把羌族人做面块的过程写得活灵活现，令人对羌族的勤劳和聪明智慧肃然起敬，这为后来表现羌族人民勤劳善良这一主题作了有力的铺垫，前后映衬，相得益彰。

谷运龙先生在他的散文中选择恰当的、富有诗意、表现力的语言加以表达，这些语言具有诗的美感，从而把复杂深刻的历史思想和文化说得深入浅出，平易近人，可读性很强。比如他在《岷江河，母亲的河》这篇散文的开篇就这样写道："是红桦飘飞的一个秋天，我独自站在弓杠岭一块黄疏疏的草坪上，眺望那条在秋阳下烁烁闪光的小溪。她欢快地跳跃，全然没有丝毫的娇小和软弱,那条狭长的土沟即是被她切割的杰作:一种向往的激烈和一种追求的渴盼,成为一种历史的久远和一种未来的追念。这就是岷江的源头,是岷山的血液……"我们不难看出,开始作者便选择恰当的、富有诗意和表现力的语言对岷江源头的自然环境进行表述,接着笔锋一转,把伟大岷江的历史思想和文化展现在读者面前。同时,在这篇散文中,作者还巧妙地运用整段排比、比喻等修辞手法,如"是红桦飘飞的一个秋天,我独自站在弓杠岭一块黄疏疏的草坪上……;是一个暑热的夏日,我站在被誉世界之最的乐山大佛上方……;是一个潇潇寒雨的冬日,蜡梅花正点点怒放于离堆公园前,黄黄的莹莹的香香的。我站在宝瓶口上……",这些大段的排比,增强了语言表达的力度,构成了一种语言的气势,使语言不矫揉造作,装腔作势,平淡无味,而富有了张力,富有了文采。

每一个散文创作者都会在他的创作过程中追求个性化特色。但是,从基本功来讲,散文创作者在语言文字的锤炼方面,却是一个伴随其终生的过程。他要在创作中不断寻找属于自己的语言风格,最后寻找到适合于自己的语言特色,一个散文创作者,只有抵达这一状态,才能算是一个真正意义上的作家。多种表达方式的综合运用是谷运龙散文的显著特点。综观运龙先生的散文作品,只要我们稍微细心观察,就会发现他娴熟地运用了描写、议论、抒情等多种表达方式,还采用了小说笔法、戏剧的笔法、镜头特写等多种手法,这对于烘托主题,使文章内涵更深刻等方面起到了重要作用。首先,谷运龙先生深谙汉语的阅读习惯,他凭借小说这种文体,使他的作品为广大读者所接受。首先,小说的要素之一是故事,谷运龙先生是一个比较善于构建故事,甚至是很多乡土气息和传奇色彩很浓的故事。如《家有半坑破烂鞋》写到"脚大江山稳"这个故事,通过父亲和母亲的对话把勤劳善良的故乡人刻画得淋漓尽致,对羌族妇女打制"千层底布鞋"这一民间艺术品进行了巧妙的描写;写《庄稼人的感觉》,思绪飘逸,引叙出"大跃进"时代"放卫星"的故事,并通过故乡的花山歌来展示羌族的淳朴的乡土文化气息,进而更深意义阐述故乡羌族文化性的构成。其次,小说的要素之二是细节。谷运龙先生的散文中常常见到栩栩如生的描绘,靠细节构筑成优美深邃的诗情画意。比如在《庄稼人的感觉》中他这样写道:"……羌人把酸菜熬成汤,蘸着稠稠的玉米搅团，把生活做成自己独特的风味食品；羌人把酸菜倾入面块内，面块成了酸菜面块，从从属的地位跃上主要的地位，把淡而不恋的饭食升华为一种百吃不厌时时留恋的日子；羌人在酩酊大醉时，舀一碗酸水喝，醉步摇曳的羌寨顿时神清气爽……"从这些细节描写中，我们不仅感受到了羌族浓郁的生活气息，更了解到了羌族纯真的文化特色。

从我的阅读经验来看，目前在散文创作上比较有特色的、看上去很另类的散文作家，曾经写过多年的诗歌，甚至至今还在写诗歌，他们多年诗歌创作的经验，造就了对语言把握的超强能力和对词语高度的敏感，这使得他们在创作中能够做到语言表述的超强度扩张和思想表达的深度展示，再加上诗歌语言打破了读者经验中形成的习惯，给阅读带来了强烈的新鲜感。谷运龙先生在创作散文之前是从事文秘工作的，他曾经在阿曲河畔深情地告诉我："我在散文中追求的场景，会使有些段落写法上近似小说，但小说的场景是虚构的，而我的散文中的情景，则力求真实。"这些话我们还可以从《岷江河，母亲的河》中找到印证，如在岷江源头弓杠岭那久久伫立的仪态，复杂的心理情绪都可作为剧场的一个场景。还如《淘金》等篇章，只要略改一下就可搬上舞台。因此，这些经过艺术处理的文章，充满了阅读张力，常能提升读者的阅读兴趣与境界。所以，我们与其说谷运龙先生是咱们羌族中一位富有成就的散文家，还不如说他是一位辩思的哲人，因为运龙先生散文的最大特色除了浓郁的艺术味和文化味外，便是那种诗意的写作风格，而构成这种风格的，恰好就是那种雅致高贵的忧伤、神驰古今的浪漫、充满终极关怀的文化品味。比如他在《羌山文丛》的序《想说的几句话》一文中这样写道："一坛咂酒开封了。这是一坛酿制不久的酒，发酵得好，尽管嫩，却也氤氲起清凉的怡香……这是一个多么古老的民族，五千年呀，战战兢兢地走到今天，去他妈的《史记》，去他妈的《资治通鉴》，竟没有记录下这个曾经多么伟岸民族的喜怒哀乐……""我们的祖先讲述了五千年却没有记录，这是我们的悲哀。我们的祖先发酵了五千年却没有启封，这是我们的财富。我们应该背上行囊在铺陈了五千年的牧草茵茵、牧歌昂昂的原野上牧放我们还十分浅薄的文字。当我们中的某一人一旦碰碎了尔玛人陈酿老酒的封盖，冲天的醇洌一定会迷醉整个世界。"这是一个多么殷切的期盼啊，然而，这"陈酿老酒的封盖"却终于被谷运龙先生本人不经意间给碰碎了,那"冲天的醇冽"不就是他的那本《谷运龙散文选》吗?

就散文创作来看,很大一部分羌族作家最初开始写作的时候,并不是写散文的,他们往往来自小说和诗歌两个文体的创作过渡。有的作者,写作散文只是其他文体的附属产物,但是他们的散文创作并不比他们重点创作的文体的成绩差,甚至有一些作家,散文创作的成绩远远地超过了他们以前从事的文体所取得的成绩。其实,他们以前创作的文体所具备的特质,运用到散文创作中来以后,形成了特别的散文风格,才给他们带来了殊荣。谷运龙先生也不例外。首先,他在追求表达的主题上,是力求表达自己,还是外部事物,这本身就是一对矛盾,如何将其协调,实乃智者所为。而我始终认为,能够表达自己真情,就是好的,不必太拘泥于章法,本身"文无定法",但同时也渐渐发现,人不是生活在真空中,也不能总沉浸在小我的忧伤温情的封闭世界中,我们还要时不时地抬抬头,仰望一下古今,仰望一下中外,这个时代缺少一份大气、恢弘,但我们的文章却不能圈囿如此,我们也须怀着一份博大的文化良知。其次,对语言的考究上。谷运龙先生散文的语言非常考究,字字句句都是经过精雕细琢的。高尔基曾经说过:"文学的第一要素是语言""文学是藉语言文字作雕塑描写的艺术。"谷运龙先生的散文的语言特色远不止我们以上所谈的那些。然而仅就以上所谈及的,也许可以窥见一斑。

当我们回眸乡土和记忆的时候,很容易发现诗意,诗意不经意间流淌在对于过去和历史的倾诉中。但是我们深植于当下历史之中,我们无法忘却现实的生存,直面当下是一种必要的选择。在对于现实的文学性观照中写出诗意,无疑是比较困难的。我们生活的这个纷繁复杂的世界,是由时间和空间构成的。"世"是一维的,是时间;"界"是三维的,是空间。因此,特定的某一指向,其指向就是一个世界。这个世界包含着活动空间中主体生命的律动过程。

其实,羌族作家大都有区别于别人的独特世界,他们的生命的律动,随着外在环境给他们的铺陈,步履坚毅地迈向自身的自由。比如羌族作家梦非的散文作品有一定成色和光洁度。阅读梦非的散文,就会发现,那些流淌在岷江流域、羌山深处的灿烂文字,正是作者对其自由追求的一种真实的价值自述。

大自然的自由是宇宙设计者的杰作,摩西在《创世纪》里描述说:"地要发生青草和结种子的菜蔬,并结果子的树木,各从其类,果子都包着核。水要多多滋生有生命的物。要有雀鸟飞在地面以上,天空之中。地要生出活物来,各从其类;牲畜、昆虫、野兽,各从其类。"这种原生物因其遵循自然法则,因而获得自然的自由。自然的自由是美丽的自由。梦非对岷江流域、羌山深处的自然充满着激越和热爱,优美的语句,心神的凝聚,使他笔触下的羌山以及羌山深处的大自然呈现出无以复加的自由之美。他的作品《山水之间忆威州》里随手拈来的就是如诗似画的描述。清澈的岷江水,弯弯曲曲向远方流淌,两岸羌寨如云,一片苍茫。三山脚下的岷江水,它们奔流着,如承载着故事的银河,什么时候都很亲切。岷江河畔的威州在作者笔下显得古朴大气,绕山而建,顺水而走,一道弧形定格着一段道路,如是夜晚,于威州大桥中望去,两岸灯火通明,水波不兴,让一城都充满了平和与温馨。山水间的威州古城,就这样把作者的记忆和山水连在一起,成了作者一生也走不出的驿站和回望的美丽。羌山美丽的大自然,讲述给滔滔岷江的故事是如此优美。自由的大自然,带给人类的是丰富的联想和思考。

由于所有的羌族作家的血管里流淌着同一个祖先的血脉,我们共同深爱着这个民族,对古老羌山充满着深情。然而,在写岷江流域羌山的作品中大都比较雄奇、苍凉、温婉、忧伤、饱满,一路景致倾诉着沧桑的人生百味,凄凉动人,充满魅力。比如羌族散文创作的后起之秀任冬生就是一位很有潜质的羌族作家,他怀着对羌山的深情,对这个伟大民族的深深眷念,张开想象的翅膀,一腔热血,一颗红心,一种依恋,一份情感,通过古羌人的独特创造进行文本呈现。他的文字真切地告诉我们:古老羌山的一切原来是那么美好。自然的自由只有与人的和谐融合才给这种自由以灵性和美丽。任冬生的散文里,我们不难发现,位于岷江流域的羌寨就像从古诗里现身的村庄,你在千百次的想象之后,才发现一户户羌寨人家,竟是这样的随意,它们集中于一处,房屋与房屋紧紧相连,严谨地分布在山坡上,石头与黄泥组合的建筑于阳光下泛着淡淡的黄,如黄绸一般波动于风中。人与大自然就这样和谐相处,这种相处是真正意义上的自由。

自然的自由需要圣洁的宗教精神予以承载。任冬生的散文常常以反反复复咏叹大自然的自由，体现不受拘束，不受限制的自然运动的一种对人类向往自由的诱惑而使人在思考中去自然地敬畏自然，它带给人类的是丰富的联想与思考。在任冬生的作品中，我们不难发现，在今天的广大羌区，每个人都以自己的方式崇拜神灵和大自然的自由，这些也是任冬生展示给读者的羌族地区另一个社会侧面。

其实，羌族作家们在各自的散文作品中，在向读者述说自由的同时，也展开了对自己的述说对象的重新认知，竭力从事物发展的起因、过程、结局去思考事物的形成，它的作用，它的发展趋向。从漫长的远古开始，曲曲折折的岷江，浴着岁月风尘，穿过时空隧道，流淌着无尽欢乐，也承载着太多悲喜。大自然的莫测变幻，曾给岷江带来潮涨潮落的灾难，给生活在岷江两岸的羌人们带来过多少水旱灾害的痛苦，肆虐的滚滚洪流，一次又一次地冲毁河道，吞噬庄稼，卷走房屋，甚至宝贵的生命。无情的旱魔，又会使清丽的岷江失去亮色，裸露出龟裂的河床、干涸的土地。两岸羌民们的辛勤汗水付诸东流，怀揣的希望瞬间破灭，他们只有仰天长叹。遍体鳞伤的岷江同样在痛苦地呻吟。勤劳善良的羌民们不屈不挠地与天斗、与地斗，筑起了防洪大堤，建起了排灌设施，但由于诸多条件的限制，很多时候仍然无力回天。羌族作家们通过他们的散文把他们所追求的自由这个概念囊括成自然的、社会的和自我的三个方面予以不动声色的描述，使他们不得不在后续的其他有关岷江两岸羌人历史文化的文章中把自身置之一个对历史不断拷问的哲学思考中去，从而又使自身失去自由。德国哲学家雅斯贝尔斯的一段话应该是羌族作家们的散文带给人们思考的一个参考答案。雅斯贝尔斯在论述时代的精神状况时认为：已经出现的新世界则是提供生活必需品的机器，这迫使一切事物、一切人都为它服务，它消灭任何它不能容忍的东西。但是，在这架机器中，人不可能达到满足，它并不为人提供使人具有价值和尊严的东西。那在过去的贫穷与困苦之中曾经作为人的存在之不被争议的背景而持续存在的东西，现在正处于消失的过程中。

岷江两岸的青山绿水被羌族作家们描摹成一幅幅彩色的山水画，羌族人民喜怒哀乐的情致都融入他们的作品的意境里，他们不是以悲写悲，而是以乐写悲，以乐写苦。一朵花开的芬芳，一场春雨的播撒，一弯明月的流淌，都是他们笔下的流觞。微云抹不去的是一份缠绵的心动，雾岚菲薄，流溢着他们对古老羌山的炽爱。所以，不少羌族作家的散文读起来十分亲切、真切、贴切，从他们的文字里我们听到了岷江两岸羌人的心音，盎然的羌山禁不住春的浸润、绿的诱惑，我们曾经熟悉的羌区生活栩栩如生一一展示在我们面前，弥漫在我们的视野，雨滴般落在我们的心湖。羌族作家们恣肆汪洋的墨迹，紧扣我们的心弦，这些入心入肺的文字，亮出了羌族作家们的一片冰心，盛在玉壶，羌人祖祖辈辈在斜风细雨里苦苦耕耘生活，迎来五谷丰登的喜悦。作者的人生风月，绿荫相伴，唯有精美的语言和文字在他们的精神世界里荡漾。人与人的和谐，人与自然的和谐，人与动物的和谐，现代岷江两岸羌人们践行生态文明观，在全面奔小康的大道上谱写一曲曲动人的歌。羌族作家的绝大多数作品向我们展示了古老羌山日新月异的变化，写出了古羌人特有的精神风貌。

可以这样说，羌族作家们还有许多写岷江两岸古老羌山的作品给人留下深刻印象，这些作品无不饱含羌族后裔的故土情愫，他们挥毫疾书，描摹羌山傲骨，朵朵馨香，枝枝雅素，羌山的鸟曾经的眺望，羌山的河曾经的流淌，羌山的树曾经的倔强，羌山的风曾经的呼啸，都成了羌族作家们文字里最美的守望，成了羌族作家们人生最值得回味的过往。浅浅的晶莹，淡淡的洁白，寂寂的沉静，甜甜的微笑，沥沥的低语，变换着羌族作家作品的季节和心中明亮的星斗，飞散的时光碎片镌刻着羌族作家们作品深深浅浅的印迹。

当下的生存对于历史的投射，让羌族作家群中散文创作者们获得了一种穿越时空的自由和灵动。铺桥修路引水到村的题材，在羌族作家们的精心构思下，融进了对于人性多层面的摹写：父爱的理解与宽容，夫妻之间生死两茫茫，不思量自难忘的阴阳纠葛，乡人之间冷淡的隔膜与深刻的认同……

四

在长期的文化交流与融合中，羌族作家的眼界往往并不局限于自己的乡土叙事，整个中华文明尤其是汉文化的传统精髓也成为羌族作家认知与思考的对象。丝绸之路的驼铃声在漫漫黄沙中缥缈，袅袅的身段，旗袍或明或暗的影子，投射在东方幽暗的背景中。结着丁香忧愁的姑娘，撑着一把油纸伞，彳亍在幽暗的雨巷。于是，眼光透过高门大户的围墙，映射到后花园飞扬的秋千，姹紫嫣红的情欲青春与残垣断壁的传统犬牙交错，在羌笛的悠扬声中，我们无疑会回味生死与传统。清明的雨和云，在断肠的思念中，生命从终结的诗意中找回一丝谦卑与感念。在汉语文学经典与传统竞相被解构的时代，羌族作家们回眸先哲、道德与传统，在泱泱的历史长河中，尽管只是一己的视角，却用随意而真挚的文字，记录尘世中不经意的丝缕情愫。倾诉，是一种需要，更是一份执着的心意。

羌族作家中众多的创作在自然乡土的抒情中呈现出日渐式微的羌族文化的风貌，在对现实生存尴尬与挣扎的描述中，凸显出中国当下无处不在的现代性的困惑，人们困扰于功利性与内心道德的矛盾，这种困扰同样纠缠着这群从乡土中脱身而出又无时不在乡土情境中的作者。如果说能够给作者、读者和评论者灵魂带来安宁的，恐怕就是那些即将消失的民族文化和记忆：岷江河流域古老的石棺葬、古老的崖画、神奇的石月亮、不老的万年青树以及在自然情境中的一个个奇异的民族。文本带着山野的清新，平实的叙述显示着纯净，也透露着稚嫩。如果从文学性的角度，文本仍然存在着可以商榷的空间。首先，作为非母语写作，一部分作品依然需要凝练汉语的表达方式；其次，如何将本民族文化中最瑰丽的语言和故事转化成恰当的汉语表述，同时这种转化又是对于本民族乡土文化的一种提升和再创造；再次，如何选取最能表达当下乡土、民族与地域的题材，依然非常值得关注。最后，对于羌族作家以及所有的中国作家来说，对于当下历史情境的深度思考，并在思考中投入自己独特的生命体验，应该是题中应有之义。

（原载于《羌族文学》2018年第4期，总第103期）

有灵万物的云中尔玛
——关于羌族文学中的宗教与神话传统

北京 贺 颖

古老的羌族历史悠久，最远可以追溯到《诗经·商颂》记载："昔有成汤，自彼氐羌，莫敢不来享，莫敢不来王……"，正是同样古老的诗句，反映了古羌在殷商时代就已经登上了历史的舞台。而有关资料中三千多年前甲骨文卜辞中有关"羌"也有着诸多记载，进一步说明了这一点。

青藏高原东部边缘，山高谷深，林茂水急，物华天宝，资源丰富。而一个古老神秘的民族，它的遥远起源无法不令人遐想，那么羌族的历史究竟有多远？截至目前，研究者们称古老的羌族乃是汉民族的前身，属炎黄一系的西羌之后。暂且不说这样的说法在学术界的最后定论，那么至少可以肯定的是，早在三千多年前的殷商甲骨文中即有关于羌人的记载，当时他们主要生活在我国西北部地区，唐代时有部分羌人同化于吐蕃，还有部分同化于汉族。那么今天主要聚居于四川省阿坝藏族羌族自治州茂县、汶川等县的羌族，便是古羌人留下的后代，羌人中的一支约在春秋、战国时从甘肃、青海地区络绎迁居于岷江上游一带生息繁衍，逐渐形成为今日的羌族。

在今天，羌族最大限度地传承了珍贵的古文化，他们自称"尔玛"或"尔咩"；意思是"本地人"。这些自豪而诚挚的"本地人"使用羌语，通用汉文，能歌善舞，口头文学极为丰富，主要依靠人民群众世代口授和长期歌唱而传承，这些口头文学，也为羌族文学提供了永远的母题。

一种文明的古老，必然是在说文化的古老、艺术形式的源远流长与独具一格。而羌族的文化艺术，以大量的音乐、舞蹈、歌曲、故事传说、宗教祭祀等领域的文化财富，几千年来逐渐形成了具有独特民族风格与文化意蕴的艺术格局。比如羌族的民歌与民间故事的内容广泛，语言生动。民歌分苦歌、颂歌、情歌、山歌、酒歌、喜庆歌等多种。传说故事如《开天辟地》《羌戈大战》《日夜想红军》等都是珍贵的文学、历史资料。释比歌是释比在请神送鬼时唱的歌，其中保存着一些古老的民间故事传说，如《泽祺格布》《木姐珠》《大战戈基人》等等，并且说唱相结合，并时而伴有敲击羊皮鼓的间奏，形成了隽永而独特的艺术魅力。

在众多少数民族的文化中，神话堪称文化的灵魂，在羌族悠久的文明史的进程中，可以发现，今天万物有灵的宗教观，恰恰源于古老的神话，也因此形成了意味深长的宗教与神话彼此互为源头，彼此相生，生生不息的鲜明文化特质。相关资料记载，今天的羌族除一部分邻近藏族地区的信仰喇嘛教外，其余大部分则信仰万物有灵，并在屋顶上供奉白石以为天神。羌族是信奉"万物有灵"的多神教，崇拜的神很多，而这些神的源头，大多来自于古老神秘的神话传说。比如羌族人对白石的至尊崇拜就是源于传说中天神阿爸木比塔。羌族的多神崇拜，有个最大的特点，所有崇拜的天神、地神、山神、寨神和自然界一切神祇，都是融合在白石崇拜的祭祀习俗中。此外还有更多的崇拜也源于古老的民间传说与神话故事，因此可以说，羌族的多神崇拜的宗教观，大多可以追溯到羌族神话传说的源头。

古老神秘的羌族人自古以来还是个嗜祭尚祀的民族。羌族民间的祭祀礼仪，名目繁多，模式不一。过程庄严、热烈、严谨、繁复。以祭山会为例，既是酬神还愿大会，也是羌族的节日聚会。释比要唱回顾民族历史的羌族史诗《羌戈大战》，颂扬祖先神艰难创业及英雄业绩的传统史话《木姐珠与斗安珠》《赤吉格补》，有的还演唱由上述史诗、民间传说基础上编演的故事剧"释比戏"，由此可见，羌族的祭祀活动，同样与神话互为表里，生生不息。

在多神崇拜的羌族生活与文化中，有一类人群的存在尤为重要，那就是古羌文化的传承者——神秘的释比（许）。释比（许、诗卓）是羌语中人们对羌族民间巫师的称呼。羌族是信奉"万物有灵"的多神崇拜的民族。受这种民族信仰的支配，羌人的生活自古与巫文化密不可分，并因此生出崇尚祭祀、禳灾纳福、驱疫解厄以及婚丧嫁娶，生老病死等成套礼仪和民族习俗。

185

在众多的祭祀活动中，必须要请一位德高望重、知识渊博的人主持祭祀，他们擅长占卜，能驱鬼祛邪，并且能歌善舞，唱颂经典，能编演由各神神祇、先祖、民族英雄业绩为故事的诗歌、传说和戏剧，这种人，就是释比。同时在日常生活中，凡人有疾患，以为是鬼魔缠身，请释比诵经请神，驱疫除魔，或用巫术（含巫法、巫医、单方、草药）方式，为人解除疼痛。因此，释比受到羌族社会的普遍尊重与爱戴，而释比以及由他们传出的精神和文化的信息，对羌族社会产生了巨大影响。

关于释比由来，同样可以说与神话息息相关。在众多的说法中，专家们普遍认为：释比是羌族社会自然崇拜，万物有灵信仰的社会与文化的双重产物。可以想象，在人类文明的远古时期，由于人们对复杂的世界中各种现象没有合理的认知上的理解，总认为在人的世界之外有一种超自然的力量在主宰一切。人们只有用十分虔诚的祭祀方式，祈福神佑。为适应社会祭祀礼仪的需要，必须要有自称能上通天神、下达人意的巫师来沟通神人，主持一切祭祀，为人求吉纳福，降魔逐疫。因此羌族的释比，就在远在古羌部落社会里出现了。随着历史的发展，释比作为巫师的社会职司，专事祭祀礼仪、巫术、治病驱邪，身兼羌族历史文化的承继和传播者。

而距离神话最近的说法，是说释比原本是天神木比塔家的祭司与卜师，名叫木纳。木纳法力无比，上天能驾驭一切飞禽，下地可降伏一切凶猛野兽和妖魔鬼怪，同时能掐会算，预知吉凶。天神木比塔的三女儿叫木姐珠，因与凡间牧童斗安珠相恋成亲，木姐珠执意与斗安珠到凡间安民乐业，天神特指派祭司木纳，陪木姐珠下凡，帮助人间祛灾解厄，驱赶不祥，繁荣生产，兴旺子嗣。同时，也可维系天规礼仪，有条不紊，幸福生活。木纳奉命来到凡间，充分施展其法力神术，确保羌寨五谷丰登，人畜昌盛。"释比经典"更是羌族祭司遵循的法典，是一部无文字，仅有图形的"圣书"，祭司（释比、许）称之为"刷勒日"，据专家考证，此经典距今已有上百年的历史，这本法典，从某种意义而言，也许可以称为羌族文化的密码。

于"文化"这个概念的解读，人类也一直众说不一。但东西方的辞书或百科中却有一个较为共同的解释和理解：文化是相对于政治、经济而言的人类全部精神活动及其活动产品。那么也就是说，文化相当于人类在社会发展过程中，于人的精神意蕴上的运化，这样的起源、过程与结果，都应该涵盖于文化的概念之内。文化有着多样的表现形式，而文学便是其中着力以文字表达的形式之一。因此可以说，文学是文化的孩子，正如童话是神话的孩子，它的源头是文化，营养是文化，并最终以作品的精神生命的形式，回归到文化的大背景大语境与大的序列中去，成为人类文明的一分子。

那么无疑，文学的形式与使命中，必定深蕴现实中的文化元素，呈现人们生活中的文化现象，因此好的文学作品才有着宽泛的生活覆盖，辽远深邃的意义指向，也因此与人们的生活息息相关，在人类历史发展的滚滚长河中，葆有如此长久而强大的生命力。好的文学作品一方面是现实的，是与现实紧密相连密不可分的，在作品中可以清晰听得见，感受得到现实喧嚣的脉动、大地的心跳、人心的欢乐喜忧，另一方面也可以是超现实的，是人类最奔放的表达，在那里，除了我们的眼睛看见的世界，耳朵听见的世界，还有灵魂可以自由往来的世界，那里有想象力可以抵达与建构的一切，包括时间轨迹上不可再来的过去，尚未抵达的未来，在那里，一切都在。

任何时候说到羌族文学，那么必定要追溯羌族远古神话与传说的史诗。羌族人民创造了丰富多彩、具有独特风格的文化艺术，其民间文学题材广泛，内容丰富，语言生动；情节感人，有浓厚的民族色彩和地方特色。其中，影响最广泛的有《羌戈大战》《木姐珠与斗安珠》等。羌族远古神话包括开天辟地神话、人类起源、自然及其变化、植物、图腾与祖先、洪水干旱和大火、文化起源、神性英雄等等，几乎涵盖了羌族生活的所有维度。

羌族人民耳熟能详津津乐道的《羌戈大战》，是羌族民间神话史诗中最为引人传颂与传唱的一部。史诗叙述了羌族人民祖先历尽艰难困苦，与魔兵与戈人战，以及从西北迁居岷江上游的浩浩历程，是以民族大迁徙为语境的作品。它是一部具有英雄史诗性质的颂歌，是远古时候的羌人为了生存、部族与亲人，在天神木比塔的帮助下，与敌人浴血奋战的悲壮历程，直到最后安居乐业，繁衍生息。而《木姐珠与斗安珠》从另一侧面反映了古代羌人的生活面貌。它讲述了天神之女木姐珠与羌族青年斗安珠相遇并相爱，最终冲破天规结为伴侣的故事，热情歌颂了羌族人民对神权天命的藐视和包办婚姻的抗争。木姐珠和斗安珠既是传说中的神话人物，又是羌族人民崇奉的民族祖先神。

这些民间文学史诗中的各种神的形象，也正是千百年来有多神崇拜与祖先崇拜的羌族人崇拜与供奉的神明，比如天神木比塔，仍旧是今天羌族生活中的神明，被用来象征各类神明的白石，同样源于神话史诗之中。

　　由此不难发现，在崇信万物有灵的羌族文化进程中，千百年来的羌族文学史更仿佛是羌族神话与宗教史。而在今天，智慧而坚韧、传奇而自由的羌族作家们，自称为"云朵上的民族"的羌族作家们，更是以对羌族文化勤劳的探索、保护与思考，对羌族文学的热爱，继续书写着佳作。曾读到过邓星老师的一篇文章，文章对羌族当代文学情态进行了大致的梳理：朱大录的散文《羌寨椒林》在1981年获得全国少数民族文学创作奖；谷运龙的小说《飘逝的花瓣》于1985年获得第二届全国少数民族文学创作奖；何建的诗歌《山野的呼唤》获得第三届全国少数民族文学创作特别奖；2008年，雷子诗集《雪灼》获得全国少数民族文学最高奖骏马奖。文章中还说，羌族现当代文学发展至今已经形成了比较有代表性的作家群体，主要包括谷运龙、羊子、梦非、张力、张成旭、雷子、罗子兰等人，以及写羌族生活的作家周辉枝、汉族作家龙绍明、张放等以及近年来在《羌族文学》杂志影响下成长起来的任冬生、王明军，汉族作家鞠莉、邹延清写作的羌族文学也别具一格，使得羌族当代文学在中国文学的大格局中，有了日渐鲜明的轮廓。

　　羌族诗人羊子的诗歌以对大自然的炽烈观照，以及对自然万物、对生命、历史、现实，对灾难的思考与定义，对民族生命力的深切观照沉思，对民族灵魂的考量等等，呈现出羌族作家独有的文学品格与艺术穿透力，正在当下的中国文坛露出锋芒。正如阿来曾经说："羊子的诗歌，是我曾经想看到的一种有价值的文本，对历史，对现实，对个人的一种诗性的超越和抒写。'我'是从历史而来的，也是从灾难的洗礼而来的。一个幸存者，一个因幸存而重新看待世界了悟人生的人，是作者自己，也是渡尽劫波的羌。"

　　值得关注的还有何健的《困居在白石头里的神》，刘健的《我爱故乡的羊角花》，叶星光的《神山·神树·神林》，余耀明的《黄河第一湾》，李孝俊的《山桃花》《故乡的红叶》，张成绪的《部落走进的岷江及草原》等等，已经不同程度地引起了文坛的关注。但是显然，与羌族古老悠远的历史文化相比，与羌族人民在时代发展的隆隆历程中火热神秘隽永的当代生活相比，羌族文学的创作未来还有很大的发展空间，因为斑斓绚丽的民族文化与当代生活，给予了羌族人民和作家取之不尽用之不竭的艺术宝藏。

可以说，从某种意义而言，当代的羌族文学已取得了一定的成果，而且近几年来羌族作家群体也似乎呈现出缓慢壮大的态势。不过应当引起注意的是，在中国文学尤其是多民族文学的语境中，羌族现当代文学可以说仍是略显边缘的，造成这样的原因应该说是多方面的，有文化传承中的某些因素，也有对本民族文化认知的不够深入与透彻，以及对当下羌族生活情态的关注度及思考不够深入，大灾难之后文学艺术的阶段性热度等等。而我们相信，随着大家对羌族文化文学的持续关注，以及羌族作家们的进一步自觉思考与认知，未来的羌族文学为读者奉献出与羌族历史文化与现代生活紧密相连的经典作品，应该为时不远。

我们不难发现，在既有的羌族文学作品中，羌族作家大多从自然景观引发了文学的心灵思考，但却不仅仅如此，因为最终作家们经由作品而最终意图指向的是心灵，是更为悠远辽阔的人的精神空间。因此，羌族文学中总是有着或多或少与羌族的神话和宗教息息相关的文学脉络与审美取向，因此是否可以说，羌族文学的发生与发展，无时无刻不与羌族的宗教及文化相伴相生，或者说，崇尚万物有灵的羌族人民的生活，本身就是以神话与宗教作为灵与肉的，因此羌族文学的发生与发展历程中，从始至终一直有着深厚而博大的文学宗教传统，也正是如此，才使得羌族文学在民族文学之林中，蕴藉出自己独有的文学审美品格。

历史，因与今天时空的遥远，而势必会不可避免地充满猜测，也有不可避免的语焉不详，有历史烟尘中的模糊。而今天的羌族文化，在这样的语境和背景下，越发呈现出熠熠夺目的光亮，在浩如烟海的中华文明中，有了自己愈加明晰的艺术辨识度。这样的辨识度源于羌族自身古老而悠远的文明积淀、文化蕴藉。人类文明火炬的传递，事实上更仿佛一颗颗赤子之心的彼此映照，一代代人的彼此接力，文学的发展与传递同样如此。我们期待未来的羌族文学，这有灵万物的云中尔玛，能够在这片神灵遍地的古老土地上，同样拥有夺目的光亮，而这样的希冀，必定要源于羌族作家们对古老文明的庄严敬仰，对民族文化的不倦探求，对时代生活的全新体味，以及对文学自身的深沉挚爱。

（原载于《羌族文学》2018年第4期，总第103期）

长篇小说《雪线》浅析

四川成都　邓经武

一

在当下，每年有3000部以上的长篇小说出版，谁阅读得过来？所以，近年来，我一般不阅读刚刚出版的长篇小说，只是等到某一部长篇小说已经受到社会阅读界以及文艺评论界关注后，我才开始跟进。而这还是有前提的，即该长篇须符合我近年来的审美期待，即我认为的"以人类学为知识背景的地域性文化形态的书写，逐渐成为中国文坛的一种突出现象。"[①] 也许恰好是这种视野不能算宽广的批评聚焦点，反倒还有一点点特色。例如在四川师大举行的首次"大西南文学研讨会"上，我的一篇急就章，就被在全国文艺评论类刊物中排名极为靠前的《文艺争鸣》在会场上选用，这就是《巴蜀文化与大西南文学》。

毋庸讳言，我审视当前文学创作现象的标准，还是有问题的。即每年几千部问世的长篇小说——例如第九届"茅盾文学奖评选"（2015），就有252部小说参与角逐……某一部被评论界推荐给社会大众的，背后的"包装"如何进行的，很难说清都是为了艺术性；一些媒体推出的评论研究文字，是研

[①] 参见邓经武：《〈额尔古纳河的右岸〉的地域书写与种族代言》，《当代文坛》，2012年第6期。

究界关注与社会公众阅读的一个路牌,但其是否真的够得上向社会公众推荐,倒是值得深思。我就曾经遇到过这样的事情:一位中国作协的干部,找到南方某省的某刊物,具体落实在某地高校,举办了一场自己的作品研讨会。被约请者只需提交一篇短文,就有润笔费2000元。只是因为我觉得该作品的艺术水准,实在不好怎么去恭维,因而拒绝撰文与出场。但鉴于主办方相约的朋友情,还是安排了一个小兄弟去完成这件事……如果轻信这部作品评论集所说的话,读者们岂不是上了大当?

话说回来,每年出版几千部的长篇小说(还不包括网络上推出的),如何在众声喧哗中显示出自己的声音?作者在下笔之初就应该考虑。从这个角度说,羌族作家顺定强的长篇小说《雪线》(上海文化出版社,2018),以其对"安多藏族地区"近几十年来的社会风云变幻,尤其是近40年来藏族社会生产生活方式的变化,藏汉一家的融合以及特殊社会事件的透视等,揭示出雪域高原神秘面纱的一角。作者出生于著名的松潘县,并且在那里度过了青少年时期,虽为羌族,却一直受到更为浓郁的藏族文化熏染。即作者在散文《白草羌的怀想》中回忆说的:"七十多年前,故乡境内的小白草沟曾居住着不少羌民和藏民,盛极时曾达到两千多人。"[1] 大学毕业,他就到了阿坝县工作,20余年中,做过基层学校教师、新闻记者,到文化官员等。换句话说,大学毕业参加工作后,作者全部的社会阅历和人生体验,都是在藏族文化氛围中形成的。了解到这些,读者们的阅读期待自然会指向神秘的雪域高原人生。

少数民族文学创作的一个严峻的现实难题就是:本民族母语的受众数量局限,与国家主体民族那庞大受众数量的诱惑,两者之间的关系与如何转换叙事文本话语体系。《雪线》作者民族身份是羌族,但他的青少年时期,即睁开眼睛看世界之初,所生存的环境有着浓郁的藏民族文化氛围。四川省阿坝藏族羌族自治州的松潘县,公元前316年秦灭蜀后设立过湔氐县,唐高祖武德元年(618年)设置为松州,明朝洪武时期设置"松潘卫",如此种种,显示出中国历代王朝对该地重要性的关注。同时,唐代修筑的城墙至今还迎风

---

[1] 顺定强:《白草羌的怀想》,http://blog.sina.com.cn/u/2599767665。

耸立，也透射出该地汉化程度。作者曾有《鹧鸪天·深秋访松州》一阕曰："大唐松州故事长，唐蕃联姻佳话扬。城北今雕文成像，南街曾穿走马帮。青石板，旧城墙，古松桥边老茶房。茶马互市今何在？东山顶上断城墙。"① 作者能够得心应手地运用汉语讲述"安多藏族"的故事，其家乡松潘县汉化程度高，应该是一个原因。

可以说，《雪线》作者青少年时期的生活环境与文化及语言氛围，消弭了一般少数民族作家对国家主体民族话语表达体系的"隔膜"，即"生活在白草河流域的人们既有土生土长的白草羌人，也有外地融汇的'四方客'，这里是民族交融的大熔炉，也是文化交流的集结地""生息繁衍于斯的羌族、藏族、汉族和睦相处，相融共生。"②

这就是他可以熟练地使用汉语述说藏族故事的原因。松潘县浓郁的藏族文化氛围，也是人常说的"藏羌地区"文化环境，让他不自觉地或者说无意识地使《雪线》成为一种"土著的自我言说"。作为一个羌族人，作者显意识或者无意识中会有非主体民族的感受，大学毕业后在安多藏地20多年的人生经历，让他可以熟练地运用藏语，使他的表现的生活具有鲜活的藏式特征。这些，都使他不再是一个纯粹外来者的客观审视，而呈现出全部故事"为自己说话"的特点。

二

近几十年来，四川文学创作在全国还是有地位的，诗歌不用说了，长篇小说创作从周克芹获首届"茅盾文学奖"开始，曾经有过"获奖大省"的美誉。但近年来落后了，是四川文学评论界推介不力，还是创作界的整体艺术水准确实太差？大约都有吧。我在最近完稿的《巴蜀文化通史》"文学卷"行文至当代四川小说情况时，对曾经被全国关注的"四川乡土现实主义"小说后继乏人，惋惜不已。这也是我难得地撰写过对贺享雍的研究文字，即

---

① 见 http://shundingqiang.chinapoesy.com/2012年。
② 参见新华网，http://www.sina.com.cn；中国网，china.com.cn2008-04-10。

《寻找乡绅：贺享雍小说〈人心不古〉的社会学阅读》（2014）。后来其作品印刷的"名家推荐"，征引我的话是："贺享雍通过大巴山农村现状的绘写，思考着中国农民重新获得生产和消费自主权的当下严峻问题，这种弥漫着怀乡愁绪和乡村孤独感的'乡土现实主义'，在玄幻、悬疑、武侠、青春题材等快餐文学甚嚣尘上的中国当下文坛，多卷本《乡村志》由于生活的厚重和真实，将会愈益呈现出强盛的文学生命力。"

我对当下文学创作的审美评价的选择与评判标准说清楚了，现在切入标题。无论是"乡土现实主义小说"的四川文学新传统，还是"多民族杂居"的四川文化运行与发展形态，我们都必须关注省内少数民族文学的创作，这也就是四川文学两大奖中还有一个"少数民族文学奖"的原因。仅就长篇小说来说，凉山州彝族文学在马德清（玛查尔聪）的长篇《厚墙裂痕》和《诺日河》（1999）之后，尚无明显发展态势；对甘孜州的文学创作，我曾经撰文透视过康定回族作家张央《星辉照耀下的康巴人生》（1999），也曾经在专著《20世纪巴蜀文学》（1999）中倾听过高旭帆笔下"隆隆的山吼"，知道康定城最近的紫夫（贺志富）长篇小说《烟道女》（2000）等，还思索过中共四川省委党校李左人教授的长篇《女儿谷》——以甘孜州雅江和道孚一带的"扎坝藏族"为描写对象，有丰富的人类文化学内容。但作者是中共四川省委党校教授，汉族，该部作品对甘孜州方面似乎关注不够。就甘孜州的主体民族而言，在创作上较有影响的大约就是藏族的仁真旺杰，他有长篇《雪夜残梦》（2013）等，我曾经以"藏族康巴人生的个性化言说"（2000）为题，分析过他的创作特征。成名更早的，还有意西泽仁的小说《依姆琼琼》等。阿坝州文学"阿来之后"的长篇小说创作，寂寞了较长一段时间。从这个角度上说，羌族作家顺定强的长篇小说《雪线》的问世，无论从哪个角度上看，都是值得关注的。

小说叙述的是一个较为特殊的当代藏乡故事。藏族有卫藏、康巴、安多三种方言，这说明位于四川甘肃青海三省结合部的"安多藏族"，承载着藏族文化的许多秘密。这些秘密，在当代社会的呈现和流传方式，就成为阅读界对《雪线》的审美期待。藏族作为一种独特的雪域高原民族，其生存方式必然被所在特定的自然地理环境、气候及物产条件所决定，并在此基础上形成特定的思想观念、价值取向和思维模式，其中的每一个成员观照世界的方式和行为动作，都必然带有这种生存环境的独特印记。高原游牧民族原始初民形态的思维方式和生存方式，国家文化符号体系（汉语）的话语言说语境，正是熏染陶冶作家双重文化思维的社会环境和文化氛围。中国少数民族由于其原初形态的生存劳作方式，而被决定着其具有原始思维（形象思维）的特点，这就使他们的审美言说比"文明人"的理性表现更具有文学直观形象的特质，就更接近文学的"象征"本质；而国家话语方式（汉语）的掌握，又使他们的艺术创作文本可以被全国各民族阅读接受和理解阐释。我曾经在《表现独特人生的蓓蕾——论新时期四川少数民族散文》（2000）文中，表达过这些有关少数民族文学生态环境的观点。

小说聚焦在"雪线——青藏高原上，积雪与草甸之间那条色彩鲜明的分界线。"其实，那也是藏民族文化的一个鲜明表征：雪线之下，水草萋萋，牛羊漫坡，众生芸芸，正是五彩缤纷的世俗人生展示场，一个释迦牟尼所说的"苦、集、灭、道"循环往复和生死流转的场所，也是"一个弘扬佛法的地方"；雪线之上，神秘永恒、幻象万千、智慧光大、无惑无恚、万法之智、轮回循环……雪线，在文化层面上，实际上就是佛教教义的世俗红尘与"幸福彼岸"的界断。作品开头就以"燃烧的雪焰"一章，用金色阳光照耀在雪山，犹如火焰燃烧等艺术意象，折射出面对雪焰的观赏者内心强烈的情绪波动。就面对雪焰的甲央泽真而言，当年爱子扎西为殉教而自焚的熊熊烈火场面记忆，似乎就被眼前的"雪焰"所激活。

在顺定强的小说中，雪域高原的自然风景展示，是最具有鲜活生命力和最具有地域特色的部分。"仰望雪线，群峰与天穹相连；登上雪线，白云犹如披在身上的羊毛卷；驻足雪线，阳光明媚，空气清冽，蓝天仿佛一汪碧水冻成"，"雪线之上，薄云挽千峰，山朗雪润，碧空万顷，皑皑白雪；雪线之下，飞瀑轻吼，山林因它而葱绿，田野因它而富庶，江河因它而丰泽"等。藏人居住的环境，也是令人神往的，"其实雪后的牧场很美丽，尤其是夜晚，每当月亮升起时，皎洁的月光洒满雪线下的坡地，洒满深谷，星星像凝结在天上的冰晶，冰峰巨大的身影和白雪组成明暗交织的图画，仿佛前方就是光明，回头便是无尽的深渊。雪线以上，冰雪在强大的寒冷下发出'咔嚓'的断裂声响,似乎要达到崩塌的边缘。尤其是雪线下的夜晚,沉寂而浩淼。往往,夜的静谧会增加人的恐惧和孤独感,生和死、明与暗,仿佛只在一线间……"这些,其实源自于他在《相约阿曲河》《洒满阿坝的阳光》《行走阿坝》《神奇的莲宝叶则》等散文集的练笔。正如他在《行走阿坝》(2009)中所言:"那都是一种不可言喻的动机、或者是一种奢望,让我不得不跨在日光的马背上静静地远走;那是一种情怀,一种意愿,也是一种目的,更是我们经常赞叹的那种美丽的壮观。"

三

一个羌族人的视角对藏族文化的感知并开始进行汉语叙述,这倒是富有趣味的。《雪线》作者既是有对20多年"身在此山中"的藏地人生深切体味,又因为羌族的族群识别而可以"横看"和"侧成",较为超脱地静观。他在雪线下的安多藏乡工作和生活了20多年,见证和参与了那里的社会变迁与风云激荡,甚至直接参与过极为艰难的"应急"危机事件的处置。他太熟悉那块土地,大雪漫天,村寨里人们围着火塘大碗喝酒、狂放歌舞,巨石堆前,煨桑沐浴,青烟缭绕,经幡猎猎,这些都是作者多次亲历过的生活场面。社会转型期雪线下藏族人的生活状态与虔诚的信仰,全球化时代各种信息在藏族地区的荡涤,以及经济时代对于牧区生活传统的冲击力,还有种族隔阂与宗教信仰差异等历史和文化原因造成的社会不稳定等,都在小说中得到一定的表现。借用僧人玛尼之口,作者很清楚雪域高原的藏族文化的两个大的体系,即"本波教文化和班底教文化""都以佛教文化为主,其信仰、文化习惯、理念,都与佛法有着密切关系",又如"如今藏地僧人人数占据了藏族总人口的百分之三十,寺院教育和佛教教育就是他们的生活",悲悯众生、笃信轮回也成为组成藏民族精神系统和日常生活的主旨。这些就是小说富有一定思想深度的原因。

拜祭神山的煨桑仪式与漫天飘飞的龙达,是小说一开头就展示给世人的独特风景。真实生动地表现笔下人物的生活方式与人生形态,是小说尤其是长篇小说的一大特征,这也是文学人类学理论所注重的要素。《雪线》在对安多藏族的生活习俗、文化形态等的展示，是成功的。例如"女人头一次进老公家门，要先向烧水做饭的地方敬献哈达，还要唱《锅灶赞》的颂歌"，又如藏族婚礼的各个环节描写，如"女儿席""梳头歌"、迎亲、送嫁、"下马礼""祭茶礼""穿衣礼"等，还有关于火塘的忌讳和敬畏方式，以及手抓牦牛肉与和哑酒场面，阿卓的骑马技术描绘等，这些独特的雪域高原文化风习，在小说得到大量呈现。又如藏地独特的生产关系展示，受雇佣去放牧者，在受雇佣期间牧群中的牛奶、奶渣、酥油、新出生的牲口和过冬死亡的牦牛皮以及需要剪下的羊毛等，就成为放牧者受雇期间的生活资源和工资收入。还有在有关修行僧尼玛的文字中，作品对藏族文化以及构成藏族文化核心的藏传佛教，进行了系统的思考。如此等等，都是作品获得读者肯定的重要认识价值。

在人物刻画方面，甲央泽真家族几代人，在近百年中国社会风云变幻与藏地社会发展变化历程中，具有聚焦意义。曾经"被当地一座寺庙认定为转世活佛"的爷爷阿贡，20世纪50年代初期捐尽全部家财给布达拉宫，自己则进入大昭寺成为"帝师"，偶然原因未能跟随"精神领袖"去"那边"，是一代智者；父亲泽郎，则成为解放军县大队一员，"剿匪"立功；甲央泽真抓住虫草贝母的商机，利用牧场雪山资源，成为该地区新兴产业的领头羊；儿子扎西和多杰华丹，是藏族青年一代追求"精神世界"又受到外部敌对势力蛊惑的代表；泽白则成为有才华的藏族干部……与甲央泽真同时代的更登确迫，曾入寺为僧，读过中学，经过商，成为"喝酒、抽烟、还杀生"和"很现代的安多藏人""很多习惯已经汉化了"。回到牧场，他从村主任开始，直至县长，这个形象，亦是当今众多藏族干部的一个代表。小说让世人看到：几代藏族人在民族融合社会繁荣的进程中，各有各的不同人生轨迹。"修行僧尼玛却是一个怀揣梦想入世的修行者"，让杀父仇人的儿子成为自己的弟子，提醒汉族领导钟国强注意现代学校教育与传统的寺院教育，对藏族文化尤其是藏族文化核心的佛教文化传承的重要性，也主张学习现代知识。

"喜马拉雅山南麓小镇"是小说对"那边"描写较为具体的。这也是小说的一个独特方面。在分裂势力代表"秃头贡戈"的运作下，扎西、甲央泽真、德吉拉姆等,都去了"南麓边境小镇",寻找幸福人生。小说第16章,集中通过"在南麓边境小镇的日子",写出了受骗上当的藏族流亡者在"那边"的屈辱和艰难的生活状况。作为一部表现当代藏族社会的小说,作者较好地处理了这样一个重要而又特别容易惹麻烦的问题。还值得注意的是,《雪线》还真实地表现了目前藏乡(不知是否仅仅是作者熟悉的安多藏乡?)社会构成中,除了世俗的政权如村、乡、镇、县等权力机构,以及宗教神权的载体佛教寺院,还存在另一种"执法者",这个藏语中的"迟哇"也叫"管寨子的人",是本地民众公推且有一定的任期,职责是调解民事纠纷、处理僧与俗冲突,可以行使暴力,作品中的"秃头贡戈"和第24章所写的那个"迟哇"即是代表。笔者曾经开设过"地域文化与文学"课程,多年的"教学相长"砥砺,以及曾经撰写过多篇对四川藏族文学的研究文字等,自认为对雪域高原的藏族文化还是了解的,却在初次阅读《雪线》时发生疑问:在土司制度已经消亡后,现在的乡村政权中,没有这种编制和"管寨子"职务,而传统的宗教神权载体即藏传佛教寺院中的"铁棒喇嘛",只负责本寺院的秩序纪律,"秃头贡戈"凭借的是世俗政权还是宗教神权去行使惩罚暴力?……

四

作者似乎尚未正式发表过短篇或中篇小说,首次向世人推出的长篇,还是存在一些不足。从大的方面说,藏汉冲突是藏地题材作品绝对不能回避的真实问题。由于顾虑太多,一些表现就流于概念。多杰华丹实际上是与扎西形象重合的。兄弟俩都执着于佛教教义,又善良能干,又都遭受外部敌对势力蛊惑而参加"藏独"活动。此外,作品对人物处理的某些环节失当,很难让读者把多杰华丹与那个行动迅捷的"蒙面人"、尤其是参与过"绑架、纵火、偷盗等多项犯罪活动"的暴恐分子联系起来。甲央泽真与德吉拉姆年轻时的远牧活动与激情冲动,时隔15年后在"那边"的再度重逢,都写得激情四射。但二人重新结合的婚后生活急转而下,感情破灭乃至于导致德吉拉姆入水自杀等,处理得不太符合生活逻辑。

《雪线》的创作主旨，决定小说思想与艺术的表达。"寺庙、僧人、佛塔，这些色彩绚丽的元素，点缀在蓝天白云之下，为众生描绘出深不见底，又触手可及的佛教世界。"小说封面的这些广告语，实际就是作品还应该加强的内容。甲央泽真、更登确迫、德吉拉姆、英措等，他们的人生表现形态以及灵魂深处，应该还有更多的佛理呈现？藏族社会运行的一大特征，宗教与生活密不可分。念经、转塔、祈福等就像吃饭睡觉一样成为日常生活要素；转世、轮回、来世、因果等，就是制约价值观评判以及日常心理活动的主要内容。佛教对藏民族性格和心理的影响，导致藏族题材的文学创作对佛教的描写是无法回避的。对小郎卡出生时自然异象的描绘，钟国强与格桑梅朵互相发现对方"有佛光"等，从藏族文化的角度看，都是极为真实的。藏地的神秘主义文化，空灵神秘的意象体系，在《雪线》中呈现得还不够。"活佛的话，就像山上滚下来的大石头，谁也挡不住"等藏族社会独特的运行方式，也未能得到适当的表现。作者毕竟不是藏族人，文化角色的认同，致使作者内心深处不可能像藏族人那样，有三拜一叩的坚定信仰与顽强的毅力。从理性角度上说，作者与作品主人公钟国强一样"对那片圣洁的土地作了长久的仰望"。但是，作为一个主要从事该地区新闻和宣传的官员，很多"政策"限制以及宣传禁忌，制约了文学上的表达。当然。在长篇小说的体式把握上，作者还有些不熟练。

概而言之，这是一部瑕不掩瑜、总体上有着许多创新点的藏族题材长篇小说。其对藏地民俗风情的绘写，有关雪域高原人生形态的表现，尤其是"安多藏族"近几十年来的社会变异与生产生活方式的转型等，在国家的多民族融合过程中几代藏族人不同的人生道路和命运，还有对"雪线"上下奇异自然风景的诗意展现等方面，都是值得肯定的。

（原载于《羌族文学》2018年第4期，总第103期）

《山神谷》：以神秘现实的民间特质览胜奇异的羌地世界

——梦非长篇小说《山神谷》中羌地世界及其写作特色的简析

四川汶川 羊 子（羌族）

导语：从固有创作模式转向小说的成功突围

梦非大学毕业参加工作以来，一面致力于羌族文化收集、整理和研究，牵头完成《茂县民间文化集成》土门卷、较场卷、赤不苏卷、沙坝卷、凤仪卷等史料性图书的编辑出版工作，一面更痴情于个人文学创作和本地文学活动的策划、组织，创建茂县羌族文学社，主持编辑出版《羌山文丛》诗歌集、散文集、小说集及《羌族文学作品选》散文卷、小说卷、诗歌卷，是一个沉默内敛、颇有成就、影响力大的羌族作家。他文学创作20多年，在《草地》《民族文学》《四川文学》《星星》《四川日报》《华西都市报》等报刊发表作品，作品收入多种选本，出版诗集《淡蓝色的相思草》《流年心诗》，散文集《相约羌寨》《灾与情·"5·12"汶川特大地震百日手记》《流年心情》，羌区旅游文化文图集《人文羌地》《羌文化旅游目的地·茂县》和民谣体诗歌集《唱游茂县》、文史散文《茂州史话》等9部作品，写诗写散文早已形成自己风格。

近些年，也许因为固有创作模式的熟悉，也许因为表达主题需要的呼唤，梦非的文学创作呈现出反思活跃、主动突围、积极进取的优秀姿态，以蕴藏丰富的羌族文化为坚实的精神心理和创作不懈的依托，毅然决然，厚积薄发一般，向曾经陌生而当下热闹的小说领域展开探索、开辟和进军。这种反思，这种突围，这种进取，需要指出来的是，在当代中国少数民族文学领域羌族文学范畴中尤为珍稀宝贵。这之中必然包括签约成都文学院的作家张成绪，包括在诗歌创作上不断寻求网络与纸媒发表作品的诗人曾小平，包括从岷江上游去到阿曲河畔、途经梭磨河谷再回岷山怀抱的作家顺定强，包括出身体育专业而一直蓬勃的诗人羌人六，远比一直在原地打转打旋乃至退步得浑然不醒却不断获奖或发声的作者（作家）更要可喜可贺、可敬可爱得多，饶有情趣丰盈得多，非常值得羌族文学评论的注意和研究。反思进取的梦非先后创作发表的短篇小说有《遥远的粮食》《遥远的狗》《持枪的男人》，中篇小说有《半怀往事》发表在《民族文学》，尤其出乎所有人意料的，则是构思创作近10年的长篇小说《山神谷》在2018年3月的出版，这标志着梦非这个羌族作家在小说领域中本民族题材创作的日臻成熟和巨大收获。

《山神谷》这部作品与另一个羌族作家顺定强报告文学作品《抗击百年顽疾》一样，同属于中国作家协会2015年度少数民族文学重点作品扶持项目篇目。该书出版字数25万字左右，借用羌族民间文学特有的表现手法、表达方式和族群信仰、主体民风等人类区域内涵，神秘而且现实、充满诗情地反映出圣山雪隆包下羌地自然和羌人社会互为言说却又各自隐秘的奇异世界。

在尚未开启《山神谷》这个小说世界之前，作家梦非仿佛以漫不经心的语调，首先推出引言："现在，我就将这些埋藏了一个世纪的故事讲述给你们，它比虚幻真实，比真实遥远。"作为一个合格读者，应当首先提出相应的疑问：引言中的"我"是谁？是作家？还是山神谷的山神？或是山神和作家二者都有？"比虚幻真实""比真实遥远"当中这两组看似矛盾对立却又递进统一的表述，是否是故弄玄虚，或是真有其事？这里的"你们"是小说之中的"你们"，还是小说之外的"你们"？因此，引言值得阅读注意，甚至可能的话，还应当做出相应的理会：莫非真是一把具有开启这部小说世界性质的钥匙？！或者换个角度说，引言本身就是小说世界本体特质的自言自语，急切到了需要在篇前隔空明示？！可遇而不可求的、"未见其人，先闻其声"的阅读趣味，便由此滋生弥漫开去。

小说核心：二元对立并存的哲学思想统帅

《山神谷》里的羌人世界是独立于中央王朝（集权大统）之外的化外之地，有着自己独特且有机完整的一套生存秩序和族群社会成熟的规则、习俗、信仰、民风，一方面在于作者能够从自己熟悉的经历或者听闻或者阅读的资料中剥离出来，成功描述和书写出小说中这样一个隐匿分布在岷江上游山水当中一百年前的人和事、景和物；一方面在于小说核心之所在，是作者主张抑或羌人世界本身所践行的哲学思想的统帅和支撑：古老得神秘现实而且充满生机与活力的二元对立与并存。通观整部小说，这样二元对立并存的环境与人物的刻画和书写，既有别于当今世界的多元多彩，又合理施展对非现实的想象进行简单辩证有力的把握：二元对立并存的小说表述方式（合理与非理、前半部分的平弱与后半部分的强美）、二元对立并存的小说氛围营造（精怪的虚幻与真人、释比的神秘与真事）、二元对立并存的社会演绎特质（封闭与介入、失踪与再现、议话与决策）、二元对立并存的自然客观交替（昼与夜、生与死、远与近、黑与白）。

首先看地理单元与族群社会的对立统一。在中央集权之外，即所谓的化外之地、蛮荒之地，羌人族群以人类早期最为本源的方式生活生存，对脚下和周边的自然地理及其资源高度依赖——靠山吃山，族群内部也以自然地理单元进行分割，出现了山神谷、浮云谷、阴阳谷、太阳谷、月亮谷等为主体名称的族群社会，形成彼此之间相对独立又相互联系的社会关系。

再看人生命运与神秘天机的对峙统一。这可以从主要人物木心和柳馨的爱情婚姻的孕生、发变和最终成型，以及猎人草生对于山中飞禽走兽的肆意猎杀与家庭成员遭取报应，不难看出山神谷中仿佛生生不息着一种隐形巨大又十分强悍的神秘力量，左右调控着其间人世社会中个体命运的起伏跌宕、喜乐悲伤。

第三是历史传说与现实生活的隔膜统一。小说不同人物，无论男女老幼，都在深受梦境、历史神话与现实的冲击和滋养，彼此既决裂隔膜，却又相依统一。譬如民间传说中的窑人（尧人）居然就是生活中的故事大王。再譬如，古老神秘的释比文化的传承方式：阴传——老释比在世没有教授的释比经典和施行法术，可以在阴间通过阳间托梦或者灵魂附身的抽象非理性的方式，进行教授传递给生前弟子小释比，最终完成释比文化神授家传的完整性交接传承。

第四是自然环境和人类社会这两个近似皮毛依附关系领域中的强与弱、生与死、正与邪、老与少的对立统一。小说中描述了地位主体且强大的山神谷的意外死亡与"月亮谷"和海子的应运新生。高远圣洁的神山雪隆包的静穆及其通过特定人物和意外事件的发生发展，言说人间不可妄为亵渎的神训法则。族群内老释比的公信端正与族群外端公的狭隘邪恶，老壮人物的正常死亡或非正常死亡与新生儿的正常与非正常降生和成长，青年人的恋爱（偷情、野合）和婚庆成家，无一不交织形成一首显性隐性辉映轰鸣的人生社会交响曲，圣神与光明，健康与和谐，邪恶与自私，害人与害己，在神山雪隆包笼罩庇护的光芒中曲折悠扬，晦涩，铿锵。

第五是谷外争斗与谷内安宁、山外丰富与谷内有限的变通统一。茶马古道（其中一条是从山神谷到茂州城，再到松岭关，再到观音梁子，再到绵州；还有一条是从山神谷到松岭关，再到龙安府；再有就是从山神谷到茂州城，再到灌江口，再到成都府）是连接山神谷隔壁邻里和内外世界的要道和文化交融互动的强健走廊，山谷外地理社会的大环境和群山谷中自成体系的族群地理小环境，因为突发事故（或兵变或政变，或纠纷或侵入）、绵绵长期通联（跑摊匠、客商马队、屈指可数的姻亲）等因素，呈现出沟通交流乃至交融（一百年之后）的更大社会共体。牧羊人后代阴生到成都府当木匠，其子从军流动各地，最后从绵州兵败逃回山神谷，隐居神山雪隆包，其女却回嫁山神谷猎人草生为妻，实现了人世间从谷内向谷外、从谷外到谷内的流转变通。当然，还包括后来茂州府铲烟官员巫专员，以及巫专员之前从成都府进入山神谷调停纷争、驻守飞水关的政府军官羊保，都是小说情节生动变通统一的关键因子。出乎意料的是，羊保居然也是山神谷的人，其妻子是山神谷世界中众人皆知的"八月瓜"。

小说整体主题思想的设置，或者表达，或者呈现，都能够让读者透过小说情节的铺陈和人物命运长短多寡的起伏，通过这样二元对立统一的哲学思想的实现，终究会触摸到作家梦非羌族身份的人生况味和成熟自信的文化表达。

雪隆包：羌人生存理念和精神信仰的标尺与象征

《山神谷》中的雪隆包是羌地圣山，其间囊括山神谷、阴阳谷、太阳谷、浮云谷等几个巨大的群山谷地。小说族群社会单元和自然地理单元，皆根源于雪隆包这座美轮美奂的神圣雪山，让四面的群山相生相依，让四下的谷地村落心理明朗归依。这样的雪山始终饱含着圣洁、高远、丰饶、仁慈、神秘莫测的崇高品性，是所有谷地羌人奉之为圣境的天堂仙界，屹于心中，生死向往。追其民间传说和民族心性记忆，原来是羌人始祖木姐珠下嫁人间时，因为留恋回头而让随嫁的六畜惊散，成了野兽，奔跑在雪隆包之下的群山当中，而雪隆包恰好又是木姐珠曾经抛下白石成山，阻挡魔兵绞杀羌人的厄运，因而神圣、晶莹、高缈，同时成为通向天界的天梯。

在开头却轻描淡写地说出雪隆包和山神谷、村寨、释比的对立统一关系："（山神谷）谷地十分深远，尽头矗立着高高在上的万年雪山——雪隆包，寨子则建在溪旁的一处坡地上，上百户的石头房子依山而起，错落着向上分布，鳞次栉比，在青翠中呈现着一片深灰色。老释比叫木比，是能和鬼神沟通的人，具有超自然的能力，和他的身世一样神奇，因居住在寨子最高处的碉楼里，山神谷的人都叫他高头爷。"接着，小说又这样描述："雪隆包上白云缭绕，雪峰无限神秘，圣洁得让人心碎，峰顶直插天空，又和蔚蓝融为一体，使人想到远古时从蓝色中延伸而下的通天路。"但是，在羌族文化中的释比文化，其神性合法的传承人释比，就是这种核心文化的载体和生动演绎的传递者，无论是经典中，还是释比具体的每一次言行中，都把雪隆包的神圣朗诵得无以复加，乃至村寨中死去先人和老人，都要以神山雪隆包为心灵的旨归，让火坟或者墓穴和坟头都围绕、朝向着雪隆包。特别是猎人，对于雪隆包的敬畏和膜拜是毫无保留的，包括其家人也是，譬如猎人岩保丈夫死后："（妻子）水秀也从此病病快快的，在一天清晨不辞而别，走向了白雪茫茫的雪隆包……"

可见，神山雪隆包是雪隆包世界中所有谷地羌人的最为根深蒂固的生存理念和精神心灵的信仰寄托。《山神谷》中除了老释比木比这样德高望重的权威人物之外，还有一个朝夕濡染雪隆包文化的山神谷青年木心，代表着新一代羌人的世界观和民族信仰观，对雪隆包文化热忱崇尚和纯洁追求。因为出生在树心而取名木心的青年，在人生最为神圣关键的时刻——结婚成家之前，一门心思就要前往雪隆包，膜拜千古神山雪隆包，得到家人和族人以及心上姑娘的理解和支持，完成生存理念和精神信仰的执着探索和实践之后，终于心安理得、无牵无挂、满怀激情地履行成人婚配，努力创造属于自己的幸福生活。

向往中的雪隆包，在木心九死一生般的跋涉攀登之后，出现在眼前的时候，作家是这样如诗如画地描写的："站在路边向西望去，云正好散开，太阳的光芒照在远方高耸的雪隆包上，于峰峦间形成了一片温润的橘红色，白雪纯洁在天空下，神秘的气息扑面而来。""雪隆包的主峰仍在远处从众峰间突兀而起，覆盖着厚厚的白雪，峰脚下延伸的冰川如松木板上的花纹，弯曲成好看的弧线，层叠着波浪般荡漾在山峰间。"最后，在雪隆包山上的一个幻境，让他倾听到一个遥远而且十分神秘威严的声音而彻底放弃登顶雪隆包的痴心妄想："圣山只能装在心里，不能踩在脚下。"

在整个羌地社会中，神山雪隆包同时是一个神灵保佑的避难所。小说丧葬歌中这样歌唱到雪隆包的博大、威仪和永恒："你到雪隆包上躲灾去了，没有躲脱；你到深山老林中躲灾去了，没有躲脱；你到十二岩台躲灾去了，没有躲脱……"典型的避难者，莫过于木心朝拜雪隆包时撞见的那个"野人"阳生，"他"的出现和生存，都是雪隆包神秘护佑所恩赐的。

但是在猎人草生眼中，山神谷的群山和神山雪隆包，都是他的私家宝库，想怎么取就怎么取，想怎么猎就怎么猎，尤其在他娶回妻子牛肋巴之后，为满足私欲的膨胀，不顾山神谷禁忌，春季滥杀怀孕生灵，私下启用邪术"黑山术"，肆意绞杀种种飞禽走兽，最终得到悲惨报应——儿子山神保一生下来就长着一双鹿脚，长于爬行，却无法直立成人。

回想在人类文明进程中，神山圣水文化的发育、继承、忠信和弘扬，是早期人类对赖以生存的自然山水和智力无法理解阐释的各种各类现象的总体心性流露和合法的社会性强化,《山神谷》中的羌地世界就是以雪隆包作为族群信仰和生存理念的根基和源泉,是作家深刻理解羌族文化而在小说中确认塑造的精神象征和灵魂标尺。

"三权"并存:羌地世界古老而现代的社会运行机制

人类社会每一次大大小小的文明和进步,总是伴随着人性流淌的虚伪与卑鄙、生命付出的血腥与死亡、社会变革的探索与成功,然而,其间应运而生的公共权力,在社会管理机制和国家管理体制中的日趋成熟乃至科学,终究不受任何个人、任何阶层、任何集团的任意阻挠和特别限定的。当今世界的三权分立,是西方国家的一种政治学说,是关于国家政权架构和权力资源配置的主张,即立法权、行政权和司法权这三种国家权力,分别由不同机关掌握,是既各自独立行使又相互制约制衡的一种国家管理体制、管理模式。

在小说《神山谷》中羌地社会的运行机制却出乎意料,竟然有着三种公权并行不悖的事实,但并非当今政治意义上的三权分立,具体是族长统领、众人商议、释比主宰这三种社会权力的角色分配和显现,既古老,又现代。相对而言,族长统领和释比主宰在神山雪隆包体系下的山谷族群中占据着显性地位,而众人商议只有在山谷社会集体重大的事件和节庆活动中才得以保障和展现发挥,处于隐性和短期有效的从属地位。

山神谷中的族长在春耕春播、秋收秋分的集体劳动以及村寨社会突发或重大事件中,彰显着统领、召集、分配、分派的威严角色,同时管理着山神谷这个社会单元的主要财产——牦牛(耕牛和闲牛崽儿、母牛),具体由其家人春枝(媳妇)实施牧养——集体劳动相对轻松悠闲,借机还可以为家庭干一些采摘野菜之类的顺路顺手的实事。这份公共差事不是谁都可以胜任的。族长最后在山神谷和阴阳谷之间的纠纷冲突对抗中壮烈牺牲,实现了生死为公的可歌可泣的人生。在与释比相处的关系中,族长是直接统领兼敬畏协作,目的旨归在于推进完善山神谷社会领域中相关家庭和集体的重大事务。

释比是羌地社会精神灵魂性的人物，主宰着祭祀庆典、婚丧嫁娶、请神安神、除魔驱邪救人等神秘神圣又现实现场的一切事件和活动。小说中这样写到山神谷的释比："老释比叫木比，是能和鬼神沟通的人，具有超自然的能力，和他的身世一样神奇，因居住在寨子最高处的碉楼里，山神谷的人都叫他高头爷。"这个人物十分了得，能够未卜先知，能够掐指神算，能够解除妖魔缠身人的身心痛苦，能够引起山神谷族群精神心性的建构确认、敬畏和安抚。同时，他生儿育女，从来不脱离现实的生产生活，不像山外其他信仰发展到上层建筑之后游离在具体的游牧、躬耕和工业文明之外，是山神谷社会不可或缺的精神领袖，德高望重、威信满满的核心人物。

第三者公权就是议话坪上的集体议话。议话坪议话是一种制度，这种制度的产生和实施，根本上是源于早期人类社会集体面对大自然的复杂多变而个人个体无法与之持久抗衡所做出的集体选择和公共确认维护。山神谷就保留着这样的远古制度，同时体现族群众人群策群力、同心同德去实现与外在不可分割的自然环境和内在紧密联系的社会关系融洽相处，或有效抗衡。议话坪本身确实是一个更大更自由的公共场所，集会聚会的好去处，有事议话，无事休闲，或歌或舞，或搭建大房小事的坝坝宴等。每一年开春的祭山会、农历十月初一的大年会、妇女的请歌节，也都在这里热烈隆重地开展。这种人人介入众人参与的公共场所和公共事件，是良好的社会群体和个人个体相互依存、关系情感巩固修缮递进的最佳途径，与族长统领、释比主宰形成多层社会关系的多向支撑，相互作用，共同促进和睦鼎盛，绵延家庭与族群的兴旺发达。

虚幻和真实同在：羌地民间文学外形内质的现实表达与表现

无论中国文学，还是国外文学，民间文学在其中都占据着源头故乡和母胎腹地的重要地位，一直源远流长，生生不息。在文体形式上，民间文学包括神话、史诗、民间传说、民间故事、民间歌谣、民间叙事、民间小戏、说唱文学、谚语、谜语、曲艺等等。在我国，无论以《诗经》、汉乐府为主的现实主义作品，还是《楚辞》为主的浪漫主义作品，都积极吸取民间文学广阔鲜活而丰富的养料。作为在羌族文化土壤上成长起来的作家梦非，对于羌地各种形式的民间故事是耳濡目染、心领神会、如数家珍、倒背如流的。作为一个优秀文人，梦非长期热衷致力于羌族文化的收集、整理、学习和研究，身心早已被魅力无穷的本民族精神文化所陶冶和滋养，因而，对自身民族文化的储藏厚积和文学思考的筹划准备，终至于在《山神谷》这部长篇小说中得以酣畅淋漓地演绎书写、探索和构建，将羌地民间文学中最为浓郁且本质的外形与内质得以小说形式的表达和表现——虚幻乃至神话魔化与真人真实有机相生，浇注在故事情节之中，给人以另一种审美愉悦和阅读满足。

小说开篇第一章就出现民间故事中常见的梦境见精怪，营造出一种自然而然又特别的神秘氛围，奠定小说魔幻虚拟与真实同在的叙事风格，随后，顺理成章讲述出山神谷中羌地社会所特有的阴阳相通、生死无界、草木有灵、人妖互化（毒药猫）、释比法术、端公邪术、猎人猎术、招魂叫魂等等奇异又天成的民间逸韵与信仰习俗。

小说世界中一桩接一桩的奇事、鬼事、异事、怪事、神事，其实都是山神谷民间社会生活的外在表现形态，拨开这些灵异森森的迷离外衣，深入小说本身不难看出，深刻反映羌地社会历史文化和现实精神风尚才是小说主题意趣的根本所在。

另一方面，山神谷中的民间歌舞、节日庆典、婚丧颂辞，包括其他神话传说，譬如羌戈大战中的戈人，同时可以从故事虚化中赋形成真、脱颖而出，在小说《山神谷》羌地社会的真真实实地演绎推进，充满生机活力，散发出蓬勃迷人的魅力。

在人物形象塑造方面，虚幻魔化与真实同在的人物，典型且匪夷所思的莫过于这两个人物，一个是"一肚子故事"的老瓜头，居然在他临死之际才揭示出他的戈基人身份；另一个则是山神谷中猎取无度的猎人草生所生的儿子"山神保"，一出生就惊破世俗，竟然长着一双鹿脚，之后也无法直立，只能"从床上梭下地，在堂屋里爬行"，稍大"手脚并用"，再大"纵跳"，奇异非常，煞有介事令人堪忧。小说同时刻画山神保以正常人生——吹羌笛诉衷肠，着实让民间文学特色弥漫得真真假假、虚虚实实，给人留下揣摩反思的阅读余味，自我观照的领悟滋味。

民间文学最最本质的特征是发酵于现实生活，真人真事中弥漫一种神秘、奇异的浓厚气息，带着恐怖、惊险的节奏，给生活带来惊喜和乐趣，消解疲乏和单调，同时实现文艺作品陶冶人、教化人的社会功能。

从写作学、民族学、人类学角度看，长篇小说《山神谷》这部作品，无疑是作家梦非探索创作长篇小说的一次可喜可贺的成功。从整体结构上，稍加留意不难发现，前半部分更多倾向于民间文学的特质特征，后半部分脱开前半部分熟稔的表达惯性的牵制，进入文学的自由表达。

（原载于《羌族文学》2019年第1—2期，总第104、105期）

以禅韵诗情来速写人境心语
——向瑞玲诗集《听雪》主题及写作赏析，兼谈《心门》

四川汶川　羊　子（羌族）

前面的话：可以跳过去

人活在这个可以更好的人世间，充斥着无穷的荣光、寂寥、振奋与孤苦、平凡、华丽、单调、繁复等物质与精神待遇的交织互生，然而，人之为人，在于主动认识、发掘、甄别、抛弃和坚持，更在于从生命的意义与精神价值的维度上去鉴赏、希望、创新与创造，随之获得心灵的愉悦和不断的满足，继而攀行人生更高的境界、更加自由纯净的心灵空间。这时候的"可以更好"，一方面向外，个体灵肉人格所处的自然与社会对立统一的外部世界；一方面向内，个体人格灵肉本身互惠共生的内部世界，两个世界一大一小真实存在，彼此关联，互为印证，达成"大我"与"小我"的和谐共存，实现自然与人生的最大效益，供养滋润无穷的来者，更有美感地生活在这个人人向好的人世间。

写诗便是这人人向好的文明修为之一种。诗歌的出现是灵魂存在的一个表征，诗篇不是，但诗篇作为诗歌存在的物质载体，却意象生动地反映着诗人灵肉的真实。这里首先不得不指出的是，在当前现实中很有一部分人因为排列出诗篇一样的物件便高呼为诗人，殊不知却天缺着诗歌应有的境界、韵律、滋味与本质。那么，诗歌的本质是什么呢？那便是生命的尊严、灵魂的自由和文辞的纯正，包括其他与人类已知无关的种种神谕、神奇的附身与现实代言，绝非诗篇形体形态的越俎代庖或鱼目混珠。读者喜欢诗歌，究其理是欣赏且共鸣于诗人的灵魂漫步、幽怨与歌吟、踌躇与自我革命带来的物我升华,哪怕是啼血杜鹃一般的呐喊,或是茕茕独步于山鬼出没的野地净土。读者喜欢的是诗歌的亲近和灵动,或豪迈,或凝重,或驰骋,或安宁,喜欢灵魂的自由与烂漫,喜欢诗人在世俗混乱生活中沉淀下来的清新明朗、挺拔与高远,同时喜欢诗人对于风霜雨雪、雷电风暴的恐怖与战胜,喜欢尊严不屈于低矮与沉沦的淫浸和腐蚀,喜欢灵魂与肉体彼此之间的独白、倾听、拥抱和欢歌。这便是文明诗学所崇尚的诗人之美,诗歌之美与文辞意象意境之美。这样的美一旦熏陶了低落阴暗挫败的人境世界,这个世界也会因之而明亮高亢璀璨温馨飞翔起来,饥饿与贫瘠、偏僻与埋没、沉沦与堕落也会因之而神光焕发,以至拥有神助一般的挟山超海的智力,甚或爆发出沧海桑田、颠倒乾坤的神力。

美好的世界都期许这样的人生,美好的世界都加持这样的人生。《诗经》活到了今天,屈原活到了今天,杜甫活到了今天,莎士比亚活到了今天,相信还会活到明天,明天的明天,直至永远。我们便是这其中的一分子。向瑞玲是我们中的一分子。我们是谁?我们是文明修为美好的人,是茫茫星空中的一枚光子,也是一个时代获得认证的那一枚鲜章中的生命色彩,而向瑞玲及其诗集《听雪》的存在,是融入这鲜章火红色彩中的一记印迹,一缕光亮,漫步诗情禅韵速写的人境心语,唯善唯美。

《听雪》主题:灵魂在冷与静中站立

《听雪》是向瑞玲第二部诗集,其结集的时间跨度将近四年。我喜欢这种时间凝结和作品汇聚。向瑞玲是一个谨慎谦虚的诗人,曾在第一本诗集《心门》中坦言"一个在不适合写诗的年龄开始学习写诗的女人,尽管写得散漫、随性,所写的诗不一定像诗,却乐此不疲",可见她是一个说话写诗真诚的人。"作为一个诗歌爱好者,不能为诗歌赋予什么,更不想让诗歌赋予自己什么,他是纯粹的,又是生活的,像阳光、空气和水,就这样静静地坚守,静静地享受其中滋味,最好。"这是向瑞玲写诗的情态,她生活的真态。

《听雪》是向瑞玲四年人生旅程中践行属于自己"最好"的一种印证;

有面对自我静静的独白，有在人在事之前款款的倾诉，有对景对物对时光的点到即止，省去诸多文字的拘泥或铺排，让感触、感悟与心性、心地凛然站立，毫不在意言有尽而多端多向的意象，把生命的诗情和诗歌的空白、意境的独特与文字的禅韵，奉献给读者。

遍观《听雪》，其主题明朗，色彩多姿，意象巧妙，情怀赤诚，语言清洁，简约而快速地刻写出外在参与的社会人境与内在参悟的心灵话语，大致可以分出七个类型的分支主题：

一写自我直接参与的现实生活，包括物质的，也包括精神的，常常因为物质的世界而引起精神的世界，也可以因为精神心理的需求而介入物质的自然和社会。如《在壤巴拉》的行走、打坐、观望、倾听和叙说，《大藏行》的访僧拜佛，《在九寨，抱住一滴水深潜》那份漫游独处的心境，《轮回松州》的游走和冥想，《在喜舍，茶叙》与大德高僧或佛教信徒之间的茶饮与叙谈，《孔龙村》对即将淹没前的村庄秋色秋景秋收的敬仰、凭吊和缅怀而带来的自我攀升，《梨花深处》的信步和心地领会，不失情景的自如和幽深。

二写生命亲情处境生况的落地生根、生生不息与刻骨深邃。四世亲情熔铸诗人生命，诗篇《立春》以笔墨诗情传递生为子女的深爱和无助，与《七月的雨》《陪母亲行走》《十二月》等篇，倾诉自己与慈母的生命同频、心魂同震、悲欢同在，而《清明与父亲》和《清明，点一盏灯》则记忆了失去父亲的离落、离索与冷静、清醒、希望和祝愿，走出祭奠的悲念，却又在凄迷时节点亮思念之灯、灵爱之灯，照彻身为后代的生命之灯。《五十五朵玫瑰开了》温婉满情地道出夫妻之爱的"鲜艳透彻"之诚之美；《写给儿子的诗》从醇厚绵长的生命渊源落笔，到当前"而立"青春"尚浅"之时的思想指引与期冀"只要用心写，世界会俯下身来，为你添灯磨墨"，再联想将来的形在身在、情在爱在"你需要不需要，都一直在那里""我会像家里那件老旧的砚台，或静卧书案或俯身笔墨"，勾勒出未来自我的诗人形象和母亲角色的相辅相成。

三写临近社会层界的人物生存情状，予以关注、关爱和关怀。如《央金与锄头》通过"第一锄"的希望、"第二锄"的苦涩、"第三锄"的收获将其一生浓缩在向菩萨的祈告和诉说之中，锄因种果，令人唏嘘叹惋；《托哈达的达娃》却因达娃的人生而隐入作者自己的人生，因达娃的洁净而牵动自我的意愿，达成外部世界与内部世界的对应、对照和和睦一体；《我的阿爸走丢了》从小女孩达娃拉姆的孤独念想的心地出发去探幽阿妈的离情遭遇，道出女人独自养女的悲苦与寒寂，这三首诗歌典型关照的是藏地人境的一种社会真实。《擦鞋女》《一双球鞋》和《银匠》带着太阳般温暖的目光深入当前社会底层人物的勤勉及其心地的真善美，而《同乡》从侧面勾勒出与自己现实有牵连的身边人物，采取以外写内的手法，描摹出同乡乡愁的隐秘和尖锐，《烧烤》却以同龄人的目光和人文的关怀去关注同龄人的人性人生，透出远远的忧思、近近的关切。

四写脚步和身心介入的人文旅途。这是诗人生活视界的扩充与文思漫涌的投射，如《在天水饮酒》的友情出乎女子性情，充满豪俊古意的人生岁月，古典而苍茫，豪迈又细腻，《登麦积山》的流连回首，给人以言有尽而意无穷的阅读审美，《门头沟》的京城别韵，藏满历史与现实交融的厚度。

五写时令时辰花物雪月风霜在生命中的印痕体悟。如《遇见，蓝花楹的梦》写得灵巧，在虚与实、远与近、我和你、树与人之间自由进出，《桃花打乱春天的常态》漫写世俗对"春"对"姑娘"的常态，予以警语劝导和人道训导，《野桃花》的"野"和"美"，因景衬人，因景照人，《桃夭》的灿烂与宿命，《昙花》和《雨中》对待生活的方式和态度，《致太阳》的无奈与悲命，《杯中水》写法巧妙，从静看到动，从微观世界看到宏观世界，先写低落，转而关照，直至歌吟这情如人生的杯中之水，《雪，或者其他》《雪莲或诗的意象》《一把月牙》《大雪无痕》《一朵雪》《月光》《画蝶》《暖冬》《年轮》《四月雪》《霜降》等等灵动的诗篇总能让文字走进天地万象，同时看见诗情表达的诗人的慈悲与冷暖的胸怀。

六写时代灾难的关情。如《再写九寨》《诺日朗》《伤逝》《遥望汶川》等诗歌，是关于汶川和九寨沟这两个地方先后两次发生的牵动亿万人心的大地震，表现出灾难给地方及其生命带来的死难、苦难、困难和艰难，也影印着诗人对于幸存者幸福生活的企盼和想象，既是内情与外景的深度交织，也是灾情与关怀的真诚拥抱。

七写自我生命与灵魂光阴的关照、关乎。如《风烛》立根自我，抒写自己,勾勒出一个蓬勃生灵突遇岁月蹉跎之后的大惊大痛、大静大悟、大分大解,一面审度自我,一面关爱自我,闪烁着自渡的悲悯和温情;《听雪》是新旧思想割裂交替的疼痛带给肉体的沉淀和灵魂的站立,使之与雪的冷静和雪的干净浑然一体;《抵达》以隐喻和象征的手法,刻画一个倔强、坚强的自我;《褶皱》《三月,我远去的青春》《光阴的触须》《沦陷的阵痛》《沐》《今天的雨》《大雪预言》《风从四面吹来》《独看秋水》《折叠的乡愁》《突然》等都是静心自观自救的好诗,虽有苦楚与疼痛的些许晕染,却总能摇曳、传递出苍凉挺进的脚步和心跳,短小诗篇洋溢着现实主义的浓郁气息和理想主义的盈盈光彩。

诗情:人生在场与旁侧观视的悲慈表达

生命中常见充满遐思又富于情趣的人,但是一旦引以为文字形态,又区别出庸常、拉杂、臃肿与精炼、巧妙、成熟,对自我人生现实的场景抒写,对身边社会人物多层次关注观览,概莫能外会有下里巴人和阳春白雪的对立、对峙。

《听雪》是诗人向瑞玲对所历经体察的人和事、情与景、意与绪进行甄别和筛选后的诗意结晶。通过诗篇,一方面可以捕捉到诗人的身心所触、所念、所动和所感的异于他人的独到和个性,一方面可以窥看到向瑞玲感知自我和外部世界所愿意体认的诗意诗境的一份记忆和记叙,二者之间缘情而起,赋诗而成。整部诗集由四部分组成,一为意象马尔康,一为立春,一为梨花深处,一为听雪,四辑内容既有时间空间的抒写差异,又有诗情诗意的共同营造,其审美着力和书写出发,在于一颗呵护心灵、关爱生命、感念时令风物环境的心。这颗自尊灵动的心,独立而敏感,随时随地因诗情的注意和禅思的探照而闪射出怜悯、慈爱、悲切关注的光芒,纯粹自我的内在,也照亮周围的事物。诗情的辐射、包容、提炼、升华,总能让那些平凡平淡平常的自然时辰景物和社会人伦人生展示出非凡的艺术魅力。譬如《一双球鞋》,借助一双被主家抛弃的球鞋,诗人不是简单表达出世俗草率、轻薄的厌弃和揭露,而是给予平等温情的尊重、歌吟和赞美,撕开表象,剥离出身居社会底层的拾荒者内在世界的金子般的美好："尾随晨风的脚印，把人们扬弃的生活，当一匹朝霞拣回""一双半新的球鞋，被翻飞的旧物托着，你的心，跳到了嗓子眼，天空蓝得像儿子刚出世的眼睛"，简约典型地勾勒出翻找垃圾的人的内心之激动、灵魂之美丽，让诗歌的光芒与一双球鞋交错映照，给读者以崭新的发现和体验认同。其实，支撑这样的审美观念和抒写风范，是诗人向瑞玲超拔现实又滤尽社会的慈悲和平等的哲学宗教情怀。

也许，更多人看到了外在世界的自然美、客体美，而诗篇本身则蕴涵着诗人自己的内在美、主体美，彼此映衬或烘托，共同铸就向瑞玲诗歌风格的纯粹和纯正。物我两存、悲喜同在、意象别致、诗情典型是诗集《听雪》最为显著的诗歌特征。

《野桃花》写出了田园之外的荒野之上野桃花这种生灵的情态、意态、姿态和状态，似《褶皱》《三月，我远去的青春》一样，以点及面，以小衬大，总能牵动诗人敏锐却不脆弱的神经，予以摄取和拓展，举重若轻，深刻体味出这悬崖峭壁似的、惊涛骇浪一般的人生滋味。

迎面的光阴一茬一茬，经历的人生一程一程，诗人的目光安静而且坚定，抒写的诗篇恰如砌灶生火，从无到有，从冷到热，从寂静到沸腾，继而归于平和，诗歌的切入点与承接点、横断面和纵截面，外形的短长与内涵的深浅，莫不是向瑞玲诗人性情溶解社会人生的真切反映，而诗中的一切又那么凛冽、锐利、炽烈、醒目和惊心，这些原是上苍赐予世间的殊异独立的美，经过诗人呼吸视听的淘洗、选择和打磨、重组，让灵异之气流荡在自我的心扉。《听雪》听到的是"内部事物"生长出"新的思想""悄无声息地替换割舍不掉的旧枝枯藤""在干净得不忍落痕的驿站""与之浑然一体"，这是怎样一种生命把握与灵魂复活，在诗人内部和人境外部之间"犹如裂帛"，悄无声息得惊心动魄。

禅韵：省悟与体察之际之余的文学修为

说起禅韵、禅意或者禅诗，想必会勾引起诸多回忆，无论现代，还是古代，都有非常成熟的表达。譬如唐代的王维因为善写"明月松间照，清泉石上流""行到水穷处，坐看云起时""空山不见人，但闻人语响"等禅诗而被世人推崇。唐代另一个最典型的禅诗莫过于佛教慧能大师的诗："菩提本无树，明镜亦非台；本来无一物，何处惹尘埃？"这些诗归为禅诗，是具有宣传佛理或禅意禅趣的特征特质的。在日本，这样的诗歌叫作俳句，在今天的中国诗坛有人称之为截句，诗体样式精短，短兵相接、图穷匕见，一般三行五行、一行两行，颇具写意和禅味。

向瑞玲是个女子，虽没有出家，但天机聪慧，勤于体察感念，表现在诗歌中的人生玄想、顿悟与禅韵，着实丰富而自然，少有刻意、雕琢的伪情，这是其身心文学修为的人生表现，仿佛阵雨中夹杂的阳光般通透，又好似喧嚣的尘埃中的一泓清泉，自我率性，自我通达。之前诗集《心门》中《葡萄树下之偶感》已有这样丰满俊美的体验和表白："葡萄树下的秋天，一群人，盘根错节""阳光里，暗藏阴影，裂变的果实，或酸或甜或涩。"再如《六月的落叶》："我正好出门，乌鸦正好叫了，一片轻生的树叶，在灰色尘雾里匆匆坠落""四周空旷而寂静，那只多事的乌鸦，已不知去向，唯有默然的树，和我，一动不动望着。"这简直就是完美的典型的小说式的人境心语，"我"既是一个叙事主角，同时又是一个冷静的旁观者，也是贯穿全诗的线索与主题，世界上"六月的落叶"在"轻生"，在"匆匆坠落"，此时此刻的"四周空旷"而"寂静"，一静一动相互映衬，还有"乌鸦""正好叫了"和"不知去向"，以及"树"的"默然"，都在"我""正好出门"那一瞬间发生，而"树"与"我"作为整个事件的两个主体，彼此都阔大无边，面对着这样的"乌鸦"、这样的"四周"和这样的"树叶"，表现出出乎意料的冷静、无语。

《心门》中如此禅韵的诗歌已经相当成熟，但是并不像《听雪》中这样随见和明静，可以说，《听雪》是《心门》的扩展，将更多世界万物的悲欢离合弥漫在诗句中却不显隔离，点到即止的晕染效应从容地交给读者的眼睛和心灵，有的一目了然，有的需要读者阅历与生命情怀的介入、回响，其禅韵、其滋味方显出"相视而笑，莫逆于心"的妙美无穷。

《年轮》超然得惊人，"穿行其间的万物皆为过客，时间是个空壳概念。"《突然》的奇迷，诗中意象仿佛在场又仿佛不确定，这"突然"的是死亡，是"突然"本身？还是绝望、打击，抑或奋进、抗争？"把头颅不停往深水按，我飞快地敛住呼吸。"《抵达》是一则隐喻，象征着倔强而自尊的自我"抵达，一条逼仄的峡谷""清晨徘徊至黄昏，一直拿不出胆量，放下膝盖""虽衣衫单薄，兜里揣着，草木的种子""抵达，带着痛楚，逆向生长""凿开冰与火的岩层。"而《遇见，蓝花楹的梦》在收尾处的当心一拨："所有的起落，无关又有关。"还有《致太阳》的无奈与悲悯，等等，都从不同侧面不同界面不同层次不同程度地体现出向瑞玲独有的体察感悟和禅韵诗情。

对于人生、对于生命、对于尊严、对于内心，诗人向瑞玲坦然面对又仿佛游刃有余，其诗歌体悟与勾画在文辞诗境中翩然飞翔，如《天黑黑》中的"夜吞下最后一口白，满足地收回伸手不见的五指""摸不着边的黑里，必须保住这点骨质。"这里的"黑"是"天黑黑"的黑，是黑的本身和递进，几乎是内心世界某次深重感触的白描与写生。《睡莲》是写景，也写人生："你端卧清风摊开的手掌，沉淀的灵魂剥开层层苦茧，拥着万物的疼惜，呼。吸。"《沐》的奇妙在于写情态、照自我，一明一暗，一美一衬，简直就是一幅黑白分明的中国画。即便是《沦陷的疼痛》这样写"人吃五谷"之后的生病和治疗，也要拉来战争和战场的殊死搏斗来互证、记忆和镌刻。

这之中，让人难以忘怀的莫过于《在小河古镇》。这首小诗"小河古镇短短的街道，用半生来走也没走完，斜阳从城门顶泼下，万千光线结满传奇，我边走边解，越解陷得越深，直到把自己走丢。"这种尺水兴波、缩龙成寸的短诗特质，余韵缭绕，是对于传统和现代、小说和诗歌的巧妙运用，表现出语言的亦轻亦重、古镇时空的古今交错，以及诗歌意象和心境情致的取舍编排之成熟优美。另一个可以算作当代新边塞诗的《轮回松州》，既写出松州历史的粗粝、恐怖、原始和空旷，同时写出充满生机和母性青春的生活旋律，以"我坐在时光的岔口，反复采撷，交错更迭的镜像，向空白中投掷，颂词和悲歌"表达出诗人向瑞玲的历史观、哲学观和人生观。

个体与群体、主体与客体、文辞肌理与节奏旋律、主题意旨与篇章结构，在诗集《听雪》中都十分和谐、得体、有机地融合成一体，艺术地展现出诗人向瑞玲对于诗歌艺术的追求与探索，也反映出她对于诗歌与自我生命的节律和操守，不唯遵命，不求闻达，而是一味地听任于自我生命中的灵魂与灵感的召唤和滋养，无论人世间习以为常的亲情、友情、爱情和婚姻，还是社会现实中的底层、中层、上层，抑或天地山水时光的浩大磅礴、花草树木内心的微渺斑驳，作为诗人的向瑞玲都不去划分出庸常森严的等级界阈，不去邯郸学步，不去步人后尘，相反，却在诗歌实践中一如既往地秉持心性，独树一帜，不惊不乍，不呼不喊，始终忠实于客观又忠实于主观，忠实于外在社会的人境又忠实于内在自我的心语。也许，这便是向瑞玲所说的真正意义上的"最好"。

《心门》：一道开启人生叙事与诗歌表达的心灵之门

人的生命诞生于四面山水或丰腴或贫瘠或青黄不接的情与景中，随即被亲人目光怀抱、亲吻、祝福和期待，被时辰风物熏染、勾引和提拔，被时代社会培育、教导和鞭策、鼓舞，却又自觉不自觉地沦入自我的隐忍和默让的困境，如何才能担当和成为集体和社会齐赞共赏的平凡人物或卓越英雄，仿佛一只上足发条的钟表在循环中嘀嗒前行，操控着鲜活而独特唯一的人生，从众从俗的惯性思想和行动常常让自我心灵与身体陷于忙忙碌碌，几近呐喊、呼号的绝境。

"一个在不适合写诗的年龄开始写诗"的向瑞玲是否如此并非重要，重要的是她认为"像阳光、空气和水"的诗歌与自己的生活，不可分离，甚至完全不可没有。显然，这是诗人向瑞玲清醒地入世又保持超然于世的自我，让身与心获得双重舒展与蓬勃、鲜明的存在。

《心门》就是这种舒展和蓬勃鲜明的灿然结晶，标志着诗人向瑞玲身份的物质形成，虽为首部诗集，却处事不惊地滚烫着一颗浓醇的诗心，从此开启向瑞玲模式的人生叙事和诗歌表达的心灵之门。

本来，《心门》是该部诗集中一首"给手术的丈夫"的小诗，却赫然呈现出作为妻子和爱人的烈烈忧心，忠诚而且悍然标榜，在生机与死寂的对垒较量中，提心吊胆地与丈夫同涉忘川，同步生死，世界上哪一个女子敢与之相匹配比拟，直至"门开了，你穿过月光的冰冷，带着晴空的湛蓝，住进我的世界"这般完美和完善。忘情地投入于自我身心，诗集中哪一首没有渗透向瑞玲灵与肉的交融和互惠？对于丈夫、对于家庭、对于自己、对于诗篇，向瑞玲一以贯之地专注、值守、捍卫和拥有。除此之外，因为机缘、友谊、关爱和游走、阅读和体味，《心门》中饱含赤子之情、同胞之意，叙写着属于自己的独立人生，如《孤独如影》的自我映照和彼此激励"我带你走了不少路，你为我牵引梦的马匹""让我着迷的，不是你孤独的天性，而是辽阔的自由。"《在路上》的自我雕塑和自我倾诉："这些年，我把自己藏起来，像冬天把春天藏起来，暮色把天空藏起来，在短暂的宁静与长久的虚空之间，像一朵抽干了水分的茶花。""阳光穿透风的手掌，迅速铺开，像是铺开了，藏得太久的自己。"再如《桃花醉》《一个女人的情怀》《我在青藏等你》等与同时代人的交际交情，让一份份友谊得以诗性的回应。

　　《心门》更多叙写和倾情，表现着诗人穿行自然与社会生活、个人生存时的体察、体味、体验或体恤，以及交游交际交往的感触、感想和感悟，这些诗篇涵养且辐射着诗人的大慈大爱、至痛至美，同时也是诗人品性的日夜丰满与诗人形象的文本展露。最后欣赏几首小诗，作为进入向瑞玲诗集《心门》的一盏灯火，招呼引导着那些寻觅诗意的眼睛和心灵：《夜色中的少女》："她们头挨着头，脸对着脸，樱桃小嘴含香吐蕊，在凉爽的夜风中，把心弦拨动。"《伊姆的午间茶》"一群快乐的伊姆，泛着酥油茶香的脸庞，充满神性向往。"《祈雪》："寒风啊，别催得太急，我需要足够时间，等一场漫天大雪，酝酿，盛大礼花。"《蝉之歌》："直到把我唱成一只秋蝉，把世界唱沉默。"

(原载于《羌族文学》2020 年第 2 期，总第 109 期)

《围炉夜话》三种视态、八种关系与周正文艺主张的简析

四川汶川　羊　子（羌族）

《围炉夜话》是阿坝师院周正副教授撰写的一部文艺评论集，2019年6月由四川民族出版社出版，内分三个部分：文学思考、文艺评点、咬文嚼字，相应冠以"视线""视角""视点"三个栏目，划分为三个小辑。借此，我将这三个小辑的栏目，作为阅读鉴赏的三种视态进入《围炉夜话》，同时依照我个人的阅读习惯和理解方式，进一步将三种视态融汇截取后重新归类、调整为作者与文本内容的八种关系，并在此基础上分析、概括归纳出"周正文艺主张"，希冀与作者和读者开诚交流，品鉴出《围炉夜话》独特的文本价值和社会功效。

作为大学教育阵地第一线的专职教师，周正先生一直满怀抱负，身心情怀莫不与教育、历史、文明、时代、文化、教学等等休戚与共。因为教育教学内容属于汉语言文学写作，其先后参与编写《现代基础写作学》，出任《阿坝师范学院报》副刊编辑，负责教材撰写和文学稿件编审，期间还参与完成国家级重点课题《羌族释比经典研究》，完成省级、校级课题多项，多篇论文被引用、转载或者被人大复印资料索引，教育和科研的成绩卓尔不群。

周正副教授漫步崇高的教育领域，他走入鲜活的现实生活，是他接受同在一个城镇的《羌族文学》编辑部邀请，出任编辑、副主编、特邀主编，参与到当代文学创作活动和文学期刊编审，逐字逐句心甘情愿为他人做嫁衣一般不知疲倦地修改、润色、升华业余作者文稿并使之发表，即使在2008年汶川特大地震中身心遭受创伤和中国开天辟地承办奥运会空前盛况悲欢交织的

情境下也无怨无悔，千里奔波，保障期刊的按时出版。他一面提笔创作出《泥树湾传奇》《老婆没味》等富于批判现实主义思想的小说篇什及无数的随笔散文，一面参与到地区和省内外文学活动，承担史学图书《中华羌族历史文化集成：羌族文学史》《阿坝师范高等专科学校校史》及报告文学集《水磨重生》等主编之职。这样一路走来，在高校教育、地方文学编审和个人文学创作中，师者、学者、作者、编者多种身份同在的周正先生逐步完成《围炉夜话》的主体内容，来对应时代生活和教育工作中的自我，还在后记《他总是那么懒》和前言《心不再冷》中一再谦逊地考量自己为人为文的作为和内在精神追求的反思与诉求。

《围炉夜话》的三种视态

《围炉夜话》是一部充满作者个性思想与担当情怀的文艺评论集，首先从内部三个部分可以看出作者周正先生治学的匠心独运和出版编排的别具一格："视线"集中专注于文学领域内的主题思考；"视角"倾向于文艺家及其文艺作品的鉴赏评点；而"视点"则是深入历史和现实中词汇语句进行"咬文嚼字"的针砭和立论。通过《围炉夜话》主题语境世界"视点""视线""视角"这三种视态，构建起周正特有的评论视野和特定的评论空间，从而水乳交融地呈现出属于学者周正独有的文艺主张。

第一种视态为"视点"。其主要内容是"文学思考"，然而众所周知，文学的外延和内涵是相当宽广和深远的，因此《围炉夜话》中的"文学思考"只是侧重于散文这种主要的文学样式和羌族文学这个特定民族文学领域的思考和论证，以及写作表达的理解和认知。《散文发展略览》简要梳理出中华散文的历史和现实，分为散体文字的古散文、文学之一种的现代散文、渐趋独立成熟的当代散文，以及作为另一个参照系统的港澳台散文。《散文是一杯清茶》行云流水一般道出散文书写和散文阅读皆需要一份清闲清淡和顿悟，《"形散而神不散"批判》和《我们身边的散文》则针对散文主张和散文现实的特征，提出自己的体认和思考。

这是广义上的文学思考，然而，最具特色的是对于羌族文学这个既具有地方特色又具有民族特征的文学领域的关注。应该说，羌族文学是中国少数民族文学中一个重要的组成部分，但是因为诸多原因尚未引起文坛更多注目。2010年4月，在西南民族大学文学与新闻学院主办的首届羌族文学研讨会上，周正提出"通常意义上的羌族文学，应包括两个部分，即羌族的文学和文学的羌族"，区别于"李明先生所编著的《羌族文学史》，基本上就是写作的主体的角度来定义羌族文学"。同时进一步指出"在羌族传统文学中吸取营养""要深刻领会羌族生活的特质""应多借鉴其他民族作家尤其是少数民族作家对本民族生活的把握""只有理论才能指导实践"这四个方面作为"现代羌族文学的救赎途径"。在此基础上，周正结合编辑《羌族文学》这个民族为名的刊物稿件和认识接触羌族作家作者的前提背景下，比较认真详实地探讨了《关于羌族文学几个相关问题的认识》，厘清了"文学与文化的关系""文学与民族文学""羌族与羌族文学""他民族与羌族文学""民族意识与羌族文学"以及少数民族与羌族的"历史分期问题""其他文化成果与羌族文学之间的关系"。

  第二种视态为"视角"。《围炉夜话》这部分文章收集了相关的文艺评点，涉及文学领域内的有诗歌、小说、散文、报告文学以及相关作家、某些文学现象，同时还涉及影视、美术及羌族文化等文化艺术领域中的作品。这之中，既涉及中国文学，也包含外国文学，既有古典名篇如《红楼梦》，也有现当代作家如鲁迅、余秋雨、路遥及其作品，更有对身边阿坝这片热土上蓬勃生长的文艺家及其作品的关注与评述。超然于文体，侃侃而谈，探索远近，纵横古今，由此可见论者周正学术风采，不迷信所谓权威，不拘泥于外象，不唯命是听，而是遵从于文化担当、学养品行和个性化思想，一概源于义不容辞、有感而发，不无病呻吟，不装腔作势，不玩弄学术词汇，言谈品评随意而自在，不破不立，不立不破，但不是鲁迅般尖锐，非愤青般激烈，而是温文尔雅，或水到渠成，或点到即止。《围炉夜话》中尤其值得注意的一个现象是，周正对于阿坝州文学现象的大面积关注，集中出现有18篇关于14位有影响力的作家作者作品的前沿研读，用情用心也用力，这对同属于中国西部地区的阿坝文学的发变和成型，起着不可忽视的鼎承、呐喊、团结、鼓舞和导引的现实推动作用。

第三种视态为"视点"。《围炉夜话》这一部分被评论者周正先生命名为"咬文嚼字",阅读其中篇章之后便会发现,内容和文体都可归属为随笔、杂感一类,抓住现实社会生活、教育、文化、文学或者历史等有违"文句"本意却反而流行的现象,进行一番剥离、比拟和分析,揭示其丑陋、偏见和谬误,强化其本来的善美、正面和正道。譬如《鼠眼看李宇春》是对"当前流行文艺现象批判",《请≠尊重》深刻剖析了言辞与内心的分离和统一的关系,还如《美丽与漂亮》这两个近义得疑似相等的词语的分解和再建构,更有《有关"小姐"与"妓女"杂记》,历史而现实地勾勒了词语内涵与外延变迁在于整个社会心理的破碎与颠覆。这些针砭社会的醒木之文,仿佛一家之言,却又不甘于沉默,逆流而进,正本清源,表现出一个教育者在当下"考分教育""学术腐败"双重背景下普遍缺失却又难能可贵、最为基本的价值判断和社会担当。

《围炉夜话》文本内容与作者的八种关系

常言道:"学高为师,身正为范。"这对于置身于高校师范教育中的教师周正先生而言,更是深入骨髓、翱翔梦境的道德品行和职业行为规范。教学之余,在相知的交谈中,作为师范教师的周正,仿佛花开一般,总是随时散发出一个灵魂工程师的纯粹幽香,无不关乎青年学子之学业情状与未来发展。如若要探索起《围炉夜话》写作的缘起,当是源自对学堂内外莘莘学子的辅导、引领和调教,在于教育之外对于文学艺术的热爱和对于现实社会的参与,其文本内容自然包括周正先生深入文艺领域中文艺家及其文艺作品的阅读、阐释与发散、引申,以及恒久的支撑与呵护、理解。概括起来,《围炉夜话》是一部针对散文、羌族文学、阿坝州文学、四川文学、中国文学、影视作品、美术作品、教育现实、社会风尚、流行文艺、写作表达等诸多话语范畴的评述和鉴赏、推介、剖析、驳斥和建构,从其本质上说,这是一部有感于作者心之所系、情之所至的关注对象的研讨和阐述。再深一步而言,《围炉夜话》所研究的文艺评论对象,都与作者专业学养、工作职责、社会担当、现实交际、情致爱好等密切相关,据此,本文大致梳理归纳出《围炉夜话》文本内容与评论作者的八种关系,予以相应分类和简要阐述。

第一种关系是论者与同时代文艺家及其作品的关系。正是这一种关系的确认和存在,恰好反映了身为高校教师的周正副教授与时俱进,一方面坚守当代知识分子"修身、齐家、治国、平天下"的教育职责,一方面走向更加广阔生动的时代,贴近实际、贴近生活、贴近群众,与同时代性情各异的文艺家相知相识,体会其文艺风格和创作主题。因为兼做《羌族文学》编审的缘故,也因为羌族文学发展的需要,周正先生更多关注了羌族文艺家及其作品,有谷运龙、羊子、张力、黎怀平、雷子、顺定强、余理梅等,同时也关注阿坝州汉族文艺家如杨瑞红、罗晓飞、王庆九、周家琴、王立兵、李春蓉、周跃刚等,也有对诸如余秋雨、王国平、李宇春等名家和歌星的点评和批判。从这些文艺家及其作品的鉴赏和评点,读者和文艺家本人都可以强烈地感知到周正一腔真诚的学者形象,对于文艺家的尊重、信赖和维护、批判和否定,也是对文艺作品的艺术解读、发现和艺术升华,对文艺工作的推动和促进。这是周正同政治生态、文化生态、经济生态、社会生态、地理交通生态下的零距离赏识和交流,更客观更富于人情地反映出文学艺术本来的真实和特有的艺术魅力。

第二种关系是作者与羌族文学的关系。应该说,这一层关系的建立,根本上就是基于周正先生参与主编《羌族文学》这一个以56个民族中的羌族族别命名的文学期刊,2008年之后成为全国羌族文化生态保护实验区唯一的纯文学刊物。为什么将此种关系与第一种关系剥离区别开呢?那是因为除了研讨同时代羌族文艺家及其作品之前,周正先生还特别注意研究了羌族文学这一文学主题,而且,第一种关系中的同时代文艺家还包含了非羌族文艺家,侧重点不同,关系自然有所区别。虽然,从篇幅上看,就研究羌族文学为题的文章只有2篇,但是,再加上专论羌族作家的10篇作品,着实可以看出论者周正先生与羌族文学的关系,是研究者与学术领域、研究课题的关系。如若当下文坛表现出更多平视,而非俯瞰,或视而不见,那么,羌族文学的特征特质与文学贡献必然不会这般寂寥、寡欢,即便不得不承认,羌族文学品质和外象是否值得学术关注和翻译研究,那当属于另一个崭新的学术命题。

客观上讲,羌族文学相对于其他少数民族文学,整体研究和影响力与实际表现都是不相匹配的。因此，周正先生将之纳入自己的学术视野和研究课题，从最基本、最基础的概念和关系进入话题，继而渐渐深入到问题本身，描摹出当代羌族文学的概貌和历史分期，实属可贵。在专题研究羌族文学和羌族作家作品中，周正先生从客观现实现象入手，联系羌族历史和羌族文学史，似同莲开又仿佛剥笋，层层开启主题中心又注重其存在的具体表现形式。从其关注对象和研究成果看，周正对羌族文学这一领域的研究，既有外延上的界定，又有内涵上的开掘，更有对优秀作家作品的具体分析和把握，譬如最早关注的是《羊子的高度》发表在《阿坝日报》上，接着《羊子与羊子诗的一种印象》，然后诗《羌族诗人羊子〈羊的密码〉解读》，而研读谷运龙的作品有《字字句句总关情——读〈谷运龙散文选〉》《有个性才可爱——略读谷运龙〈行走在欧洲的阿坝之恋〉》，都是对于典型作家及其作品的品鉴和推介。随后，又有了《诗意的栖居——读羌族诗人雷子的小木屋》《除了烟火，还有诗歌——余理梅诗集〈浮云牧场〉的叙述略谈》，以及《世界是我的表象——羌族作家顺定强长篇小说〈雪线〉的人物形象解读》《董湘琴〈松游小唱〉的成因分析》等，引起本土地域及其文学内外的读者和作者的关注，认识和理解羌族作者的存在和作品本身对于评论者周正的阅读触动和个性化解读。

　　第三种关系是论者与文学的关系。文学是文化形态中的一种，与音乐、舞蹈、美术、摄影、戏剧、影视、建筑一样，属于人类精神世界参与物质世界的一种客观表达，反作用于人类心智代代相承，不断向前发展，越来越高级，越来越文明。本质上讲，人的个体与人的群体共同构成人类整体。群体孕育个体，个体影响群体，从而推动整体迈步新的历史。《围炉夜话》是作者参与群体的文化汇总，主要探讨论者、作者与文学的关系，而文学是语言的一门艺术，通过语言文字来形象生动、扣人心弦地反映出人类社会复杂的内部世界与外部客观世界之间的矛盾与和谐。周正在这部评论文集中无论是"文学思考"，还是"文艺评点""咬文嚼字"，众多篇幅涉及文学及其表达方式的论述，以及相关文学作品的解读，作者年代包括古代（如宋代苏轼、清代曹雪芹）、现代（如鲁迅）和当代（如路遥、余秋雨），作品涵盖名著（如《红楼梦》《阿Q正传》）和非名著（如《谷运龙散文选》《雪线》），其评论的作家和作品，有的是相识的，有的则通过作品认识的，有的纯粹属于文学研究，如《董湘琴〈松游小唱〉的成因分析》，但是，贯穿始终的研究对象就是文学，而文学就是人学，是关于作者和作品人物的生命与心灵的学问。文学中流淌的精神河流，也是评论者所乐于交汇的文明之流。

第四种关系是论者与社会现象的关系。任何人的存在都离不开自然环境，也离不开社会环境，因此，无论在怎样形态的人世间，个体的人都融入群体社会的各种关系之中。作为一个因为教育而改变命运的教育工作者，周正先生对于自身所处的各个社会时期的社会现象相当熟悉，甚而洞若观火，但社会万象不胜枚举，社会关系错综复杂，社会现象也难以穷尽。面对新叶一般灵性可爱的校园学子，为师者当是为尊者，也就应该慨然出场，对于熟视无睹、有眼无珠、有口无心的"请"或者"谢谢"，对于"跟风"、麻辣烫一样缺少营养的"流行语"，对于"美丽和漂亮"，乃至"小姐（妓女）"的泛滥，等等，灵魂工程师周正忍不住就要"咬文嚼字"，一反常态的恭良温和，仿佛闻一多拍案而起，激烈宣讲"知识才是最好的化妆品"，鲜明地解读"素质教育就是全面教育"，在世俗朝下的社会伦理观念上"当头棒喝"。周正的社会责任和教育担当，便在《围炉夜话》中这一关系中得到"润物细无声"的淋漓体现。

第五种关系是论者与文学名家名著的关系。《围炉夜话》涉及的文艺家和文艺作品，既有身边籍籍无名的，也有蜚声中外的《红楼梦》《阿Q正传》。通览全书，研究文学名家名著，一样在于评论者周正对于文学品质的坚守和捍卫，却更多在于教育的引导和学术的一家之言，并非终南捷径、鹦鹉学舌。这是一个教育工作结合教育实际，设计和讲解的内容，培养受教育者要有自己的文学阅读和文学鉴赏。文学的高峰和文学的视野，越典型突出，越能根植学生的文学种子。打开思维，记忆成功，蹚出一条属于自己修为的人生之路。

第六种关系是论者与教育的关系。这层关系必然源于周正的职业所在，但又不是全部，因为这里的教育不是学校的课堂教育，而是广义上、更大概念的教育，涵盖家庭、社会、伦理、道德和文化本身。这样的教育是教育者自己品行道德和文化素养的反映，采取现身说法的生动方式，引起听者回忆神经的复苏，打量、审视、判断和取舍，进而在客观现实的社会环境中保持个体生命的形象，告别曾经的世俗的习以为常的认知和行为。自始至终，周正没有忘记自己的身份，一个儿子，一个师者，一个父亲，一个评论者，爱憎分明是低层的情感色彩，崇尚光明、追求文明和张扬个性，方是《围炉夜话》谈及教育的根本心思之所在。

  第七种关系是论者与羌族文化的关系。羌族这个古老民族有羌年、羌笛、瓦尔俄足、羌碉建筑技艺、羌绣等多个国家级非物质文化遗产，而论者周正先生所在的阿坝师院就在羌族文化生态保护实验区之内，调查和研究羌族文化成为这所本土高校的一份职责。嘉陵江东边、大巴山地区走来的周正，因为教育工作和生活环境的因素，早已深入岷江上游千山万壑中的羌族地区，羌族的民风民俗和饮食习惯也了然于心。论者周正与羌族文化的关系，完全出于周正参与到该校对羌族文化中最为悠久、灿烂丰富的释比文化文本《羌族释比经典》的整理和研究，以及对羌族文化中最为典型、生动活态的"瓦尔俄足"改编的歌舞剧《云朵·萨朗姐》的解读。从此研究和解读中，可以科学地窥见《羌族释比经典》记录了中华民族治水英雄和定鼎九州的华夏始祖大禹的长篇叙事诗《颂神禹》的恢宏和珍贵，同时分析介绍歌舞剧《云朵·萨朗姐》的形成和演出获得的社会效益，体现了论者及其院校对于民族文化、地方文化的丰硕贡献。

  第八种关系是论者与历史的关系。历史是时间，也是人类文明的智慧结晶。周正与历史的关系，是建立在周正对于文学史、文化史、民族史、当代史及这些史学中的发展脉络、优秀代表作和不同层次的文艺家的研究和梳理、推崇和阐释基础之上。准确地讲，这应该就是周正文艺观、历史观和文化观的综合反映。一个人的一生终究有限，一个人的价值却无法估量，如若通过文艺和文化载体的承担，其生命意义、社会价值、文化诉求和理想实践，就会获得物质文本方面的实现和传递，恰好印证着"文以人传，人以文传"的中华智慧。

《围炉夜话》中周正的文艺主张

  "围炉"者，坐拥团围评论者一胸膛赤诚肺腑者也；"夜话"者，白昼退潮、人事消停之后周正与各路主题主角主旨促膝而语，悄然铿锵，娓娓漫谈。

通过对《围炉夜话》"三种视态"和"八种关系"的解析，大体可以把握到这部评论作品所涉及的评论领域和评论主题，既有局部和总体的分配关系，亦有典型和普遍的映衬关系。一番番"夜话"，一年年"围炉"，这之间的孤寂与铺垫、徐徐与熊熊的阅读鉴赏、思考和问询、阐释和陈述，仿佛一叶出自古典的小舟，在缥缥缈缈的岁月中，离岸—靠岸，撑船—泊船，而最最教人怦然心动的是，这一次次前往的"岸"和停靠的"岸"，竟在不一样的纬度、不一样的海拔、不一样的风物、不一样的维度，就着实考验着驾船撑舟的评论者的胆识与毅力。事实证明，《围炉夜话》虽然没有明确构造出作者个人的理论体系，但不可否认的是，依然能够管中窥豹一般见识到周正个人的文艺主张和文化学养以及学术良知，反过来讲，正是因为首先存在周正的学术良知、文化思想和一直秉持的文艺主张，方才能开启一道道"围炉夜话"的山门，进而观赏到不同山门以内的山水人文与文艺主题风情。

因此，概括提炼出《围炉夜话》著者周正的文艺主张，成了本文需要探索创新的。这样的解读和简析，希望得到评论者周正本人和读者诸君客观的看待，若能赐予公允的商榷，那将是本文意外的收获。

第一个显著的文艺主张，从谈论对象概念的基本内涵介入，采取围点打援的叙述策略，将学术化的论题分解成平易近人的家常，特征分明又条理清晰地阐述自己的知性思想和文艺见解。这样的主张不温不火，仿佛静水深流，少有奔腾咆哮的激荡纵横之势，明显在于"有理不在声高"，一反装腔作势的评头论足，消解学界玩弄术语和引经据典的陈规陋习。譬如《文学的春天就要来了》，对路遥逝世20周年祭的《永远不要鄙视我们的出身》，还有《也看离了红萝卜不成席》《没有艺术，我们堕落成了工具》《不读名著读什么》《知识是最好的化妆品》等，将神圣庄严的文学艺术命题口语化，却不乏文化的底蕴与师道的尊严。

第二个文艺主张，自尊和尊重并存，不"以今非古"，不"以今修古"，原封不动呈现自己不同生活时期的文艺见解。这样的主张，以性灵为主，尊重历史，承前启后，继往开来，特别真实地展示自我观点所蕴含的时代特征和学养变迁。这让读者不得不再次面向评论者周正的这个姓名本身——天圆地方、周周正正，凝视中揣想着这姓名和这个人，究竟饱含着家人与本人多少的东方哲学思想、思维和意念、意趣呢？如《散文发展略谈》《我们身边的散文》《素质教育就是全面教育》，本质与现象的分层递进，即便文艺家及其作品和评论者双方都有所囿见和时间局限，依然一一呈现，而不隐瞒和修饰，保持学术的一种原生真态。

第三个主张，注重学以致用，既有抬头看天的文化修养，也有低头走路的文艺实践。大凡有高校学习经历的学子，因为升学教育的深度影响，常常表现出眼高手低、高分低能、手无缚鸡之力、学用分离的特点，有的因此爱好而直奔象牙塔，躲进学术的温柔之乡，与现实天气环境格格不入。因此，周正的文艺视野是鲜活且缤纷多姿的，贴近时代文艺的真实和自我价值追求的真实，绝非非此即彼、黑白分明的历史存照。这表现在周正把历史上的经典作品与文艺名家，同现实生活中籍籍无名、才入领域的文艺人才相提并论，高树浅草自持天命，珍珠大海各有风采，不厚古薄今，不言不由己，与自己生命彼此印证、交相辉映。

第四个主张，文艺评论出发点和落脚点在于评论者对于文艺家及其作品的感知、感悟和感想，而不仅仅在于维持和呈现文艺对象及其主题特征的独特存在，譬如对汉族作家王庆九散文集《独唳无声》的"散论"的话题命名为"修辞是对语言的修饰"，羌族作家顺定强长篇小说《雪线》的人物形象解读为"世界是我的表象"，张力短篇小说《姜维城》解读为"口语的艺术魅力"，再如对周家琴诗集《卓玛的风铃》的论题为"诗比历史真实"，在对《北京人在纽约》与《绿卡族》的比较中，提出"宿命还是超越"的论题，等等。通过如此个性分明的解读，抽象出文艺家及其作品对于鉴赏者的熏染和启发，别出心裁地开启另外一片阅读视野，同时展现出评论家和文艺家彼此的文化形象。

第五个主张，旧瓶装新酒的引申和巩固，贵在评论者与被评论者之间的体认和互惠，存储在文字中的，是鉴赏，更是生命的温度。戈青阳散文《母亲》读后，周正提出"母亲的春天哪里去了"这样的文题，其文章将作者的母亲与论者的母亲彼此播放、交织回味，一再叩问生身之母的青春与苍老究竟到哪里去了，叫人涕零。再如"羊子的高度"借用的是羊子诗歌《岷江的高度》，内分两段，首先引用"你是青蛙，你不要忘记曾经是蝌蚪，是有尾巴的蝌蚪"这句羊子的话来批判当前文人队伍中的"青蛙"，同时绘出羊子的"蝌蚪时代"。第二部分铿然有声地提出"喝酒的羊子，本质是诗人，是民族的诗人"，继而分析"诗才是羊子的灵魂"，率先分析了诗人羊子的形象。

如此生命流转岁月温馨的文章，在《围炉夜话》中比比皆是，香醇劲道如陈酿老酒一般，不一而足。鉴于时间和身体的关系，本想好好品评这《围炉夜话》更多滋味和风范，只好匆忙地告一段落，周正先生所身体力行的文艺主张，着实令人敬仰和感叹，希望再有机会再读再赏，心心念念的依然是"莫愁前路无知己，天下谁人不识君"。

(原载于《羌族文学》2020年第2期，总第109期)

同岷山高 如岷江长
——序羊子的诗集《祖先照亮我的脸》

北京 汪守德

"5·12"特大地震发生后不久,我带领一支文艺创作队伍走进了汶川,去采访抗震救灾的部队。当我们乘坐的直升机降落在一片开阔地,举目四望,只见山河破碎,满目疮痍,烟雾四起。眼前的惨烈景象使我们每个人都不寒而栗。从那时候起,一个民族比以往任何时候都更加清晰地走进了我们的视野,这就是羌族。不仅羌族是这次大地震首当其冲的受难者,还有众多无辜的民众血洒山河;与我们采访返程时处于同一空域与气象条件下的,执行救援任务中坠毁的我军直升机机长邱光华,也是一位英雄的羌族兄弟。

来去匆匆而又满怀悲痛的我,在一定程度上了解了从远古绵延而来,被岷山水环抱的民族,但我并没有对羌族拥有更深的解读,他们对于我依然是个谜一样的存在。多年后的今天,当我读到羌族著名诗人羊子的诗集《祖先照亮我的脸》,如同有一种记忆被唤醒,有一种断裂被接续。我试图从诗人用一首首作品铺成的精神通道中,去寻找某种我似乎说不清的,却意欲使之澄澈的那个世界。我随着诗人思维的深化与激情的抒发,深入到羌民族的历史、生活、灵魂深处,达到诗人诗意、情感、思辨的高处,去感受羊子的诗的想象力和创造力,欣赏其作为诗人独具的才华和诗情。这自然要感谢中国作家协会创联部组织的"中国少数民族文学之星"的评选,让这位早已成就斐然的优秀诗人,站在一片更加令人瞩目的文学或诗歌的高地上。

我与羊子并不熟悉,只是在评议会上初次谋面,而会议的严谨与距离,使我只对其诗集发表一点浅见,而未与其进行深入交谈的机会。我只是从他的《祖先照亮我的脸》中，读到诗歌中的羊子，而不是生活中的羊子。我在读这本诗集时，往往会情不自禁地停下来，想象这个我还非常陌生的羊子，是怎样的一位诗人；想象他的每一首诗，甚至是每一句诗是如何产生的，又是在怎样的情境下写成的。作品是作者与读者之间的桥梁，阅读自然使读者与作者通过作品建立起了最好的联系，我自然也是通过这本诗集通向羊子的诗歌世界的。羊子与我加了微信之后，给我发来了一些关于他诗歌的链接，我惊异地了解到，在这部诗集之前，他已经洋洋洒洒地出版了8部诗集。作为偏居一方的诗人，羊子显然在诗的王国中跋涉了相当长的时日，且收获惹眼。从我读到的他的诗作，以及诗评家对他的评论看，他的诗既是高产的，也是高质的，因此他从众多的诗人中脱颖而出，崭露头角，不足为奇，他已然是一位相当成熟的诗人了。

《祖先照亮我的脸》只是羊子众多诗集中最新推出的一本。我们从他的诗作中，可以看到一个静观默察的羊子，一个沉思冥想的羊子，一个始终与诗同在的羊子。他是西部之子，是苍茫巍峨的岷山、奔流不息的岷江孕育了他。他的诗作如同岷山一样高耸，如同岷江一样悠长，给人以回味无尽的余韵。他的诗作中出现频率最高的词汇就是"族群"，这或许表明他思考的起点就是他的族群，他审视世界的角度与抒情的依托和归宿也是他的族群。如："源头营盘山是岷江大峡谷，第一块升起炊烟的文明的母地，弥漫性灵，智慧和族群的歌舞，打水的陶罐，狩猎的弓箭和手棒，挂在胸前凝聚方向的玉珮，吆喝石锛石斧走进土壤，锁鱼网线在手中，起落有韵，火光，火光，熊熊的火光，生长在漆黑的天空之下，烛照西南河山，一片通红。"（《岷江的高度》）他或许充分意识到了自己的身份与角色，即他潜意识中把自己当作这个民族精神文化的最优秀者，因此有一种发生于内心深处的自觉与担当，也就是说既要为这个他所属的民族代言，成为这个族群在现代世界的杰出书写者，也要尝试将这个族群推向某种哲学的、精神的、诗意的高度。我想，一定有一种力量强劲地驱使着他前进，让他停不下来。

当然，羊子诗作涉及的内容是非常丰富的，与族群相关的祖国、家园、人生、理想、信念等，都是他观察思考的重要方面，并且进行着富于诗情的抒写和真诚歌咏，在字里行间散发出赤子般的至爱与赤诚。譬如汶川特大地震给他的内心留下了挥之不去的永恒伤痛，这情感之觞也成为他凤凰涅槃式歌唱的一个经常性的主题，听起来既沉重又慷慨，如："缺氧的大地和心灵早已满脸青紫。"（《活着真好》）"扶正生活的节拍，前进的步伐，汶川以大禹故里的身躯，古羌乐土，熊猫家园的形象，用华夏民族真爱擦去周身的血泪。"（《从废墟中站起来》）他的一双眼睛、一颗灵魂似乎时刻在历史与现实的一个个坐标上凝视与聚焦，并且在给眼中的人物与事物定位之后，进行深耕细作式的开垦，继而反映出其内心的执着深沉与所追求的不平常的表达。力求出新出奇的结果，使羊子的诗作充满了艺术张力，总给人以刚健奇崛的感觉，也从而有力地刷新了人们对于历史、生活、物象的原有印象，也从而引领读者随其一同飞升，真正达到诗意遍布的审美境界。

　　羊子的诗是现代的，也是具有古典意味的。有的诗作颇具少数民族史诗书写的味道，大气磅礴，深邃厚重，如："向空啸啸，向空驰骋，夜的战马在族群的子夜，踏破生命中的每一片宁静，寻找一个时代的战场。"同时也有偶感式的小诗，清新隽永，自在灵动，如："岷江的枝头上，羌寨一朵一朵散出幽香，萨朗点燃山歌，火塘沸腾咂酒，我的心，我的心扔掉思念，跟上枇杷追随樱桃，杏子牵出李子，核桃挽住枣子的手。"（《时间的聚光灯撤掉》）这都从多个侧面体现出羊子诗歌创作的不同风格与追求。诗意满满的羊子一定会在这条道路上继续前行，并且会让文学之星的星光更加灿烂，我们期待着。

　　（原载于《文艺报》2019年8月9日版，《羌族文学》2019年第3期，总第106期转载）

《如风如镜》的纯美品味

四川汶川　王明军（羌族）

在人的生命中，有许多值得记忆的事情。这些事情会在某一个时间，某一个特别的场景，不断地重新走入你的内心。有人会在闭目静坐中掀开那被时光隐藏了的一幕幕画面，而后又将它埋藏起来，有人会在孤灯下将内心的波澜用文字呈现出来，放在阳光里温暖。岷峨美朵就是一位喜欢用文字呈现内心世界的女人。《如风如镜》就是岷峨美朵生命世界中那些真情世界的文字记忆。岷峨美朵在自己生命的河流中奔流，对生命的敬重，对亲情的感激，对友情的怀念，《如风如镜》向着自己内心真实体感呈现，文字清明而纯净。

亲情是她心中最大的写作资源。很明显，她经历过世事、饱历过内心劫难，但她的诉说没有起伏跌宕的图景，而是一幅静逸之图。她安安静静地生活，安安静静地读书，安安静静地行走，安安静静地回望人事，与周遭事物对视，感受生活，体悟生命。她总行走在自己的情趣和情感中，充满了情致的叙述，成为她散文《如风如镜》的一个特质。

情致是一定价值和理性的情趣、情感，需要写作者具有一双发现美的眼睛。黑格尔说："情致一方面是个体的心情，是具体感性的，是会感动人的，另一方面是价值和理性，可以作为认识。这两个方面完全结合在一起，互相渗透，但不可分离。对那些情致特别微妙深邃的作品，它的情致往往是无法简单地用语言传达出来的。"《如风如镜》所呈现的情致让人感受到真实而纯美，干净而温暖。

她写父亲、母亲的散文《花开见佛悟无生》，是用力较大的一篇。在平静地回望中安静地描述里，父亲、母亲的形象渐渐跃然纸上，个中倾注了万般浓情。她在安静地叙述她的情致。在她叙述亲情的不少篇章里，不乏感人的段落，如《海叔，我的疯子舅舅》，将自己浓稠的感情通过海叔形象、事件的细节描写，呈现出一份女性涓涓不绝的细腻。生命既让人痛苦，也让人温暖。那些不绝的细腻是她安安静静地回望人生，与周遭事物对视，从而呈现出不平凡的情致，显得特别的微妙深邃，让一股真情流动在彼此之间。

　　从《如风如镜》的书写中，我们可以看出岷峨美朵是一个喜听唯美音乐，喜爱读书，内心十分敏感的人。理性的情趣让她雅致，丰富的个体情感，具体而感性。岷峨美朵如一缕风，从春天到夏天，从秋天再到冬天，这一缕风浸润人世的沧桑，感悟着生活的多变，让人感受到每一丝每一缕都折射出纯美的怜爱。

　　散文书写越来越多地呈现出丰富、复杂和深刻的多样性，但是最讲究的，也是最为宝贵的书写的真实。阅读《如风如镜》，很多篇章给人的是一种真实。事件、场景的真实，特别是内心的真实感受。《如风如镜》在人物的书写，其语言干净优美，感人至深。情节的描写、故事的铺陈，其文字优美，书写真实，意境的烘托，再现出情感的真实。其描写形象清晰、准确、独特，让文字与内心显得更加紧贴。

　　《如风如镜》中许多篇章回望的是人生一路走来时所遭遇的亲情、友情、爱情的伤痛，呈现的是生命的绚烂、华美、尊严、隐忍、坚强、拼搏。如："舅舅这代人，可能在命运中从未找到过自己真正的位置。你们这个时代好，不会在巨变中仓皇四顾了。这辈子也没有什么好后悔的。我一生中，太多的悲喜交集，开垦了自己的一小块田地，才知道什么都叫活法。有些人可以顺势而为，有些人可以顺性而生。侄女儿，命运强加给我们的并非真理，但无论选择怎么过，都要扛得起！刚放出来的那段日子，我随时穿着防弹背心，做好了防护准备，日子久了，觉得卸下一切才能从暗影中走出来。我已经赤贫如洗，还有什么不能丢？所以说，后悔的事，曾经有过，现在已经没有什么可后悔的。"生活的不易，让悲伤下的生命充满力量，隐忍而坚强，书写得纯美而真实，干净又温暖。

　　《沧海浮尘》《钩沉》是两篇情理交融的散文，营造了深厚的情感氛围，包含了丰富的哲理意蕴，情由事起，理在情中。岷峨美朵的书写是善于营造氛围，通过环境氛围、情感氛围的营造，呈现出健康、干净、温暖的特点。《如风如镜》中有很多的纯美的描写，如"顺着石梯向上走，往右看，对面的回澜塔在一夜飞雪过后，穿上了一袭白衣。塔顶上那棵桃树，以孤绝的姿态，静默地表达塔的灵魂。山上一丛丛茶树，也被压上厚厚的一层雪，显出岁月静好的样子。在那落满白雪的岷江岸边，曾经有芦花飞舞，而此时我喜欢它表达的清冷的感觉，我甚至陶醉在清冷的世界中了。"在写景状物、颂风吟月、抒发自我情感，营造出自我的内心世界，呈现出的内心感受，让人感觉美好。"阳光明媚的时候，那些学生们总是找一处惬意的地方，躺下，我想他们一定是躺在一种散淡的心情里，无所谓想什么，只想听听鸣蝉鸟叫，舒展一下。至于那些长长的吁叹与迷惘，失落与惆怅，随着这古殿庄严与轩昂，也已经长满了岁月的青苔吧。"这样静逸的情感营造，不是无病呻吟的做作，而是将炽热的内心凝固成生命的美好回望，不是唯美的写作，而是一种清新纯美的述说。

岷峨美朵拥有一双发现美的眼睛，在生活与生命的回望中，将理性的情趣、悲悯的感情用自己清新的文字书写呈现出来，能让人畅快淋漓地往下读。读之后总让我回想起自己那些相似的生活与生命。它让人回望到了自己的那些也许已尘封却无法忘却的痛中，一种生命在孤独、悲怆、挣扎……艰难成长下的痛。不过，《如风如镜》中所呈现的痛，再深的苦难都不是鲜血淋漓的，而是通过清新的纯美书写让我们眼前一亮。而在表现人事的真善美方面，通过具体形象的呈现，再现其至纯的真情、至美的意境、至善的心灵。痛中有善，痛中有暖，痛中有美。不管是写人、记事，还是说理，普通的故事，平常的生活，其内心里的情感丰富，以纯美和纯真，指向命运终极关怀上，让自己的书写真实、纯美，充满了不凡的情致。一种淡雅而忧伤的呈现，让散文集《如风如镜》具有了浓郁的真情色彩和纯美的文学品味。

（原载于《羌族文学》2020年第2期，总第109期）

为一只蜗牛注入羌的精魂
——走进余永清文化散文集《秘境羌人谷》

四川汶川　高　璐（羌族）

　　汶川这片热土所孕育滋养的文化，由生长在这里的作家来执笔代言，是每一个汶川人欣喜并骄傲的。跟永清老师接触的次数不多，他给我的印象是实在。一个实在的人，加上实在的品格，注定会成就一部纯粹实在的作品。这本极具地域文化特色的文学影像集，沉甸甸地装载了岷江流域羌族村落的神秘元素，让同根同脉的我，可以从中去寻找一份渴望已久的气息——羌的气息。

　　于是，一个深秋的午后，在慵懒的暖阳下，我蜷在沙发里，化身一只蜗牛，伸出初探的触须慢慢靠近书里的秘境。就这样，一根羌的精魂牵引着，一寸一寸地带我向内，向纵深挺进。

一

　　《秘境羌人谷》，是有色的。

　　从东门寨启程，经过古栈道偏桥，不偏不倚地按着龙溪河谷幽深狭长的轨迹，探寻着羌人谷的自然与人文。我品味到了羌的醇香，这样的醇香来自作者注入的多维的情愫，一个亲历者、参与者和文化传承者，带着浓厚的故土意识，去观察、去回望、去解读，众多交织变化的色彩穿梭于漫长历史发展进程中，最后落脚在一个有温度的平行世界。我柔软地匍匐在神秘族群的古与今，不空、不虚、不燥。

雪山之巅的祈雨圣地龙池、奇幻的阿尔沟彩虹瀑布、红色露营地"卡舒阿布"、人间仙境"石门坎",万物皆有灵。这些温煦的景色,都熨帖着山谷,潜伏于尚未开发的处女地,尽管历经过地震、泥石流各种灾难的洗礼,可它们依然倔强地美着,美得不可方物,我徜徉于一段段文字和一幅幅黑白静帧、静谧的图像掩藏不住它们的绚丽多姿。一只蜗牛幻想着若是置身其中,必能带来最圣洁的洗涤,于是,羌人谷的山山水水便驻进了我的心里。

《一种消失的生活(背水)》《晚年放牧的人生》《二牛抬杠(春耕)》,一幅幅勾勒在夕阳下刀耕火种的轮廓,是那些草长虫鸣尘土飞扬的岁月,更是传统文明的时间碎片在每个羌族人心中烙下的印记。从书中掠过的清风,带着我的思绪轻抚久违的梯田、久违的盘歌、久违的萨朗,携着娥茶坝簌的婀娜,用最原始的腔调奏出最高雅的格律。

关于羌族文化,我所知晓的仅仅是皮毛。于作者而言,生于斯长于斯,家乡与羌,他与民族之间有着难以割舍的情怀,他把这份情怀融入河谷,融入山寨,融入神树,融入祖先的灵魂,融入字里行间。羌民族自身嬗变和行进的历史,形成古与今的相互凝视。他淋漓尽致地表达,为羌族传统文化的深挖厚掘点亮了一盏灯,一盏通往神秘幽境的灯,同时也为我这个探访的蜗牛推开了一扇解谜之门。

二

《秘境羌人谷》,是有声的。

同大多数生长在羌族聚居地的人一样,我们对于身边存在的一切理所当然地接受,对于身边正在消逝的一切也同样理所当然地妥协。羌族口口相传的语言濒临断代,羌族的生活习俗逐渐汉化,我们似乎觉得这是顺应社会变迁的必然趋势。《即将失落的语言》背后所影射的,是一个原生个体的担忧,对民族语言文化即将断裂的担忧,对于整个族群而言,大山给我们的血液里篆刻了太多厚重的东西,那是祖祖辈辈留下的,一样的文化基因打通了横亘在个体间的壁垒。只有在充分了解现有语言文化的肌理后,才能产生共同的忧患意识,并紧跟时代的脚步实施拯救性传承。

然而，一只蜗牛的脚步总是缓慢的，当我还在羌文化似乎断裂的悬崖边纠结时，作者早已先行一步，将流失的羌族文字，赋予了另一种形式的生命。《镶嵌在石墙内的神性符号》中，通过各种神秘的符号拼接和架构，从而形成割裂文化的脉络。流着羌族血液的我对其中的寓意有了更深的记忆和认同，这样的认同，足以消弭时空的阻隔，让我相信羌族文字的确兴盛于过去的某一段历史，让我情不自禁地随之鼓与呼。

三

《秘境羌人谷》，是有禅意的。

整本书的禅意，隐藏于一个叫"窝尔夸"的地方，它自然地散落在山谷河沟的每一个角落，叙述即是歌吟，无须磅礴大气，无须华丽花哨，像雪山之巅的龙池，透明得清澈见底。

因为童年经历的一场亲人临终前的释比作法，让我对释比文化有些偏见和误解，在我的印象中这些降魔驱邪超乎常人的巫术，是老一辈受封建糟粕桎梏的精神枷锁，心中难免有着丝丝缕缕的抵触。

眼下，我带着质疑去阅读《神性释比》，从释比的起源和传说，到释比的传承、法器、唱经、服饰、法术、仪式；从宗教统治在原始部落中存在的必然性，到释比在羌民心中至高无上的精神地位。我用一只蜗牛全新的视角再度去咀嚼，书中所记录的释比文化是如此翔实，不夸张不渲染，不沾染任何杂尘。老释比敲击着羊皮鼓的声声吟唱里传递着龙的神谕，这一刻，我仿佛悠悠听到了穿越千年的史诗。

我渐渐被这世代传承的精神文化所感染和折服，竟有一种从心底油然而起的敬意和释然。释比文化之所以神奇地沿袭到现代文明社会，除了纯粹的精神信仰，更因为它是古羌文化得以代代延续的根与魂，是对向美向善的精神主体的代代守护。我之所以释然，是因为它让我从中学会了辩证地看待自然科学和宗教信仰，进而更为自然客观、豁达理智地看待生与死。对，一只蜗牛或人的生与死，也是命运的生与死。

时间在窝尔夸神秘的裂罅里，插满了耀眼的光，我趴在光束的中间，揣测着这是今朝的阳光渗入,还是远古的极光透出。我要探究的太多太多。我不愿再做一只缓慢的蜗牛负重前行,我努力挣脱束缚和偏见,为自己装上加速器,我要奔跑起来,不停不歇地追随着作者的脚步,靠近些,再靠近些。

四

《秘境羌人谷》,是有深度的。

其实,最初从永清老师手里捧过赠书,我心中略有疑惑,"羌村人文探访",这大概是一个从事专业研究的人类学家才能完成的大课题,作者莫非是掌控着各类民族精灵的"山大王",一声令下,便将他们集结于自己的大本营?

殊不知对于一个体制外的学者而言,这是镌刻在时钟上的十年、二十年,这是踏遍每一寸故土,用每一个足迹一天天堆积起来的果实。

列夫·托尔斯泰曾说过:"人生的价值,并不是用时间,而是用深度去衡量的。"尽管作者倾尽一生去追求的,可能在别人看来真的只是蜗角虚名,但他依旧能忽略身边所有世俗的眼光,十年如一日不遗余力地去收集求证、探索解读本民族的文化世界,用自己哪怕是微薄的力量去挽回整个群体的遗忘与湮没。我想这不仅仅源于热爱,更多的是一种责任,一种信仰。

一个鲜活的民族,一个有生命的民族,如一只蜗牛的生长,即使发育迟缓,但它时刻都在呼吸。尽管未来走向尚不可知,但太多的口耳相传亟待全社会给予更多的关注。永清老师探索羌文化的主体意识和不懈追求的民族特质,其实存在了很多年,从《心历100天》到《秘境羌人谷》,这种坚守多年的明锐洞察、始终如一的文学立场,让他养成了自觉性发掘的习惯,并逐渐内化为了一种文化担当,他所生活的这片土地有着生生不息的文化动力和源泉,他便孜孜不倦地用文字去唤醒。我忍不住感叹,羌人谷很大,大得足以装下历史的苍穹;羌人谷又很小,小得一转身便可遇见一份真诚。

今天,一只蜗牛沿着冉駹古道缓缓爬行,嗅着羌魂沐浴在阳光下的新鲜气息,沉睡的民族情结渐渐苏醒。穿越秘境后,渺小的我心灵变得丰沛起来,神山之巅的高度,便是执着的旅程。这旅程,我蠢蠢欲动,心驰神往。

(原载于《羌族文学》2020年第2期,总第109期)

写作是他最好的感恩
——记羌族作家羊子

李道萍

又到了汶川樱桃成熟的时节，不由自主地想起曾经读过的羌族作家羊子的诗，仿佛那是奉献给世界的赞歌：

　　五月的阳光熟透岷江河谷的心情/时间清澈见底，樱桃笑得多甜/豌豆奔跑在回家的路上/汶川山上的羊群、草药和传说/白云一样轻盈而唯美/红领巾在国旗下幸福欢畅/天真是最真实的自由

之所以记得，是因为在"跪请生活回家"的危情时分，羊子适时地抒写出灾难中的汶川人对于日常生活的美好回忆和急切向往，教人读后难以忘怀。十二年过去了，羊子依旧生活在汶川这片沧海桑田的土地上。

"写作是我最好的感恩。"听他多次这样说。

地震发生后，羊子耳闻目睹来自全国各地的各种救灾物资，从山外一路坎坷地运送进来，从高空飞机上投放下来。震后第九天，也就是当年的5月21日，他写出《汶川之歌》，发表在5月27日的《文艺报》上，包括《雷雨之中》《指挥部》《飞机》《悼同胞》《从废墟中站起来》，充满诗意地向祖国和人民汇报坚强自救中的汶川的精神面貌，编者还加了按语："汶川羌族诗人羊子在汶川特大地震中得以幸存。在同胞遇难、遍地废墟的惨目伤怀的哀痛之中，诗人忍泪含悲写出了深情的诗作。本报兹择发羊子在余震中创作的五首诗歌，以飨广大读者。"

后来，在举世瞩目的恢复重建中，他更加清楚地看见震中汶川和灾区羌族所承受的全部苦难和创伤，也更加深刻地感受到自古以来人类生生不息、

坚忍顽强的生命力，经过一年多构想、探索和书写，他终于为世界奉献出了一部具有史诗价值和意义的鸿篇巨制——《汶川羌》。2011年9月22日上午，《诗刊》社、《民族文学》和四川省作协联合在北京中国现代文学馆举办了"《汶川羌》作品研讨会"，《文艺报》以《〈汶川羌〉以诗歌为民族立传》头版报道，这是羌族有史以来如此重要的第一部文学作品研讨会，《诗刊》以《为民族书写，为时代讴歌》专栏刊发研讨会内容，对作品所蕴含的文学性、民族性、现代性、艺术性等特征特质予以十分客观的肯定。这，仿佛是羊子在其诗篇《微风》中的抒情一样：

> 从现实和可能的水面上吹过来，带着水的光芒，水的质地，/轻轻地从树梢，从清晨，从傍晚，从微笑的唇边吹过来。/吹开舒心，抚摸惬意，微风是一把小小的扇子，轻轻地，/把花的灵魂吹到飞翔的雪白的羽毛身上，/把叶的精神吹到大地的胸口，一片一片层峦叠嶂的深处，/轻轻地，把水的情感吹进迎面金黄的每一缕霞光，/吹进雨后炊烟。山间小路上阿妹背水的眼睛里。

即使那些不曾来过汶川却心系汶川的人，未曾听说或者了解过羌族这个古老民族的人，只要接触过羊子的文字、羊子的诗篇，他们大都能够身临其境般感受灭顶之灾中令人窒息的无助、惶恐、绝望、呐喊和无边无际的黑暗，同时，也能够十分清醒而且坚定地触摸到期盼、守望、温暖、互助和迎面而来的曙光。

> 这些真实的英雄/以坚强、无畏、崇高/青春、纯净、美好的品德/源源不断地/一个一个地来了/向着恐怖环绕的汶川/靠近，再靠近/把个人的生与死放在一边/只有一个心愿/快快抓住汶川的手/把宽阔的胸膛/贴近汶川破碎的脸庞/从死神的手中夺回希望

> 总有一片家园升起炊烟，打开门窗，迎接天光。/总有一个故事孕育村庄，繁荣不同的梦想。/总有一个广场盛开族群的力量。羌。/总有一家火塘留着当初的火种。羌。/总有一块白石走进心扉，传递宇宙的光芒。

时年82岁高龄的著名诗人流沙河先生，与羊子在成都大慈寺禅茶堂单独会面时，开门见山地说，《汶川羌》是用来阅读的，《汶川羌》这个名字好分

别之前，还毫不吝啬地签名留下"诗歌之子，民族之光"这样珍贵的赞语。

羊子由衷地说："生活在这个时代，我是非常幸运的，当然，也是勤勉的。"他经历旷世灾难，见证伟大时代，见证国家繁荣和民族团结，作为一个优秀的诗人，他无时无刻不懂得感恩，而感恩的方式和途径，最恰当的莫过于文学创作。伴随岷江每一天滔滔不绝的奔流，在羊子蓬勃青春的生命里，我们仿佛随时随地都可以倾听到他的倾诉，这个世界上没有什么能比写作更让他着迷，更让他执着于文学的方式思考、生活、创作和诗意地探索。

虽然《神奇的九寨》早已唱遍祖国大江南北，但是，喜欢这首歌的人却不一定知道，歌词的作者就是羊子。即便这样，相信那些关注当代民族文学的人，对于羊子及其文学创作一定是不会陌生的。他先后创作出《静静巍峨》《汶川年代：生长在昆仑》这样表达心境的诗歌作品，入评第六届、第七届鲁迅文学奖，还出版有散文集《最后一山冰川》《岷山滋养：一个真实的汶川》和与人合作的长篇小说《血祭》等备受关注的作品。在他的作品里，读者无不感受到历史文化的纵深，还有文辞中深藏的突如其来一般的痛楚，教人热泪盈眶，却又不失充满力量和希望的温暖与期盼。

"以独特的声音，汇入一个时代的文学合唱。"2019年8月，作家出版社出版诗集《祖先照亮我的脸》，作家张炜这样推荐。此前，诗人梁平直接主张："羊子以自己优秀的诗歌为自己的民族树碑立传，羊子也因为自己的民族而生动，而成为这个民族杰出的歌者，让自己站成一个民族的文学标杆。"

就是这样，羊子把所有的生活感触、感想，还有感恩和感激，皆以文字的方式呈现，无论是诗歌，还是散文，或是小说，还包括在他的文化研究和文学评论中，字里行间荡漾着他对祖国、对时代、对家乡、对生活和对生命的忠诚热爱，对自己民族的守护和讴歌。的确，写作就是羊子最好的感恩。他说，他受到的恩情从生命伊始就有了，后来读书到小学，到中学，到大学，即便后来参加工作，他都在用心经历时代，都在感受生活，从内心深处来理解家庭、国家的关怀与培养，直到某一天开始提笔书写，曾经那些温暖、温馨、美好的感动，经历中闪烁人性光芒的人和事，以及身边生动变化的自然世界，无不触动他的情怀，好似召唤一般要他回应，要他书写。

带着几分欣慰，他说："无论我走到哪里，诗意就盎然到那里。"我的思绪随之漫漶起来。显然，这是羊子文学自信力的表现。不管是哲学里的诗意的栖居，还是文学中的诗意的栖居，在羌族作家羊子这里，诗意的栖居就是他现实中的诗性生活。

此时，窗外的山河绿意婆娑。四面村庄、道路、梯田，与眼前的楼房、街道、桥梁，仿佛心心相印，充满祥和。热爱生活的羊子，又在他昆仑书院的院子里，孩子一般栽种着一株株渴望飞翔的绿植，妆点他的书院、他的梦想、他分分秒秒牵挂的家园。

（原载于《羌族文学》2020年第3期，总第110期）

后　记

　　《羌族文学》发展了三十余年，积累了许多有价值的文本，读者反馈也很热烈。编辑部经过认真商讨之后，组织力量进行选编。鉴于时间和精力等方面因素，只选择了其中"走进羌族"和"阅读与欣赏"这两个重要栏目，精选出具有典型性的文章，半年后终于编审成册。为保持原刊物风格和特色，我们把原栏目之名沿用为选本书名。

　　在再次编审中，我们还发现，这些文章中仍然存在一些有待商榷和完善的地方，经过仔细阅读和认真修改，终于为读者奉献出品相更佳的这个读本。

　　精选时，既要考虑原栏目中作品内容、作者身份以及相应的地域性、民族性等因素，也要考虑到评论者鉴赏到的相关内容，这样一来，编审变得尤其复杂，几度出现难以割舍的局面。经过再三比较和分析，只能忍痛割爱，希望大家能够理解和喜欢这样一个选本。

　　《羌族文学》目前虽然仍处于内刊状态，但是，依然坚持自己的定位和使命，所以在精选时，我们将注意力更多地放在民族文学和地方文学的建构方面。我们想，这样重复的编审工作，又是一次团结和展示作家、评论家和编辑风姿、风采的最好机会。同时，我们也深知，其中可能还会存在一些不足之处，还需作者和读者批判和谅解。在以后合适的时机中，我们将会再次选编类似的精品图书予以出版，以顺应和满足时代的发展与需要。

最后，我们要特别感谢长期以来一直关心和支持《羌族文学》生存与发展的羌族著名作家谷运龙先生热忱为本书撰写序言。

编　者

2021年6月